KB176937

우륵의 봄날

최창원

채륜서

우륵의 봄날

1판 1쇄 펴낸날 2017년 9월 20일

지은이 최창원

펴낸이 서채윤 펴낸곳 채륜서
책만듦이 김미정 책꾸밈이 이한희

등록 2011년 9월 5일(제2011-43호)
주소 서울시 광진구 자양로 214, 2층(구의동)
대표전화 02-465-4650 팩스 02-6080-0707
E-mail book@chaeryun.com Homepage www.chaeryun.com

ⓒ 최창원. 2017
ⓒ 채륜서. 2017. published in Korea

이 도서의 국립중앙도서관 출판예정도서목록(CIP)은 서지정보유통지원시스템 홈페이지(http://seoji.
nl.go.kr)와 국가자료공동목록시스템(http://www.nl.go.kr/kolisnet)에서 이용하실 수 있습니다.
(CIP제어번호 : 2017021781)

채륜서(인문), 앤길(사회), 띠움(예술)은 채륜(학술)에 뿌리를 두고 자란 가지입니다.
물과 햇빛이 되어주시면 편하게 쉴 수 있는 그늘을 만들어 드리겠습니다.

하늘이 내려와요.
저 햇살 좀 봐요.

우륵의 길

그는 가야 가실왕의 뜻을 받들어 가야금을 만들고 그 12악곡을 지었습니다. 가야가 어지러워지자 제자 니문과 함께 신라에 투항했고, 진흥왕의 배려로 국원(충주)에서 계고·법지·만덕에게 가야금과 노래와 춤을 가르쳤습니다. 이들이 그의 12곡을 아정雅正하지 못하다며 5곡으로 줄이자, 그는 이 5곡을 듣고 눈물 흘리며 감탄했습니다.

이것이 역사 속에 등장하는 우륵의 모습입니다. 과연 그랬을까. 이 책은 그 물음에서부터 출발한 팩션입니다. 몇 줄 되지 않는 역사 속 우륵의 삶에 상상력의 길을 만들었습니다. 그가 걸어갔음직한 인생을 동행하며, 사랑하고 미워하고 울고 웃는 한 예술가의 이야기와 함께 해주었으면 좋겠습니다.

| 차례 |

어
미
의

밤

✼

　진통이 시작되었다.

　이미 경험한 일이었어도, 우야兩若에겐 여전히 죽을듯한 고통이었다. 샛노랑의 수많은 띠들이 폭풍에 날리듯 제 멋대로 새까만 천정을 휩쓸고 몰려다녔다. 때로, 그 띠들은 천정을 온통 검노란 바다로 만들며 파도덩이가 되어 그녀에게 덤벼들기도 했다. 그럴 때마다, 그녀는 두 사람을 떠올렸다. 절대 놓치면 안 되는 끈이었다. 자신과 아기를 잇고 있는 탯줄만큼이나 중요했다. 병풍 뒤의 악사는, 가얏고 가방을 잘 챙기고 있는지, 호위 무사는 그것을 실수 없이 제대로 구해 왔는지, 온몸을 삼킬 듯 덤비는 고통 속에서도 그녀는 악을 쓰며 생각했다.

　산고는 길었다. 해거름에 시작된 진통이 달과 별을 불러냈다. 그러고도 무량억겁의 시간이 지난 듯한 어느 순간, 몸 한 덩이가 그녀의 속을 쑤우욱 빠져나갔다. 누군가 급하게 병풍을 두드리는 소리가 들렸다. 병풍 뒤에서, 한 치의 빈틈도 없이 있는 힘을 다해 내지르는 악사의 곡소리가 터져나왔다. 그 소리에 묻혀, 태어난 아기의 울음소리는 단 한 톨도 세상으로 퍼지지 않았다. 온 궁궐에 저 소리가 퍼져 나가겠지. 곡소리로 인해 아기가 죽었음을 알고 상심할 지아비의 얼굴이 눈에 선연하게 다가왔다.

우야는 아기를 받아 안았다. 큰 아이와는 달리 튼실한 사내아이였다. 갓난아기는 눈을 뜨지 못하고 있었다. 가만히 손을 만져 보았다. 존재하나 아무것도 느낄 수 없는, 투명한 공기와도 같았다. 그 위로 그녀의 눈물 한 방울이 툭, 하고 떨어졌다. 울지 않으리라 그렇게 다짐 또 다짐했건만. 그녀는 눈물을 감추며 두 사람을 가까이 오게 일렀다.

악사 휘徽가 가얏고 가방을 안은 채 병풍 뒤에서 가만히 나왔다. 곡소리의 여진이 채 가시지 않아 얼굴과 목이 온통 불에 익은 듯 붉었다. 무사 등흔登欣은 포대에 싼 것을 안고 뒷문을 통해 침소로 들어왔다. 휘는 말없이 가죽가방의 윗덮개를 열어 우야에게 속을 보여주었다. 그곳엔 가얏고 대신 명주솜이 사분의 삼 정도 채워져 있었다. 그 바닥 쪽에는, 그녀가 준 패물들이 웅크리고 있을 것이다. 가방은 굵고 긴 끈이 연결되어 있어서, 앞으로도 뒤로도 멜 수 있게 되어 있었다.

'잘 가라, 내 아가야.'

한 번 더 아기의 얼굴을 본 다음, 그녀는 아기를 휘에게 건넸다. 아기가 제 품을 떠나는 순간, 터져나오려는 울음을 꾹꾹 눌러 참았다. 휘는 아기를 안아 가방 위쪽 빈 공간에 조심스럽게 위치시켰다. 그리고는 아기가 숨쉴 수 있는 공간만 열어둔 채 가방의 끈들을 단단히 묶었다.

'준비 되었느냐.'

그녀는 눈으로 등흔에게 물었다. 등흔이 포대에 싼 것을 내밀었다. 그 안엔, 등흔이 장안에서 구해온, 죽은 지 얼마 되지 않은 아기의 시체가 있을 것이다. 그녀는 차마 들춰보지 못하고 해산을 거든 나인에게 그것을 넘겨주라 일렀다. 나인은 싫은 기색 없이, 포대를 안고 몇 걸음 물러섰다. 그녀는 질끈, 눈을 감았다가 다시 떴다. 준비는 완벽하다. 우야는 산파와 나인에게 패물을 주며 다시 한번 입단속을 했다. 이제 그들은 이 문밖을 나가 아기 시체를 확인시켜 준 다음, 이곳 대가야에서 멀리 떨어진 곳으로 뿔뿔이 떠나갈 것이다. 한 번만이라도 더 아기 얼굴을 보고 싶은 마음을 억누르며, 그녀는 모두에게 말했다.

"시간이 없다. 속히 떠나거라."

산파와 나인이 먼저 목례하고 방을 나갔다. 문밖에 소란스런 소리가 들리기 시작했다. 곧바로, 휘와 등흔이 목례했다. 우야는 쥐고 있던 옥가락지 하나를 휘에게 건네주었다. 첫날 밤, 지아비 이뇌異腦가 그녀에게 준 가락지였다.

"이것은, 쌍가락지 중 한 짝이다. 둘 다 안쪽에 똑같은 글이 새겨져 있으니, 이것으로 핏줄을 찾게 해다오. 허나, 내가 아이를 찾을 때까진 나타나지 마라. 혹여라도, 나에게 변고가 생기면 왕에게 이 사실을 일러둘 것이다. 고맙다… 미안하다…… 아기를 부탁한다."

휘는 가락지를 받아 쥐고 가얏고 가방을 안은 채 등흔과 함께 뒷문으로 사라졌다. 이제, 그들이 내전을 빠져나가 말을 몰고 궁궐을 벗어나면 모든 것은 끝날 것이다. 우야는 상체를 벽에 기댄 채 가만히 눈을 감았다. 아무 소리도 들리지 않았다.

그제야, 봇물 터지듯 두 뺨을 타고 눈물이 흘러내렸다. 내가 보아온 휘는 이뇌처럼 따뜻하고 자상한 성품이니, 아기를 잘 키워줄 것이다. 등흔도 든든하게 아기와 휘를 잘 지켜줄 것이다. 그렇게, 그녀는 스스로를 다독였다.

다시 눈을 뜨자, 건너편 벽 귀퉁이 병풍이 걷힌 자리에, 두고 간 휘의 참새 문양 가얏고가 서 있었다. 지금쯤, 궁궐에 잠입해있던 신라의 자객은 아기의 시체를 먼발치서 확인하고, 제 나라로 말을 달리고 있으리라. 그녀는 이부자리 위로 몸을 뉘이며, 나지막이 스스로를 거듭 위안했다.

'다 끝났다. 그들이 아기를 살려 줄 것이야.'

✻ ✻

맨 처음.

왕후가 되다니! 가솔들은 한결같이 놀라워하고 기뻐하였다. 그러나 아버지 비조比助만은 달랐다. 가난한 시절 젖동냥으로 키워낸 외동딸을 바로 보지 못했다. 우야가 열여덟의 생일을 달포 넘긴 날이었다.

"너를 대가야로 시집보낸다는 대제의 어명이시다. 너무도 지엄하시어, 거두어 달라는 말을 차마 여쭙지 못하였구나. 이 무슨 갑작스런 변고인지 모를 일이나, 다 이 아비의 업보인 듯하여 너를 볼 낯이 없다. 그래도 일국의 왕후가 되는 것이니, 집

안의 경사라 여기자."

아버지의 말은 그것이 전부였다.

비조는 가난하고 청렴한 선비였다. 이찬伊湌의 벼슬에까지 오르면서 살림은 폈지만, 우야를 낳다 죽은 아내를 대신해 딸 하나만을 키우면서 살아온 그였다. 그렇게 애지중지 키워온 딸을 황망하게 시집보내야 하는 아버지의 마음은 어떨까 싶어, 그녀는 싫은 내색조차 할 수 없었다. 그저, 혼자 울고 혼자 스스로를 다스릴 뿐이었다. 우야와 이뇌의 혼인은 신라와 대가야 사이의 정략혼이었다. 백제가 대가야의 무역항인 다사진多沙津 (광양)을 침공해 차지하자, 대가야의 왕 이뇌는 신라의 법흥法 興에게 혼인동맹을 청했다. 법흥은 장차 가야 정벌의 전진기지를 마련할 좋은 기회라 여기고, 훈련된 백 명의 종자從者와 함께 우야를 이뇌에게 시집보냈다.

"천신 이비가지天神 夷毗訶之시여, 산신 정견모주山神 正見母 主시여, 시조 이진아시왕始祖 伊珍阿豉王이시여, 금일 우러러 고하옵나이다. 살과 혼을 물려받은 후손 이뇌왕이 비조의 여식 우야를 맞아 혼례를 거행하오니, 평생 복락하고 대대손손 번창하게 하옵소서."

주례가 제단을 향해 크게 고하면서 혼례가 시작되었다. 그러나 우야에게 그 시간은 두렵고 지난할 뿐이었다. 혼례가 끝난 다음부터의 시간 역시 한겨울 얼음장 앞에 선 것처럼 두렵고 떨리고 막막했다. 지아비 될 사람의 얼굴을 당최 보고 싶지도 않았고, 갈 수만 있다면 계림의 집으로 바람처럼 훌훌히 사라져 버리고 싶었다.

"겁내지 마시오. 내, 미리 준비한 것이 있소."

그러나 초야의 금침 위에서 우야는 안도의 불씨를 보았다. 자리에 들기 전, 이뇌가 그녀의 한 손을 잡았다. 순간, 그녀의 손이 움찔했다. 그는 가만히 그녀의 손바닥 위에 무언가를 내려놓았다. 목단 잎이 똑같이 새겨진 한 쌍의 옥가락지였다. 이미 우야의 손가락엔 금으로 된 혼례 반지가 끼워져 있었다. 이뇌는 베개 밑에서 확대경을 꺼냈다. 그리고 옥가락지 중 하나를 집어 들고, 그 안쪽 손가락이 닿는 부분에 그것을 갖다 대었다.

"자, 가까이서 보시오."

우야는 가까이 다가가 앉았다. 그녀의 몸이 그의 몸과 닿았다. 그녀는 흠칫했지만, 흩어지려는 마음을 가락지에 모았다. 가락지 안쪽에는 깨알 같은 글씨가 빼곡히 새겨져 있었다. 나지막이, 이뇌가 읽기 시작했고 그녀도 마음으로 따라 읽어갔다.

억만 겁 시간의 물길을 건너와,

时光飞逝 越过千山万水

오늘 우리는 부부의 연을 맺습니다.

今天我们结为夫妻。

하늘이 다하는 날까지, 단 한 사람,

直到天地尽头, 只你一人,

나는 당신만을 사랑하겠습니다.

我只爱你一个人。

참으로 따듯했다.

그의 목소리도, 그가 읽어가는 내용도 양지녘의 햇살이었다. 꽁꽁 얼어붙어있던 온몸의 피가 일시에 스르르 녹아 봄날의 시냇물을 이뤘다. 그녀의 손 위에 가락지 한 쌍을 놓고, 그가 손을 동그랗게 감싸 쥐었다. 그의 손은 더 따듯하고 부드러웠다.

"선왕의 혼인날, 꼭 지금처럼 내 아버지께서 어머니에게 주신 반지요. 두 개 모두 안쪽에 같은 글이 새겨져 있소. 혼례에는 금가락지가 예법이어서, 나도 이렇게 따로 주는 것이오."

그가 몸을 돌려, 그녀의 팔을 잡아 마주 앉게 하고 나서 그녀의 눈을 찬찬히 바라보았다.

"여기 새겨진 글처럼, 내 아버지께서는 어머니를 지극정성으로 사랑하셨소. 두 분처럼 그렇게, 나도 하늘이 다하는 날까지 당신 한 사람만을 사랑할 것이오. 내 맹세를 받아주시오."

우야의 두 눈 가득 눈물이 차올랐다. 할 수만 있다면, 소리내어 엉엉 울고 싶어졌다. 그동안 가슴에 차곡차곡 쌓여온 서러움과 막막함과 불안과 분노가, 그 눈물 속에 방울방울 녹아내리고 있었다. 이뇌가 부드러운 손길로 그녀의 눈물을 찬찬히 닦아주었다.

"미안하오. 그저 나라를 살리자는 마음이 앞서, 한 여인의 마음까진 헤아리지 못하였소. 당신을 신라에서 이 먼 가야까지 오게 해서 정말 미안하오."

그가 가만히 그녀를 안아주었다. 토닥토닥, 아기를 잠재우

듯 그녀의 등을 다독이며 몸을 작게 좌우로 흔들었다. 우야는 그의 품에서 다짐했다.

'이토록 따듯한 지아비를 내 어찌 미워하겠습니까. 그래요, 나도 당신을 사랑하겠습니다. 이 한 몸 던져 당신을 지키겠습니다.'

살포시, 그가 풀잎처럼 그녀를 금침 위에 뉘었다. 동동동, 작은 북채 하나가 홀연히 나타나 그녀의 가슴을 함부로 두드려 댔다.

그 이듬 해.

아들이 태어났다. 아비를 쏙 빼닮았다고 좋아하며, 이뇌는 아이에게 월광月光이란 이름을 지어주고 늘 아이 곁에 머물려 했다. 그러나 태자는 병치레가 잦았다. 몸도 행동도 이름처럼 파리하고 유약했다. 우야는, 어릴 때 약했다던 자신의 탓인 것만 같아 아이와 이뇌에게 미안해 하며, 아기의 몸을 보補하는 일에 각별히 정성을 기울였다.

태자의 돌잔치 날, 가야 전역에 흩어져 있던 신라의 종자들이 월광의 무병장수를 기원하기 위해 내전內殿 앞뜰에 모여들었다. 우야가 시집올 때 함께 왔던 백 명의 종자들이었다. 혼인과 함께 그들은, 가야의 여러 소국小國으로 민들레 홀씨처럼 낱낱으로 흩어져 갔었다. 그것은, 처음부터 법흥이 요청한 일이기도 했지만, 자신의 혼인이 신라와의 화친을 가져다주리라는 믿음을 가야의 모든 소국들에게 전하고 싶은 이뇌의 바람 또한 컸던 일이었다.

우야는 종자들이 반갑고 고마웠다. 그러나 궁궐의 중신들은 한결같이 그들을 경계했다. 그녀가 보기에, 그것은 상당 부분 그들의 의관 때문인 듯하였다. 종자들은 대체로 신라의 의관을 갖춰 입고 있었고, 그 옷엔 작지만 법흥의 문양이 새겨져 있었다. 이뇌를 힘들게 만들 수도 있겠다 싶었다. 그녀는 그들을 대접하기 무섭게, 선임들을 불러 빨리 각자의 성으로 되돌아가 줄 것을 당부했다. 그들은 후일 다시 만날 것을 약속하고 하나둘씩 서둘러 다시 민들레 홀씨처럼 흩어졌다.

월광의 나이 다섯 살이 되어서야, 그녀는 둘째를 회임했다.

이뇌는 월광 때보다 더 기뻐하고 고대했다. 내전에는 가얏고 소리가 공기처럼 잔잔히 떠다녔다. 이뇌가 '휘'라는 이름의 가얏고 악사를 따로 뽑아, 산모와 태아에게 좋은 가락을 계속 연주하라 일렀기 때문이다. 거기다 우야의 배가 불러오자, 그는 '등흔'이라는 이름의 여자 무사를 별도로 선발해 우야의 호위 무사로 임명했다.

"과한 일입니다."

"괜찮소. 왕후가 태자를 가졌을 땐, 내 아무것도 몰라 신경을 써주지 못했음이 내내 마음에 걸렸소. 이번엔, 설령 과하다 해도 후회 없이 할 것이오."

"사람들이 뭐라 할지 걱정입니다."

"가야의 미래가 달린 아이요. 내가 신경 쓰지 않으면 누가 쓰겠소. 걱정하지 마시오."

이뇌는 막무가내였다.

"먹고 싶은 것, 원하는 것, 다 말해보시오, 왕후."

그는 태아의 움직임을 손으로 느끼며 조르듯 말했다. 그녀는 계림의 아버지가 눈물 나게 보고 싶었고, 그녀가 원하는 것은 그것 하나뿐이었지만, 아무 말도 하지 않았다. 월광이 태어날 때만 해도 아버지는 자주 인편으로 소식을 물어왔지만, 이젠 그마저도 가뭄에 콩 나듯 했다.

✱ ✱ ✱

우야의 해산달.

이뇌는 전 가야연맹회의 주최로 분주했다. 가야 소국의 왕들이 대가야로 모였고, 신라 종자들이 그 왕들을 수행했다. 회의는 아름답고 창대하게 이어졌다. 이뇌는 부드러움이 강함을 이긴다는 그의 평소 지론대로, 가야 소국끼리의 주종관계를 멀리하고 단합과 평화를 가까이하자고 주장했다. 그들은 넉넉하게 논의하고, 회의를 마무리하는 결의문을 채택했다. 결의문에는, 외국이 한 소국을 침공할 시 다른 소국들은 신속히 자국의 군대를 파견할 것, 그리고 철과 옥과 곡식의 대외 수출에 상호 공조해나갈 것을 중점적으로 담았다. 모든 왕들이 찬성하고 이견 없이 공유했다.

그러나 마지막 연회가 문제였다. 탁순국卓淳國 왕이 종자들의 의관 문제를 꺼냈다. 법흥이 그들에게 새 의관을 일일이 보내주면서, 이번 수행에 반드시 그 의관을 갖출 것을 명했다는 것이었다. 힘든 몸으로 겨우 자리를 지키고 있는 우야의 눈에도, 그들의 신라 의관은 아차, 싶을 만큼 완벽하게 통일되어 있었고, 법흥의 문양은 전에 보다 훨씬 더 크고 선명했다. 술을 과하게 마신 듯해보였다. 옆에 있던 왕이 그를 앉히며 말렸지만, 그 주저앉힘이 그를 더 흥분시켰다.

"내 수하의 종자가 다 실토한 일이오. 대체 무엇이 두려워 말을 못한단 말이오? 하나를 보면 열을 아는 법인데, 우리 가야의 땅에서 법흥의 옷을 걸치고 가야의 왕을 돕는다는 것이야말로 어불성설 중에도 상어불성설이 아니고 무어냔 말이오? 이, 신라 종자들, 다 사라져버려! 니들이 신국이라 부르는 그 나라로 사라지라고!"

그는 들고 있던 술잔을 던지며 고함쳐댔다. 연회장이 술렁거리면서 다른 왕이 거들고 나왔다.

"의복은 곧 그 나라의 문화와 정신이거늘, 가야의 옷을 입고 살지 않으려면 신라로 돌려보내는 게 당연지사요!"

다시 탁순의 왕이 일어나 소리쳤다.

"그자들은 모두 신라에서 훈련 받은 첩자들이란 사실을 왕들은 모르시오? 끊임없이 신라와 내통하고 있다는 사실을 알면서도, 우리가 왜 그들을 데리고 있어야 한단 말이오! 신라가 무서워서? 법흥이 무서워서? 그렇다면 우리 모두 이 자리에서 왕관을 내놓고 산중으로 들어가야 마땅치 않겠소?"

그의 말에, 많은 왕들이 흥분하며 비 온 후의 죽순처럼 일어섰다. 이뇌는 난감해 했고, 그들을 말릴 수도 따를 수도 없는 듯 보였다. 그는 서둘러 연회를 파하고 왕들을 흩어 놓았다. 그리고 그 사건 이후, 가야에 있던 종자들은 모두 신라로 쫓겨났다. 이뇌 역시 가야의 단합을 위해선, 데리고 있던 종자들을 돌려보내지 않을 수 없었다. 우야는 불안했다. 법흥이 어떻게 나올지 불을 보듯 뻔했고, 신라와의 관계 악화를 고심하는 이뇌를 보는 것도 견디기 힘든 일이었다. 마음 같아선 당장 법흥을 배알하고 싶었지만, 해산이 가까워오고 있었다.

그나마 악사의 연주가 그녀에게 위안이 되어 주었다. 참새 문양이 도드라진 가얏고로 연주하는 '가야의 봄날'이란 곡이 참으로 좋았다. 가얏고 소리처럼 유순하고 청아한 얼굴의 악사 휘는, 가얏고 연주로 그녀의 마음을 달래주고, 간혹 그 가얏고와 함께 부르는 병창倂唱으로 답답한 그녀의 속을 탁 트이게 해주었다. 쩌렁쩌렁, 궁궐을 울리는 그의 목소리는 얼굴과는 또 딴판이었다. 그녀는, 깨끗하고도 힘 있는 그의 소리들로 복잡한 마음의 소용돌이를 스스로 다독거리고 재웠다. 여자 무사 등흔은 그녀를 그림자처럼 수행했다. 신기하게도 평소엔 있는 듯 없는 듯한데, 필요할 땐 반드시 곁에 있어 주었다. 단아하면서도 생각이 깊어 보이는 얼굴에, 단문의 간결한 어법 또한 우야를 편안하게 해주었다.

그 밤에도, 등흔이 그녀를 은밀히 깨웠다.

신라에서 비조의 사람이 남몰래 내전에 당도했다고 하였다.

18

한눈에, 우야도 아는 아버지의 심복이었다. 그로부터 비조의
목간木簡 서찰을 건네받아 읽어가는 그녀의 눈초리가 파르르
떨렸다.

우야 보거라.

雨若, 你看一下吧。

신국의 자객이 네 아기를 제거하러 출발하였다.

新国的刺客已经出发去杀你的孩子了

궁중 점사 이르기를, 후대에 길이 남을 인물이

宫中的巫婆说, 后代中剩下的人是

대가야의 왕족으로 태어난다는 괘가 나왔다 하여,

作为大伽倻土族而出生的人

대왕께서 그 아기를 반드시 죽이라 명하셨음이다.

所以大王命令要杀死那个孩子

너는 한시바삐 몸을 피해 이뇌의 아기를 살려라.

你应该尽可能的去保护异脑的孩子避免受伤害

쫓겨온 종자들로 하여 신국은 몹시 어지럽다.

因为逃亡而来的使者使新国的情况很混乱

아비가 네게 달려가지 못해 마음 아플 따름이다.

爸爸因为不能去你那儿, 非常的伤心。

이게 웬 날벼락인가.

우선, 아버지를 안심시키는 답신을 써서 심복을 돌려보낸

후, 우야는 궁리에 궁리를 거듭했다. 그렇게 밤을 하얗게 샌 다음 날, 그녀는 여느 날과 다름없이 아침을 먹고 악사 휘를 맞았다. 그의 가얏고 연주 한 매듭이 끝나자, 그녀는 휘와 등흔을 가까이 불러, 차 한 잔을 하자 하였다. 나인들은 모두 물러가 있으라 일렀다.

비조의 서찰을 본 두 사람은, 할 말을 잃고 우야를 보았다. 그녀의 두 눈에 슬픔과 결의의 빛이 호숫물처럼 일렁였다.

"제가, 제가 어찌해야 합니까?"

휘의 한마디가 나오기 무섭게, 우야는 두 사람 앞에 무릎을 꿇었다. 배가 불러 온전한 자세는 되지 않았다. 그들도 황급히 그녀 앞에 나란히 무릎을 꿇었다. 그녀가, 애원이 배었으되 단호하게 두 사람의 눈을 바라보았다.

"그대들 두 사람 밖에 없다. 그대들이 내 아기를 살려다오."

휘둥그레진 휘의 눈과 대조적으로, 등흔의 눈엔 한 점 동요도 없었다. 휘와 등흔의 망설임 없는 대답이 이어졌고, 우야는 이뇌에겐 비밀로 부친 채 거사를 준비했다. 그리고 아기가 태어난 날, 휘는 사력을 다해 곡소리를 질렀으며, 등흔이 구해온 아기시체와 바꿔치기 된 아기는, 두 사람과 함께 사라졌다.

✳ ✳ ✳ ✳

그 열흘 뒤.

우야는 은밀히 법흥의 친서를 받았다. 부기가 빠지지 않은 부스스한 얼굴로 편지를 펴드는 우야의 손이 심하게 떨리고 있었다.

네 아기의 소식은 심히 유감스럽다.
对于你孩子的消息我很遗憾
몸을 추스르는 대로 신국으로 오라.
身体好点就来新国吧

법흥은 그렇게 짧게 쓰고 있었다. 어떤 의도로 그녀를 부르는 것인지 분명치가 않았다. 연이어, 아버지의 서찰이 도착했다.

대왕께서 다 아셨으니 신국에는 오지 마라.
大王都已经知道了, 就不要来新国了

그러나 그 이레 뒤, 우야는 신라로 향했다.

아기는 살아있는 듯하였다. 그래서 법흥이 그녀를 부르는 것임은 분명했다. 그렇다고 안심할 일은 아니었다. 그대로 있다간, 대왕의 진노로 이뇌와 가야에 큰 폐를 범할지도 몰랐다. 문제를 해결할 사람은 그녀 밖에 없었다. 그녀는 아기를 떠나보낼 때처럼 다시 한번 마음을 독하게 먹고, 이뇌에게 계림의 아버지를 뵙고 오겠다 하였다. 우야의 건강을 염려하며 한사코 말리던 이뇌는, 장인과 법흥왕에게 줄 선물을 바리바리 준비시켰다.

"같이 가지 못해 미안하오. 친정에서 몸을 잘 보전하고 편히 지내다 오시오."

출발하는 날, 이뇌는 친정 나들이 가는 그녀를 미소로 배웅했다. 아무것도 모른 채 그녀의 치맛자락에 매달리는 월광을 떼놓으며, 그녀는 가슴으로 미안하다, 미안하다, 하고 울음을 삼켰다. 그간의 사정을 밝히며 먼 훗날 시절이 좋아지면 아이를 찾으라는 당부의 서찰은, 가락지와 함께 밀봉해 심복 나인에게 맡겨두었다. 혹여, 자신이 가야로 돌아오지 못하면 이뇌에게 전달해줄 것을 부탁하면서.

인사를 올리기 무섭게, 법흥은 캐물었다.

"내, 우야 너에게 묻노니, 아기는 어디에 있느냐."

"아기는 죽어 무덤 속에 있사옵니다. 무언가 착오가 있는 듯하옵니다."

"나는 신국의 대왕이다. 대왕의 눈은 삼라만상과 닿아 있고, 대왕의 마음은 네 마음과 닿아 있음을 너는 아직 모르느냐. 참으로 우매하다."

법흥의 말속에서 깊은 분노가 피어나고 있었다. 옆에는 장군 이사부異斯夫가 함께 그녀를 지켜보고 있었다.

"네 아기를 바쳐야 신국의 내일이 가지런해지느니라."

아기가 살아있음은 명백했다. 우야는 더욱 입을 굳게 다물었다. 이틀째, 그녀가 끝내 입을 열지 않자, 법흥은 옅은 미소를 머금은 채 한쪽 입꼬리를 올리며 말했다.

"네가 계속 입을 봉한다면, 내일은 네 아비를 데려와 네가 보는 앞에서 내 직접 문초할 것이다. 찢어지고 피흘리다 끝내는 저승으로 끌려가는 아비의 모습을 보고 싶지 않다면, 오늘 밤 마음을 순하게 다스려, 내일은 네 아기가 있는 곳을 말하도록 하거라."

그녀는 법흥의 미소가 잊혀지지 않았다.

그 깊은 밤.

우야는 집기 하나 없는 캄캄한 방에 덩그러니 혼자 앉아 있었다. 문밖에는 병졸들이 지키고 있었다. 창호 틈 사이로 보이는 밤하늘은 별 하나 없이 메말랐다. 그 칠흑 같은 어둠이 앞뒤 꽉 막힌 자신의 오늘을 닮은 듯해, 긴 한숨이 절로 새어 나왔다. 왜 하필 내 아기란 말인지. 신라에서 태어나는 그 헤아릴 수 없이 많은 아기들을 다 놔두고, 왜 하필 저 먼 가야 땅에서 태어난 아기를 이 신국에 바쳐야 한단 말인가. 그러려고, 대제는 그 낯선 나라로 자신을 시집 보냈단 말인가. 그녀와 아기의 운명이 처음부터 그리 결정되어 있었던 듯하여, 우야는 더욱 괴로웠다.

아버지가 찢어지고 피 흘리고 도려내지는 모습은 차마 두 눈으로 볼 자신이 없었다. 불쌍한 아기와 아버지를 지키려면, 그리고 아무것도 모르는 이뇌와 가야를 지키려면, 방법은 하나뿐이었다. 그녀는 단검을 빼들었다. 가야에서부터 품고 온 칼이었다. 아니, 가야로 가기 전날 밤 그녀의 아버지가 준 어머니의 유품이니, 다시 신라로 되돌아온 칼이었다.

'혹시 모르니 가슴속에 늘 품고 있거라. 저 아스라한 나라

로 너를 시집보내면서 아비가 줄 수 있는 것이 이것뿐이라니.'

딸의 손에 단검을 쥐어주며 아버지는 깊은 한숨을 내쉬었었다. 오랫동안 가슴에 품고 살아 왔건만, 오늘은 그 칼집이 유난히 이물스러웠다.

단검을 쳐들었다.

그럼에도 마음은 행동과 달랐다. 죽고 싶지 않았다. 신국에서 죽으면 안 되는 이유가 꼬리에 꼬리를 물었다.

'튼튼하고 총기 있게 클 수 있는 좋은 이름을 지어줘야 할 텐데. 이 지혜롭지 못한 어미가, 아기 이름 하나도 지어 주지 못하고……'

가야에 두고 온 이뇌도 어린 월광도 그녀를 자꾸 붙잡았다. 그러나 못난 어미 때문에, 태어나면서부터 어미 젖 한 번 먹어 보지 못하고 죽을 운명에 내동댕이쳐진 아기를 생각하면, 두고 온 지아비와 자식 걱정도 모두 자신의 목숨 부지를 노리는 얄팍한 본능일 밖에야.

자, 칼을 들어 가슴을 겨누어라.

그리고, 눈을 감고 천천히 셋을 헤아리면 된다. 아가야, 이 어미가 바라는 것은 단 한 가지다. 꼭 살아있거라, 아가야.

하나.

두울.

셋.

완벽한 가족

✻

휘는 또다시 뒤돌아보았다.

어둠에 묻혀, 여전히 형체는 보이지 않았다. 그러나 저 먼 뒤쪽에서 또 한 줄기 말발굽 소리가 그들을 뒤따르고 있었다. 등흔의 뒤에 올라, 가얏고 가방을 앞으로 돌려맨 채 그녀와 아기를 안듯 하고 궁궐을 빠져나올 땐 그 어떤 기척도 없었다. 필시 법흥이 보냈다는 자객이리라. 아무래도 한 걸음 늦게 그들을 쫓기 시작해, 점점 따라붙는 듯했다. 자신의 처지를 본능적으로 아는 걸까, 그와 등흔 사이에 놓여 있는 가방 속 아기는 시킨 것처럼 조용했다. 등흔 역시 급한 마음에 계속 고삐를 당기며 말을 재촉하고 있었다. 그러나 말은 더 이상 속도를 내지 못했다.

물소리가 점점 크게 구르더니, 갑자기 큰 강물 소리로 변했다. 등흔이 미리 달려보고 일러준 대로, 소가천小伽川이 대가천大伽川으로 이어지는 것이리라. 길은, 왼쪽의 강을 끼고 오른쪽의 절벽을 따라 구불구불 이어지고 있었다. 희미하게 들리던 말발굽 소리가 강물 소리에 묻혀 버리자, 휘의 마음은 더 조급해졌다. 그녀를 안듯 하고 있는 두 팔에 힘이 더해지고 있었다. 조여지는 휘의 두 팔을 느끼며, 등흔도 뒤를 돌아보았다. 얼핏,

달려오는 형체가 보이기 시작했다. 아직은 멀지만, 그쪽이 한 사람이라면 그들을 따라잡는 건 시간 문제일 것이다. 결단을 내려야 했다.

그녀는 앞을 본 채 달리며 고함쳤다.

"속도를 줄이겠습니다. 오른쪽 모퉁이를 돌 때 강물로 뛰어 내리십시오. 저는 계속 달릴 겁니다."

휘도 크게 말했다.

"닷새 후, 그곳에서 만납시다."

모퉁이를 돌며 말의 속도가 줄어들자 훌쩍, 그는 가방을 끌어안은 채 강물로 뛰어내렸다. 물살은 생각보다 세지 않았으나 바위를 붙잡기는 쉽지 않았다. 휘는 가방을 높이 들어 물이 새어들지 않도록 혼신을 다했다. 강물에 드리워진 큰 나무둥치를 붙잡고 겨우 강물을 빠져나온 그는, 가방의 윗덮개부터 열었다. 가죽 재질인 덕에 물도 스며들지 않았고, 아기도 그대로였다. 퍼뜩, 말을 타고 달려올 때 본 민가의 불빛들이 생각났다. 가방을 앞으로 안듯 멘 채, 그는 온 길의 반대쪽으로 냅다 뛰었다.

얼마나 뛰었을까. 숨이 가쁘고 다리가 후들거릴 즈음, 저만치 불 밝은 집이 나타났다. 휘는 무작정 문을 두드렸다. 주인 내외가 문을 열며 놀란 눈으로 그를 바라봤다. 다행히 그 바로 뒷집에 아기 낳은 지 며칠 되지 않은 산모가 있었다. 처음에 그녀는 고개를 저었지만, 막상 아기를 보자 기꺼이 젖을 내어주었다. 아기에겐 태어나서 처음 먹는 젖이었다. 아구아구 굳센 아기의 젖 먹는 소리가 방문 밖에서도 고스란히 들렸다. 친절한 산모 내외는 아기 옷 한 벌에 휘의 옷 한 벌까지 내어주었다. 휘는 젖은 옷을 갈아입고, 귀걸이 한 쌍을 건네며 입단속을 신신 당부했다. 그들은 하룻밤 유숙하기를 권했지만, 그는 잠든 아기를 품 안에 넣고 밤길로 내쳐 달렸다.

등흔 역시 쏜살바람이 되어 달리고 또 달렸다.

'지금쯤이면 악사와 아기는 그곳을 벗어났겠지.'

그럴 즈음에, 그녀는 급히 길을 벗어나 야산으로 말을 몰았다. 그자도 뒤따르고 있음이 분명했다.

'네가 죽으려고 기를 쓰는구나.'

등흔은 훌쩍 나무 위로 뛰어올라 그자가 나타나기를 기다렸다. 저만치 그자가 말에서 내렸다. 복장이며 칼을 든 품새가 한눈에도 무사였다. 등흔은 다시 한번 중심을 잡고 검을 다잡았다. 나무들의 울울한 소리가 정적을 깨며 흩날렸다. 언젠가, 아버지와 함께 자객들을 일망타진하던 때가 생각났다. 주위를 살펴가면서, 그자가 그녀의 발 아래로 다가오고 있었다.

'바로 지금이다!'

순간, 속삭이되 강했던 아버지의 소리가 들렸다. 그녀는 하늘에서 떨어지는 바윗돌처럼 급전직하하며 그자를 향해 검을 쏘았다. 그 와중에도, 무사의 두 눈썹 가운데에 있는 큰 점이 선명했다. 그는 미처 피하지 못했고, 칼은 그자의 오른쪽 어깨를 정확히 파고들었다. 그는 신속히 몸을 빼내 검을 고쳐 잡았다.

'태어나선 안 될 생명이니라. 반드시 아기를 제거하고 오라. 신국의 운명이 네 칼 끝에 달렸다.'

법흥과 이사부는 번갈아가며 지엄하게 명령했었다. 그는 자객 점박이었다. 대가야에 도착하기 무섭게, 우야의 내전 지붕 위에서 아기가 태어나기만 기다리고 있었다. 곡소리와 함께 그가 본 것은 아기가 죽었다며 포대에 안고 나오는 나인들이었지만, 내전 후문을 빠져나가는 말 한 필도 발견했다. 그는 하늘이 돕고 있다며 그들을 뒤쫓았었다.

나무들의 울음소리가 둘 사이를 갈랐다. 연이어 정적을 깨며 고함소리가 동시에 터지고, 두 사람의 칼이 춤을 추기 시작했다. 나무들이 달빛을 가리고 있음에도, 칼날의 움직임은 선명하게 보였다. 그리고 어느 순간, 서로의 칼끝이 서로의 가슴에 닿았다. 검을 든 점박의 팔 위로는, 피가 함부로 흘러내리고 있었다.

등흔이 점박의 눈을 보며 물었다.

"신라에서 왔느냐?"

"알 것 없다."

"누가 보냈느냐?"

그의 얼굴에 얼핏 썩은 웃음이 스쳤던가. 이번엔, 그가 물었다.

"아이는 어딨느냐?"

"알 것 없다."

"아이는 어딨느냐?"

그가 문초하듯 더 강하게 물었다.

"네가 먼저 답해라."

"······신라에서 왔다."

"아이는 강물에 던졌다."

순간, 그의 얼굴에 낭패의 그림자가 스쳤다. 그때를 놓치지
않고, 그녀는 한 걸음 물러섬과 동시에 몸을 돌려 그의 오른팔
에 깊이 칼을 그었다. 그의 팔에서 피가 솟구쳤다. 뒤로 물러나
더니, 그는 달려가 말을 몰고 도망쳤다.

✸ ✸

두 사람은 저잣거리에서 다시 만났다.

휘는 아기를 품속에 넣은 채 주막 앞을 기웃거리고 있었다.
등흔이 말없이 그의 옆에 다가섰다. 휘는 옆을 돌아보고는 반
가운 마음에 손부터 덥석 잡았다. 그녀가 슬그머니 그의 손아
귀에서 손을 빼내며 물었다.

"아기는 괜찮습니까?"

예, 그가 무안한 얼굴로 대답하며 품속의 아기를 보여주려
했다.

"보는 눈이 많습니다."

그녀는 짧게 말하고, 아기를 보지 않은 채 앞서 걸어가기 시
작했다. 주막의 전 부치는 냄새가 고약하리만치 그들을 붙잡았
다. 그가 왜 주막 앞을 기웃거리고 있었는지 알 만했다.

등흔은, 약조한 날보다 이틀이나 빨리 '그곳'에 도착했었다.

그들이 사전에 약조한 곳은 탁순국의 장안 저잣거리였다. 탁순국은 대가야의 소국 중에서 신라에 철저히 배타적이었기에, 신라인이 얼씬할 수 없었다. 그들이 숨어 있기에 좋은 곳이었다. 도착과 함께 그녀는 마방馬房에 말을 맡겨 두고, 인근 민가에 노모 혼자 사는 집의 문간방 하나를 임시로 얻었다. 그리고 저잣거리에서 아기에게 필요한 물품과 옷가지를 구경하면서 그가 나타나기를 기다렸었다.

저잣거리를 완전히 벗어나고 논길을 따라 한참을 걸어가, 등흔은 자신이 구해놓은 민가로 들어갔다. 방문을 닫자, 휘가 품속의 아기를 보여주었다. 그녀는 아기를 건네 받아 안고 들여다보았다. 본인이 생각해도 아기를 안는 품새가 영 어설펐다. 그래도 아기는 잠든 채 그녀에게 배냇웃음을 지어 보였다. 그녀가 잠시 감격하는 표정으로 휘를 보자, 그가 빙긋 웃었다.

노모가 묽은 미음을 들고 들어왔다. 적당히 따뜻했다. 그가 아기를 안고 그것을 조금씩 떠먹이는 모습을 보고 노모가 소리 없이 웃으며 말했다.

"아기 아비가 꼭 어멈 같네. 아무래도 부부가 바꼈구만."

아기의 이름을 지었다.

왕자에게 함부로 이름을 지어준다는 게 부담스러웠지만, 왕후가 아이를 찾을 게 금방은 아닐진데, 이름도 없이 지내게 할 순 없었다. 마침 지나가던 노승老僧이 작명을 자처했다. 스님은 아이가 어릴 땐 숨어 살 팔자이니 이름도 도드라져선 안 된다며, 평범한 이름 '우륵于勒'을 아기에게 주었다. 그나마 묽은 미음을 먹으면서도 우륵은 잘 자랐다. 가끔, 노모가 수소문해 주는 집을 찾아가 젖동냥을 하기도 했다. 그럴 때 우륵은, 숨을 몰아쉬며 보기에 안쓰러울 정도로 아구아구 젖을 빨았다. 태어나면서부터 산전수전을 다 겪어서인지, 우륵은 잔병치레 없이 하루가 다르게 튼튼하고 똘망하게 커갔다. 휘와 등흔은 부부처럼 보이지만 이부자리는 따로인 생활을 계속해 나갔다.

우야왕후가 신라에서 자결했다더라는 소문이 뒤늦게 저잣거리에 퍼졌다. 산후 울증鬱症이라고도 하고 가야로 돌아오고 싶지 않아서였다, 라고도 했다.

"필시, 왕자님을 살리기 위해 어머님이 목숨을 끊은 게 분명합니다. 변고가 생기면 아버님에게 일러둔다셨으니, 왕자님은 훗날 아버님이 찾겠군요."

휘가 먹먹한 가슴으로 잠든 아기에게 조곤조곤 말하며 고향의 어머니를 떠올릴 때, 등흔은 예전 아버지의 죽음을 생각하며 자신도 모르게 한숨을 내뱉었다.

그녀가 우야의 호위무사가 되기 이전, 신라가 가야 아시촌阿尸村(함안)에 쳐들어왔고, 그곳 장수였던 그녀의 아버지는 이사부의 칼에 목을 베였다. 웃옷을 벗어 아버지의 잘려 나간 목을 싸면서, 그녀는 결심했다. 앞으로의 삶은 아버지의 복수를 위해 사는 것이라고. 그리고 슬픔 같은 거, 기쁨 같은 거, 외로움 같은 거, 아예 가슴에서 떼어 내 버리고 철저히 먹물색으로 살겠다고.

'이사부, 네가 내 아버지에게 한 것과 꼭 같이, 나는 너의 목

을 베고 말 것이다, 반드시.'

평소에도 신라가 가장 무서운 세력이라며, 이사부를 죽이는 것이 신라를 죽이는 것이라고 강조했던 아버지였다.

'만약 내가 이사부를 죽이지 못하면, 네가 이사부를 죽여 가야를 구해야 한다.'

그 출전 전야에도 그는 그렇게 말했었다. 자신의 결심대로, 그리고 유언이 되어버린 아버지의 말대로, 언젠가는 이사부의 목을 베기 위해 그녀는 다시 무사로 돌아가야만 했다. 그러나 지금은, 그리고 당분간은, 왕후와의 약속을 지켜야 했다.

뒤이어, 신라가 탁순국을 치러 온다는 소문이 벌레떼처럼 퍼졌다. 종자들을 신라로 내쫓은 일을 문제 삼는다 하였다. 장안의 사람들은 불안해 했다. 대가야 전역에 피비린내가 진동할 것이라는 흉흉한 점괘까지 나돌기 시작했다. 사람들은 두 부류로 나뉘었다. 어찌하여 종자들의 퇴출을 주동하고 신라를 그토록 배척해서, 그들의 과녁이 되길 자초했느냐며 왕을 욕하는 이들도 있었고, 막강한 철 무기가 있으니 맞서 싸워서 신라에게 본때를 보여줘야 한다며 왕을 지지하는 사람들도 있었다. 그러나 신라가 쳐들어온다는 소문이 점점 크게 번져오자, 사람들은 모두 피난 갈 준비를 시작했다. 단합해서 신라를 막아내자고 나서는 사람도, 다른 소국의 지원군 소식도 없었다.

그들은 떠나야 했다.

휘와 등흔은 처음의 모습으로 우륵을 말에 태우고 남쪽의 금관가야로 향했다. 그들이 떠나고 얼마 되지 않아, 탁순국은 허무할 정도로 쉽게 신라의 손에 무너졌다. 심지어, 인접한 소국 세 개가 신라에 귀속되기까지 했다. 대가야의 다른 소국들도 철과 쌀을 향한 신라의 욕심에서 결코 무관할 수 없었지만, 그렇다고 전 가야연맹이 모두 하나로 뭉치는 것은 날이 갈수록 쉽지 않아 보였다.

✳ ✳ ✳

바다가 한눈에 내려다보이는 집이었다.

금관가야의 이곳저곳을 구름처럼 부유浮游한 지 다섯 해. 누가 먼저랄 것도 없이, 이젠 우륵을 위해 한곳에 정착해야 한다고 생각했다. 휘와 등흔은 신라의 손길에서 가장 먼 남쪽 해안을 돌다, 그 바닷가의 한 마을인 길포현吉浦縣에 둥지를 텄다. 백사장이 길고 완만했으며, 마을은 병풍처럼 둘러싸고 있는 산으로 이어지고 있었다. 일단 유사시엔 산이든 바다든 어느 쪽으로도 도망치기에 좋아보였다. 사람들은 순하진 않았으나 외지인에게는 너그러운 편이었다.

그 산의 초입에 옹기종기 민가가 모여 있었고, 그 중간 즈음에 빈 집을 구했다. 마당가의 외양간 자리는 마구간으로 쓰기에 더없이 좋았고, 방이 둘인 집은 그들이 함께 살아오면서 처음이었다. 저녁을 먹으면서, 방을 어떻게 쓸 것인가를 얘기하던 중에 우륵이 물었다.

"전 누구랑 잡니까?"

표정 없는 등흔을 보고 나서, 휘가 되물었다.

"누구랑 자고 싶습니까?"

"아버지랑요."

"어머니가 무서울 텐데 어떡합니까? 우리 아들이 어머니를 밤새 지켜줘야 하지 않을까요?"

"어머니는 씩씩해서 괜찮습니다. 제가 아버지를 지켜줘야지요."

등흔이 빙긋 웃으며 말했다.

"그래도, 난 우리 아들이랑 같이 자고 싶은데 어떻게 안 될까요?"

잠시 생각하던 우륵이 두 사람을 번갈아 보며 말했다.

"그럼, 이렇게 해요."

"어떻게요?"

"셋이 같이 자는 겁니다!"

"아하, 그런 방법이 있었군요."

그렇게 말하며, 휘가 등흔을 살폈다. 그녀는 웃고 있었다.

그 밤.

우륵이 잠들자 등흔은 방을 나왔다. 휘도 그 뒤를 따랐다. 두 사람은 마루에 나란히 앉았다. 파도소리가 유난히 지척에 있었다. 보름달의 밝은 빛이 바다 위를 수많은 비늘들처럼 헤엄치고 있었다. 그녀의 마음도 그의 마음도, 그 바다 어딘가를 유영하고 있었다.

한참 후, 그가 일어서며 지나가는 말인 듯 한마디 했다.

"달빛이 좋으니 백사장을 걸어보고 싶소. 당신하고 둘이."

'안 하던 소리를 하네.'

등흔은 의아한 표정으로 그를 올려다보았다. 그런 말도 처음이었지만, 우륵을 혼자 두는 건 어떤 경우에도 있을 수 없는 일이었다.

"다녀오시지요."

그녀의 말에, 그는 도로 앉았다. 다시, 침묵이 두 사람 사이를 헤엄쳤다. 그렇게 계속 앉아 있기에는 밤바다의 바람이 차가웠다.

"저는 건넌방에서 자겠습니다."

등흔이 먼저 일어났다. 휘가 말없이, 돌아서는 그녀의 한 손을 잡았다. 그리곤 그도 일어나, 그녀를 건넌방으로 이끌었다. 문을 닫고, 그가 그녀를 안아 왔다. 그녀는 미동도 없이 침묵했다. 휘가 다시 몸을 떼 내고 그녀의 눈을 들여다보았다.

"우리 혼인합시다."

등흔도 그의 눈을 속 깊이 들여다보았다. 한없이 순수한, 사람의 마음을 무장해제시키는, 그래서 그녀가 좋아하는 바로 그 눈이었다. 등흔은 휘의 온유함과 순수함이 좋았다. 그녀의 아버지와는 꼭 정반대인, 아이에게 살가운 모습도 좋아보였다. 그러나 그녀는 자신의 마음을 한 번도 드러내 보이지 않았다. 아버지를 생각하면 그런 감정은 순간적인 티끌에 불과했다.

"당신을 마음으로 품은 지는 이미 한참이 되었소."

휘가 나직이 말해왔다. 그리고, 그의 입술이 그녀의 입술을 찾았다. 거부해야 한다는 머리의 외침과는 반대로, 그녀의 가슴은 벌써 그 숨결을 받아들이고 있었다. 어쩌면 너무도 쉬웠을, 그러나 너무도 오래 돌고 돌아온 두 사람의 밤이 순식간에 열렸다. 저 홀로 몰려오고 또 몰려오는 파도가 두 사람의 가슴을 출렁이고 넘치게 했다.

다음 날.

아침 해가 불끈 솟아오르자, 그들은 부부의 연을 맺었다. 인적 없는 바닷가에서 떠오르는 태양을 앞에 모시고 두 사람만의 혼례가 시작되었다. 하객은 없었지만, 예물은 푸짐했다. 휘는 가지고 나온 반지를 그녀의 손가락에 끼워 주었고, 등흔도 그에게 그리 했다. 벗보르고 따라 나온 우륵이 박수를 쳤다. 그 혼인의 증인은 우륵으로 충분했다.

보여주기 위한 가족이 아닌, 진짜 가족이 되었다.

그제야, 모든 것이 제대로였고 정착의 편안함이 느껴졌다. 언제까지 왕후가 준 패물에 의존해서 살 수 없다며, 휘는 길포와 인근 마을의 대소사에서 가얏고를 연주하고 아이들에게 가얏고를 가르치며 생계를 꾸렸다. 그는 우륵에게 학문을 가르치려 했으나, 우륵은 그에게서 가얏고를 배우려 했다. 되려, 대소사에서 들은 풍월로 창唱까지 했다. 가르쳐 주지 않음에도, 악樂을 사랑하는 타고난 품성이 있었다. 결국 휘는, 우륵의 일곱 번째 생일 선물로 가얏고를 마련해 주고, 연주에 필요한 기초를 가르쳐 주었다.

등흔은 우륵의 그런 모습을 반대하지 않았다. 어쩔 수 없는 현실이고, 물 흐르듯 가는 것이 좋겠다고 생각했다. 그녀는 우륵에게 말 타기를 가르쳤다. 그전에도 늘 휘와 함께 두 사람이 번갈아 가며 말을 태워주곤 해서인지, 우륵의 승마는 일취월장했다. 그 즈음부터, 그녀는 선무도禪武道를 다시 시작했다. 몸을 다스리는 무武에 마음을 다스리는 선禪이 어우러져, 씩씩하고 반듯한 본래의 그녀로 돌아가는 듯했다. 그리고 그것은, 아버지에 대한 미안한 감정을 조금이라도 해소하고 이사부를 향한 복수를 갈무리하는 그녀의 깊은 다짐이기도 했다. 그녀의 속마음을 알길 없는 휘와 우륵은, 무예를 닦는 등흔의 모습이 그렇게 좋아보일 수가 없다며 선무도를 가르쳐 달라고 했다.

동틀 무렵, 그들이 혼례를 올렸던 바닷가의 한 곳에 세 사람은 나란히 섰다. 날마다, 바닷물에 세수를 하고 새롭게 떠오르는 태양의 정기를 받으면서, 그들의 기합소리가 파도소리와 어우러졌다. 휘의 더딘 연마에 비해, 우륵의 무예는 그 또한 일취월장이었다.

완벽한 가족으로, 그 즈음의 그들은 행복했다.

아비의 마음

✱

휘는 가벼웠다.

우륵과 부르는 콧노래가 미풍처럼 이어졌다. 가얏고를 코로 입으로 퉁기는 격이었다. 또각또각 걸어가는 말의 네 발도 박자를 맞춰가고, 고삐를 함께 잡은 우륵의 두 손도 토닥토닥 박자를 맞췄다. 햇살도 바람도 세상의 온갖 생명들을 퍼올리기에 분주했다. 길은 강을 따라 길게 뻗어 그의 고향 성열현省熱縣으로 나 있었다. 길포 바다와 연결된 강의 하구에서부터 낙동강을 거슬러 계속 올라가면 성열에 닿을 것이었다. 그곳에는, 십여 년 만에 찾아뵙는 어머니의 회갑연이 기다리고 있었다.

노래 한 소절이 끝나자, 안기듯 그의 앞에 앉아 있는 우륵이 하늘을 가리켰다.

"아버지, 하늘이 내려와요. 저 햇살 좀 봐요."

우륵의 손가락 끝에서 햇살이 떼를 지어 퍼지고 있었다. 그 표현이 아름다워 우륵을 꼬옥 안자, 아이가 그를 돌아보았다. 열 살, 어린 소년의 미소가 풀잎처럼 파릇파릇 피어나고 있었다.

"아버지, 물어볼 것이 있습니다."

"무엇이 궁금한지요?"

"왜 아버지 어머닌 저한테 존댓말을 쓰십니까? 다른 아버지

어머니들은 안 그러는데요."

"왜 그럴까요?"

"저야 모르지요."

"그건 말입니다…… 우리 아들이 정말 소중해서지요. 근데, 그게 싫습니까?"

"아닙니다. 두 분이 저를 존중해 주신다는 생각이 들어서 좋긴 합니다. 친구들도 이제는 다들 부러워하니까요."

"다행입니다. 우리 왕자님!"

'정말 왕자님이십니다.'

휘는 속으로 말했다.

"고맙습니다. 대왕마마!"

휘가 다시 한번 우륵을 꼬옥 끌어안았다. 아이에게서 옅은 봄풀 내음이 나는 듯도 하였다. 아무리 아기여도 처음엔 지존의 왕자님에게 말을 놓기가 거북했고, 그게 버릇이 되다 보니 휘도 등흔도 존댓말을 계속 쓰고 있었다. 그는, 우륵이 쓰고 있는 벙거지를 살짝 올리고 손을 둥글게 말아 우륵의 귀에 갖다 댔다. 그의 손을 통해 들어오는 소리를, 우륵은 가만히 듣고 있었다.

"무슨 소리가 들립니까?"

"음, 강물 소리가 들립니다. 아주 크게요."

"물은 세상의 근본이지요. 그래서 물 흐르는 소리야말로 이 세상 소리의 기본이 되는 겁니다. 우리 아들도 태어나기 전부터 어머니 뱃속에서 졸졸졸 물 흐르는 소리를 내내 들었지요."

우륵이 처음 듣는 얘기라는 듯, 그를 돌아보았다.

"어머니 뱃속에는 양수라는 물이 있는데, 태어나기 전의 아기는 모두 그 양수 속에서 자라면서 열 달을 보내는 것이지요. 그래서 사람들은 졸졸 흐르는 시냇물 소리를 들으면 편안해지고, 강물을 보면 옷을 벗고 뛰어들고 싶어하는 겁니다."

휘는 고개를 옆으로 돌려 강물을 바라보며 말을 이었다.

"가얏고도 그렇게 물 흐르듯이 연주하면 사람들이 편안해하지요. 우리 아들도 어릴 때, 물 흐르듯 하는 가얏고 소리를 많이 들었기 때문에, 이렇게 예쁘고 총기 있는 거 아니겠습니까?"

"아버지, 저는 예쁜 거 싫습니다."

"왜요?"

"예쁘다는 건 여자들한테 하는 말입니다. 저는 멋있는 거지요."

그가 우륵의 옆구리를 살짝 간질이자, 우륵은 까르르 웃으며 그의 손을 피했다. 우륵의 귀에 다시 그의 손이 닿았다.

"이번엔 무엇이 들립니까?"

"물새가 날갯짓하는 소리가 들립니다."

"또요."

"먼 데서 사람들이 웃고 떠드는 소리도 들립니다."

그는 손으로 우륵의 가슴을 살짝 눌렀다.

"이 가슴에 그 자연의 소리들을 다 담아야 합니다. 강물이 달리는 소리, 새들이 날갯짓하는 소리, 바람이 몰려다니는 소리, 사람들의 웃음소리……"

"사람들 웃음소리도 자연의 소립니까?"

"사람도 자연의 일부니까요. 모두가 가야에서 숨 쉬는 자연의 소리지요."

십 년을 넘게 소식 한 장 전하지 못한 어머니의 회갑연도 있지만, 휘는 유년의 기억 속에 바닷가의 소리밖에 담지 못할 우륵에게, 더 넓은 가야의 다양한 소리를 가슴에 담아 주고 싶었다. 그의 아버지가 그에게 그래 주었던 것처럼, 그리고 소리에 관해 아버지가 들려주신 얘기들이 내내 그의 악樂에 든든한 뿌리가 되어주고 있는 것처럼.

뽀르릉뽀르릉.

저녁이 오면 새들이 새끼들을 부르는 소리가 유난스러웠다. 그럴 때면, 길포의 집 생각도 나고, 고뿔로 누워 있을 아내의 얼굴도 보고 싶어졌다.

'태어나서 이런 고뿔은 처음입니다.'

등흔은 그렇게 말하며 함께 가기를 포기했었다. 그는 아픈 사람을 혼자 두고 갈 수 없다고 했지만, 일생에 한 번뿐인 회갑연에다 벼르고 별렀던 고향길인데 그럴 순 없다며, 부자父子의 행복한 나들이가 되길 재촉했다.

먼 하늘에 저녁샛별이 유난스러웠다.

"아버지, 이상한 게 있습니다."

말을 탄 채 천천히 밤길을 가며 우륵이 또다시 종알댔다.

"무엇이요?"

"밤이 되면 세상이 조용해집니다. 낮에 들리던 그 많은 소리들이 죄다 삭삭삭 숨어버려요. 정말 이상하지 않습니까?"

"그건, 음…… 소리도 쉬는 거지요."

"소리도 쉬어요?"

"물론이지요. 쉬어야 내일 아침에 또 깨끗하고 싱싱한 소리로 우리한테 오지요."

"아버지, 그럼 우리도 쉬어야 하는 거 아닌가요? 밤중인데……."

"우리는 그동안 매일 밤 쉬지 않았습니까? 지금은, 할머니께서 우리를 기다리시니까, 부지런히 가야지요."

우륵이 자세를 고쳐 앉았다. 뭔가 석연치 않다는 몸짓이었다.

"그럼, 아버지, 이건요, 이건 왜 그런데요?"

"뭐가 또 궁금한데요?"

"지난 겨울에 눈이 많이 오던 날 말입니다. 제가 아침에 제일 먼저 일어나 마당에 나갔거든요. 그런데 온 동네가 말할 수 없이 조용했습니다. 눈이 오는데 왜 그렇게 조용해졌을까요? 소리들은 밤새 푹 쉬고 다시 왔을 텐데요."

"그건 말이지요, 그건, 흐음…… 하늘이 소리를 모조리 빨아들여 버려서 그런 거 아닐까요?"

"왜, 왜, 하늘이 소리를 빨아들여요?"

우륵이 왜, 왜, 하고 끊어서 반복하는 건, 그만큼 생각이 급해지고 있다는 의미였다.

"그건, 눈이 소리 없이 오게 하기 위해서지요."

"그럼, 왜, 왜, 싸락눈은 소리를 내면서 오는데요?"

"……."

✳ ✳

휘의 가슴이 뛰기 시작했다.

또그닥또그닥, 골목길을 돌아서자, 갑자기 옛집이 나타났다. 궁중악사가 되기 전 잠시 다녀간 후로 십여 년 만의 귀향이었다. 사립문은 열려 있고, 굴뚝엔 연기가 솟았다. 말을 내려 문 앞에 선 채, 휘는 목소리를 키웠다.

"어미니!"

부엌에서 인기척이 들렸다. 이번엔 우륵이 불렀다.

"할머니!"

머리에 둘러썼던 천을 풀어 옷의 검불을 털어내며, 어머니가 부엌에서 나왔다. 여물을 끓이고 있었던가 보다. 어머니는 몇 발짝 걸어오다 멈추고, 누군가 하는 눈으로 그들을 보았다. 우륵의 손을 잡은 채 걸어 나가며, 그가 다시 한번 불렀다.

"어머니, 저 왔어요."

어머니가 기함을 하며, 득달같이 그에게 달려들었다.

"이게 누구냐, 이게 대체 누구야."

그는 그대로 마당에 엎드려 어머니에게 절했다. 우륵이 옆에서 눈치를 보며 함께 엎드려 절했다.

"살아있었구나, 내 아들이 살아있었어. 아이구, 동네 사람들, 내 아들이 살아왔어."

아들을 일으켜 세우며, 거친 손으로 휘의 손을, 팔을, 얼굴을 만지면서 어머니가 외쳤다. 휘는 어머니를 있는 힘껏 부둥켜안았다. 눈물이 쏟아졌다. 우륵이 태어나면서부터 시작된 그 숱한 고난의 시간들이 번개처럼 한꺼번에 스쳐 지나갔다. 그 눈물은 세상에 의지할 곳 하나 없이 오롯이 인내하고 감당해야 했던 그 모든 일들을 어머니에게 한꺼번에 일러바침이었다.

우륵이 그의 바지를 잡아당겼다. 휘는 아이의 손을 잡아 어머니에게 인사시켰다.

"어머니 손주입니다."

짬을 주지 않고, 우륵이 수없이 연습한 한마디를 또박또박 했다.

"할머니, 옥체 평안하셨습니까."

휘의 어머니가 쪼그리고 앉아, 이번엔 우륵의 손과 팔과 얼굴을 만졌다. 그녀의 두 눈에 눈물이 배어나왔다.

"어이구, 인사도 어찌 이리 잘하누? 이리도 잘생기고 똑똑한 내 새끼가 어디에 숨었다가 이제야 나타났어? 어이구, 어여쁜 내 새끼!"

동네 사람들이 하나둘 마당으로 모여들었다. 그는 동네 어르신들에게 인사했다. 어르신들은 모두 그대로였다. 옛 친구들도 한둘 보였다.

"재작년에는 내, 너를 찾아 나섰더랬다. 그런 양반이 아닌데, 네 아버지가 꿈에 나타나서 아들을 찾지 않고 지금 무얼 하고 있느냐고 호령을 치는 바람에……."

밤이 깊어 우륵이 곤히 잠들자, 건넌방에 휘의 잠자리를 봐주고 나서, 어머니는 또다시 눈물을 내비쳤다. 건넌방엔, 아버지의 유품인 참새 문양 가얏고가 여전히 한쪽 구석에서 그 자리를 지키고 있었다. 우륵을 데리고 나올 때 대가야 우야왕후의 방에 두고 온 그 가얏고와 같은 문양이었다.

"너를 알 만한 사람은 다 찾아봤지만, 네 소식을 아는 사람은 아무도 없더구나. 너와 절친했던 비삽까지 수소문해서 찾아가봤지만, 그 사람 역시 너의 소식은 들은 게 없다더라."

'비삽飛颯을 찾아가셨군요, 그 먼 길을.'

"네가 죽었구나 생각하고, 작년부터는 네 생일날 제사를 지냈다."

휘는 가만히 어머니의 손을 쥐었다. 그리고 이런저런 사정으로 길포현까지 흘러들어 가게 되었다고, 그리고 지금은 가정을 일구고 잘 살고 있다고 얘기했다. 우륵의 탄생과 그로 인해 모든 것이 바뀌었음은 나중에 이야기하자, 미루었다. 그는 길포에서 화공畵工의 손을 빌려 급히 그려온 등흔의 화상畵像을 어머니에게 보여주었다. 다음엔 꼭 같이 오너라며 어머니는 못내 아쉬워했다. 며느리가 무사라니, 라는 말은 꿀꺽 삼킨 채.

회갑연은 조촐하게 준비했다.

어머니와 아버지를 위해 옷 한 벌씩도 구했다. 어머니는 나이만큼 늙었으나, 새 옷처럼 허리도 정신도 꼿꼿했다. 휘는 새

옷 입은 어머니를 업고 동네를 한 바퀴 돌았다. 아버지가 즐겨 부르시던, 그리고 어머니가 좋아하셨던 아버지의 옛 노래도 불러 드렸다. 그렇게까지 목소리를 우렁차게 하여 창唱하는 아비의 모습을, 우륵은 처음 보았다. 연이은 휘와 우륵의 가얏고 합주는 그 자체로 회갑연의 절정이었다.

그 밤, 아버지 옷은 불에 태워 하늘에서 받으시게 했다. 불꼬리가 긴 그을음을 남기며 하늘로 빠르게 치솟았다. 휘는 길포로 가서 같이 살자고 했지만, 어머니는 그가 살아있는 것만으로도 고맙다며 빨리 돌아가라고 했다.

"나는 이곳을 떠나고 싶지가 않구나. 부부간에 화목하고 아들을 잘 키워라."

어머니는 아들의 손을 다시 한번 꼭 쥔 다음, 아버지의 참새 문양 가얏고를 내어주며 가져가라고 했다.

휘는 다시 우륵과 함께 길포로의 하행 길을 나섰다.

아버지의 가얏고가 그의 어깨에 걸려 있었다. 마을을 벗어나면서, 옛날 옛적 아버지와 함께 길을 나서던 때가 또렷하게 되살아났다. 그도 꼭 열 살이었을 때 아버지와 먼 길을 떠났다. 그의 아버지는 방랑벽을 주체하지 못하고, 한 번씩 바람처럼 사라졌다가 돌아오곤 했다. 그런데, 그때는 어린 휘를 데리고 가야를 부유하며 세상의 소리를 가르쳐 주었다.

'아버지가 나를 업어 주었던가.'

아버지한테 업혔던 기억이 나는 것도 같았다. 그러고 보니, 도중에 열이 심한 그를 업고 아버지가 부근의 의원을 찾았던 기억도 났다.

돌아가는 길 역시, 우륵의 종알거림과 소리에 관한 휘의 이야기는 계속 되었다.

'지존의 혈통인 아이에게 정말 가얏고를 가르쳐도 되는 건가. 어느 날 갑자기 이 아이를 찾는다는 방榜이라도 붙으면, 그래서 이 아이를 데려다주면, 이뇌왕께서는 학문보다 가얏고를 가르쳤음을 원망하지 않으실까.'

우륵에게 가얏고를 마련해주고 기초를 가르치기 시작한 이후에도, 그 생각은 늘 따라다니며 그를 괴롭혔다. 그러나 이젠 그 생각을 걷어 내야 했다. 그동안 숱한 방이 붙었지만, 우륵을 찾는 내용은 없었다. 신라의 세력이 계속 커가는 이상, 아이를 공공연히 찾을 수도 없을 것이다. 차라리 찾지 않는 것만 못할 것이니.

'그래, 이 아이는 내 아들이다, 내 자식이다. 그렇게 키워왔고, 앞으로도 그럴 것이다. 그러니 나의 음악을 이 아이에게 물려주는 것은 당연한 것이다. 찰나를 존재하다 바람처럼 사라져 버리는 것이 고의 악樂이라 해도, 자연과 나와 가얏고가 한 몸 한 마음이 되어서 울리는 그 소리 한 땀 한 땀의 아름다움은 이어져야 한다. 그것은 내가 물려받았듯이, 또 내가 사랑하는 아이에게 물려줘야 할, 살아있는 존재가 아닌가.'

집으로 돌아오자마자, 우륵은 그에게 창唱을 가르쳐 달라고 졸랐다. 파도가 굽이쳐 나가는 후미진 곳을 택해, 휘는 목을 여는 기본부터 가르치기 시작했다. 우륵이 태어나던 날의 그 곡소리가 자꾸 되새김질 되어, 그는 한 번씩 마음을 다스리곤 했다. 아울러, 휘는 가야의 소리와 음악에 대한 깊은 생각들과 함께, 우륵에게 가얏고 연주를 본격적으로 가르쳤다. 특히, 아버지로부터 배운 아름다운 가얏고곡 '가야의 봄날'을 통해, 그는 우륵을 의젓한 소년 악사로 키워나갔다.

* * *

우륵의 나이 열다섯, 길포의 현청縣廳 앞에 큰 방이 붙었다.

만물이 소생하는 입춘에,

在万物复苏的春天,

가얏고 연주대회를 개최할 것이다.

即将召开伽倻玄演奏大会。

무술대회도 함께 열릴 것이니,

同时也会召开武术大会,

가야인들의 많은 참가 바란다.

希望伽倻人们多多参与

순위에 따라 철정을 하사한다.

将会根据名次赐予铁铤。

방뿐만이 아니었다.

50

병사들이 마을을 돌아다니며 참가를 독려했다. 어떤 물품과도 교환할 수 있는 덩이쇠 철정鐵鋌이 오백 근 넘게 상으로 준비되어 있을 뿐 아니라, 일등은 궁중의 무사와 악사로 특채된다 했다. 금관가야 구형왕仇衡王이 신라의 위협으로부터 나라를 지켜줄 훌륭한 무인들을 뽑기 위한 것이란 얘기도 있었고, 나라의 기운을 돋구기 위해 연주대회를 성대하게 연다는 소문도 있었다.

그 이전, 신라에서는 법흥왕의 뒤를 이어 진흥왕眞興王이 즉위한다 했었다. 그는 다섯 살 연상인 성골 출신의 여인과 혼인했지만, 아직 어린 왕이라 그의 어머니 지소태후只召太后가 나라를 섭정했다. 그녀는 '철의 태후'라는 별명을 들을 정도로 철처럼 강할 뿐만 아니라 철에 집착한다는 소문이 가야 전역에 퍼졌다. 그래서, 구형왕이 군대를 강화하면서 최신 철제 무기 개발을 독려하고 있다는 소문도 사실인듯 보였다. 그것은 이미, 구형이 마숙전馬叔戰의 규칙을 정비하고 범국가적인 놀이로 키워가는 것으로 짐작되는 일이기도 했다. 마숙전은 말을 탄 채 막대기로 공을 쳐서 구문毬門 밖으로 내보내는 놀이였다. 연년생인 그의 세 아들은 마숙장에서 살다시피 하는 바람에 '마숙 삼형제'라는 별칭까지 얻고 있었다.

"대회에 나가보고 싶습니다, 아버지."

우륵이 먼저 나섰다.

동네 사람들의 부추김이 컸다. 그들은 한 술 더 떠, 휘까지 대회에 나가보라 들쑤셨다. 난감했지만 고심 끝에 휘는 우륵의 참가를 허락했다. 자식이 원하는 것을 해주고 싶은 것이 아비의 마음이었다. 설령 대가야나 신라의 누군가가 우륵을 본다 해도, 그를 그때의 아기로 생각할 수는 없을 것이었다. 더군다나, 가얏고의 고수들과 붙어 일등을 한다는 건 생각할 수도 없는 일이었다.

"시합에 출전하고 싶습니다."

뒤이어 등흔이 무술대회에 나가겠다고 고집했을 때, 휘는 그녀 역시 붙잡지 못했다. 우륵이 이미 수염 송송한 모습으로 커가고 있었고, 그녀의 무예 실력 또한 누구보다 잘 알고 있는 터에, 그의 욕심으로 등흔을 막을 수는 없었다. 그래도, 늘 든든했던 그녀를 곁에 두지 못하게 될지도 모른다는 사실이 아쉬웠고, 그렇게 마음먹은 그녀의 결심이 섭섭하기도 했다. 무엇보다, 등흔을 붙잡지 못하는 자신이 싫었고, 자신이 그녀를 사랑하고 있고 그녀 또한 자신을 사랑하고 있다는 믿음이 헛것이었을지도 모른다는 생각이 그의 가슴 한쪽을 아릿하게 했다. 그러나 그는 그 모든 생각을 말로 꺼내지 못하고 삼킬 뿐이었다.

대회가 임박해지면서, 그들이 금관가야의 도성을 향해 떠날 채비를 서두를 때, 신라의 진흥 역시 그곳으로 떠날 준비에 한창이었다.

"두 대회가 전 가야의 힘을 집결시키는 계기가 되지 않는지 동태를 면밀히 파악하시오."

이사부를 불러 그리 이르는 지소태후에게, 진흥은 직접 가야에 가서 두 대회를 보고 오겠다고 청했었다.

"적의 것을 취하고 배우고 익혀 그것으로 적을 치는 것이 최고의 전략이라 하지 않았습니까. 미래의 가야 정벌을 위해 윤허해주시옵소서."

지소태후는 아들의 생각을 갸륵하게 여기며, 허락과 함께 수많은 호위무사들을 대동시켰다. 이사부는 진흥의 호위를 직접 관장하기로 했다. 우륵의 가족이 길포를 떠나던 날, 진흥의 일행도 궁궐을 출발했다.

✳ ✳ ✳ ✳

여숙旅宿은 대회에 참가하러 온 사람들로 북적댔다.

대회가 열리는 금관가야 장안의 여숙이었다. 넓은 마당을 중심으로 방들이 도열해 있고, 무사와 악사들이 마당과 툇마루에서 운동을 하거나 악기를 손질하고 있었다. 한쪽 담벼락에 닭장이 있고, 닭 몇 마리가 헤집고 다니는 그 마당에서, 휘는 참으로 오랜만에 비삽을 만났다. 어머니가 그의 소식을 들으러 찾아갔다던 친우였다. 가야를 떠나 신라 백결 선생에게서 고를 배울 때 동거동숙했었던 음악동지이기도 했다. 비삽은 고 연주는 물론, 창과 춤, 문장文章에도 능한 예인藝人이었다.

가얏고 대회에 참가하러 온 그에게는, 열 살 남짓한 딸이 동행하고 있었다. 아이는 예쁘장한 얼굴과는 달리 사내아이처럼 옷을 입고 행동했다. 등흔은 자신의 어린 시절을 보는 듯하다며 아이의 머리를 쓰다듬어 주었다. 아이는, 비십이 시킬 때만 창과 춤을 보여주었는데, 한눈에 보기에도 비삽이 기본기를 가르친 품새였다. 그 아이는, 이름도 사내아이의 그것인 '니문尼文'이었다. 비삽은 휘의 어머니가 찾아왔었다는 얘기도 했다. 휘는, 어찌하다 보니 어머니가 거부할 사람과 만나게 되어 도피 아닌 도피생활을 해왔다고 말했다.

세상이 힘들수록 사람들은 악樂을 더 가까이 하는 건가.

예선은 휘의 예상보다 훨씬 더 많은 참가자들로 붐볐다. 노인들부터 열 살도 채 안 되어 보이는 아이들까지, 저마다 연주 실력을 뽐냈다. 무술대회도 사정은 같았다. 전국의 칼잡이란 칼잡이는 다 모인 듯하였다. 심지어는, 생선 배를 가르는 사람부터 도축하는 사람까지 다양했다. 그리고 그곳에는 외팔이 검객도 있었다. 바로, 등흔에게 한 팔을 내준 점박이었다. 그는 신라로 돌아가 법흥에게 사실대로 고했으나, 법흥과 이사부는 그를 도로 가야로 내쳤다.

'너를 살려주는 것은, 네가 그 무사의 얼굴을 알고 있기 때문이니라.'

그 무사로 하여 아기를 찾아낼 때까지 신라로 돌아오지 말라는 엄명이었다. 그는 가야 전역을 헤매고 다녔지만, 아이의 행방은 오리무중이었다. 신라로 돌아갈 수도 없었다. 법흥은 죽었지만 이사부는 건재했고, 자신을 아는 다른 무사의 눈에 띄기라도 하면 끝장이었다.

그 즈음의 점박은 생활형 무사가 되어, 철정이라도 좀 만져

볼까 하는 마음에 그 무술대회에 참가했다. 헌데 이게 어찌된 일이란 말인가. 예선장에, 자신의 팔을 앗아간 그 여자 무사가 떡하니 앉아 있는 게 아닌가. 틀림없는 그녀였다. 점박은 하늘이 돕는 거라 여기며, 대회 참가를 포기하고 그녀를 미행하기로 마음먹었다.

'널 지금 당장 베어버리고 싶다만, 아이를 찾기 위해 살려두는 거다.'

자신을 이토록 비참하게 만든 그녀에 대한 분노가 스멀스멀 올라왔지만, 그는 더 큰일을 위해 참기로 했다. 그러나 바로 다음 날, 미행은 난관에 봉착했다. 이번엔, 이사부가 관중석에 앉아 있지 않은가. 그를 둘러싸고 있는 자들이 신라의 무사들임도 그의 눈엔 보였다. 그 무리 속에 무사 복상을 한 채 대회를 지켜보고 있는 소년을 보긴 했지만, 그가 진흥임은 미처 깨닫지 못했다.

그래도 그녀를 포기할 순 없었다. 그는 이사부 무리를 피해 다니며 계속 그녀를 미행했다. 그녀가 머무는 여숙을 확인하는 건 식은 죽 먹기였고, 그녀와 함께 있는 소년이 바로 예전의 그 아기임을, 그는 직감했다. 그 깊은 밤, 점박은 사생결단을 되뇌이며 그 여숙을 급습했다. 그러나 놀란 닭들이 한바탕 소란을 일으키는 바람에, 그는 그들 근처에도 가보지 못한 채 허둥지둥 그곳을 도망쳐 나왔다. 더욱이 그 다음 날은, 무술시합장에서 이사부 일행을 미처 피하지 못하고 허둥대다가, 가야 군사들의 심문까지 받았다. 그때부터 가야의 무사가 점박을 미행하고 있었지만, 그는 전혀 눈치채지 못했다.

시합의 열기가 더해가면서, 우륵에겐 걱정이 싹텄다.

"너는 네 어멈의 무술을 익히지 않고 왜 가얏고를 타고 있는지 모르겠구나. 네 어멈이 16등위 안에 드는 건 문제도 안되겠던데."

같은 여숙에 기거하는 무사들이 입을 모아 등흔의 무술 실력에 감탄하고 있었다. 16등위 내의 무사들은 궐 안의 무사로 특채될 거라고 하였다. 만약 어머니가 그렇게 되면, 자신과 아버지 둘만 길포로 돌아가야 할 상황이었다. 자기가 괜히 연주대회에 오겠다고 했나 싶은 마음까지 들었다. 그러나 속이 타들어가는 아버지의 마음은 헤아리지 못했다.

무술시합의 본선이 먼저 시작됐다.

구형왕과 세 아들이 참관하면서, 열여섯의 무사들이 겨루기를 펼쳤다. 그 대진표에 이름을 올린 등흔은 남녀를 가리지 않고 상대를 쓰러뜨렸다. 그때마다 박수를 쳤지만, 휘도 우륵도 마음은 점점 무거워져 갔다. 병사의 대북소리와 함께, 검을 든 등흔과 창을 든 중년 남자의 결승전이 이어졌다. 현란한 창의 움직임 속에 등흔은 수세에 몰렸지만, 이내 빈틈을 발견했다. 불꽃 튀는 한판 승부를 뒤로 하고 등흔이 이기는 순간, 휘의 눈에 얼핏 눈물이 어렸다. 그는 자신도 모르게 우륵의 손을 꼬옥 쥐었다.

구형은 상패와 철정을 하사하면서, 등흔을 궁중 호위무사로 제수했다. 다른 열다섯 무사도 전방위 특별무사로 임명되었다. 주인 내외는 여숙의 경사라며 술과 음식으로 작은 잔치를 열어줬다. 비삽이 창을 하고, 그 가락에 맞춰 니문이 춤을 추었다. 휘는 먹먹한 가슴을 감춘 채, 환하게 웃으며 사람들과 어울렸다. 그는 풀 죽어 있는 우륵도 달랬다. 이왕 온 것이니, 연주는 후회없이 하라고. 모두에게 우륵의 실력을 마음껏 보여주라고. 그리고 고향에 돌아가 아비와 둘이 살면서, 자주 어미를 보러 오자고.

"미안해요, 정말 미안해요."

그 밤, 돌아누운 휘를 뒤에서 안으며, 그녀가 미안한 마음을 표했다. 가슴이 또 한번 먹먹해져 왔다. 휘는 아무 말 없이 다만 그녀의 손을 잡아줄 따름이었다. 등흔은 아비의 복수에 대해 끝내 함구했다.

연이어, 연주대회의 결선이 벌어졌다.

계화왕후桂化王后와 사린공주思隣公主가 지켜보고 있었다. 비삽은 수취首翠라는 악사와 우승을 놓고 겨루고, 우륵은 '가야의 봄날'의 절정부를 신들린 듯 연주해 사람들의 주목을 받았다. 우륵과 동갑인 공주가 유난히 그의 연주에 관심을 가졌다. 그녀는 나이 많고 엄한 스승 대신, 아예 제 또래이면서 실력이 뛰어난 악사를 가얏고 스승으로 모시게 해달라고 계속 왕후를 조르고 있었다.

"대회에 참가한 젊은 악사 중에 스승으로 모실 만큼 출중한 악사가 있으면 특채하도록 하마. 허나, 공주 또래 중에는 그럴만한 악사가 없을 터이니 기대하지는 마라."

그런 왕후의 말이 틀렸음을, 우륵은 보기좋게 입증하고 있었다.

휘의 예상대로, 비삽은 성인부 우승을 차지하고, 준우승한 수취와 함께 궁중악사로 특채되었다. 우륵은 소년부에서 특별상을 받았다. 계화는 공주의 막무가내 채근을 받아들여, 사린에게 가얏고를 가르쳐줄 악공樂工으로 우륵을 천거했다. 우륵에겐 새로운 세계가 펼쳐지는 것이었지만, 휘는 내키지 않았다. 아니, 아예 거부하고 싶었다. 아직은 우륵을 더 데리고 있고 싶었고, 또 그래야 한다는 생각이 그를 놓아주지 않았다. 그러나 우륵에게 그만 집으로 돌아가자고 할 수도 없는 상황이었다.

그때 비삽이 주막으로 그를 불러내 막걸리 사발을 나누며 말했다.

"이사람 휘. 전화위복이란 말이 있지 않나. 그러지 말고 장안에다 집을 하나 얻으세."

"집을 얻어?"

"그래서 우리 모두 같이 살면 되지 않겠나 말일세. 나는 사실 니문을 어찌 해야 하나 고민하고 있었는데……."

솔깃한 제안이었다. 비삽은 상으로 받은 철정을 모두 내놓았다. 등흔이 받은 철정까지 합치면 집은 얻고도 남을 정도였다. 그럼에도 그는 갈등하지 않을 수 없었다. 사람 많은 장안에 사는 것이 과연 안전할까, 혹여 알아보는 사람이라도 나서면 어찌 될까, 정말 괜찮을까, 걱정이 앞섰다. 그렇다고, 안전하지 못한 곳에 우륵을 혼자 두고 그 혼자 길포로 내려간다는 것은 더더욱 있을 수 없는 일이었다.

거기다, 우륵이 한사코 그렇게 하자 매달렸다. 등흔도 비삽의 제안을 반겼다.

"혼자 바닷가 집에 우두커니 앉아 있는 것보다는, 여기서 우륵과 같이 지내는 것이 낫겠다 싶습니다. 혹시라도 무슨 일이 생기면, 제가 바로 달려올 수도 있으니……."

'그래, 우륵이 있는 곳이면 나도 있어야지.'

그렇게 해서, 휘가 장안에 집을 얻어 머물기로 한 그 밤, 다급해진 점박의 또 한 차례 급습이 있었다. 여숙의 닭을 미리 죽여 놓는 치밀함까지 보였지만, 그동안 그를 미행해 온 가야의 무사들에 의해, 그의 시도는 어이없이 실패하고 말았다. 분을 삼키며 오라에 묶여 가는 그를, 등흔이 혼자 지켜보고 있었다. 그녀는 점박의 존재를 휘에게 알릴 수 없었다. 그가 사실을 알게 되면, 당장 길포로 돌아가자고 할 게 뻔했기에. 대신, 그녀는 점박에게 정성을 기울이기로 마음먹었다.

그 시각, 진흥은 신국으로의 복귀를 서두르며 말에 올랐다. 무술대회도 연주대회도 그에겐 흥미롭고 색달랐다. 신국에서도 한번 시행해봄직한 대회이기도 했다. 특히 궁중에서 듣던 것보다 더 다채로웠던 가야의 음악에 호감을 갖게 되었고, 혀를 쏙 내미는 장난스런 공주의 모습도 눈에 띄었다. 그의 옆에는 진흥과 또래인 소년무사 충근忠根이 왕을 지키고 있었다. 출발 전, 진흥은 장안을 한바퀴 둘러보며 혼자 말했다.

잘 있거라. 내 머지않아 가야 너를 다시 보러 올 것이다, 라고.

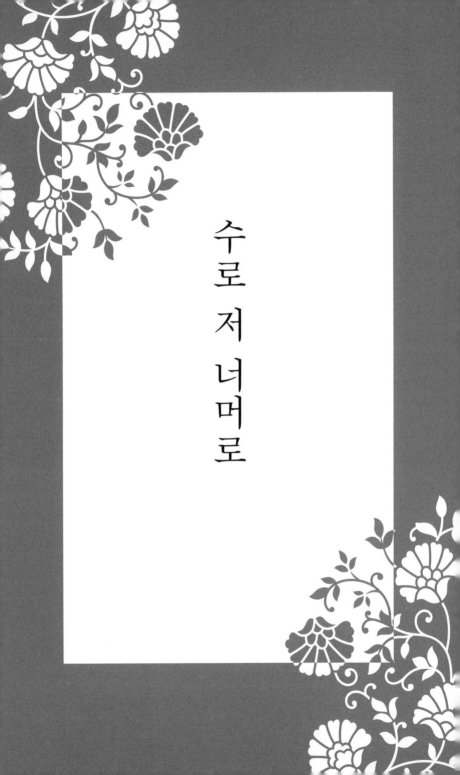

수로 저 너머로

✻

우륵은 설렜다.

사린공주의 방은 완연한 봄 햇살이 물결처럼 너울대는, 이
야기 속의 용궁 같았다. 그는 눈으로 햇살의 움직임을 따라가
며 가얏고를 연주했다. 다가서는 햇살을 어루만지듯 현을 뜯고,
내려앉는 햇살을 밀어내듯 소리를 퉁겼다. 공주의 마음이 그의
손을, 그의 음을 따라 다녔다. 같은 곡인데도, 대회장에서 들었
을 때보다 더 맑고 아름다웠다.

'가야의 봄날'이라는 곡이었다. 아버지가 그에게 가르쳐 준
곡이었고, 아버지의 아버지가 아버지에게 가르쳐 준 곡이기도
했다.

'할아버지의 아버지가 할아버지에게 가르쳐 준 곡이기도 하
겠지요.'

처음 곡을 가르쳐 줄 때, 아버지는 그렇게 말하며 눈이 깊어
졌었다. 거기엔, 아버지가 태어난 성열의 봄이 있었고, 우륵이
자란 길포의 봄이 있었다. 봄을 깨우는 얼음 밑 물소리로 시작
된 곡은, 이 산 저 산 진달래꽃을 피우고 나비들이 떼 지어 화
닥거리고 파도가 흥에 겨워 춤추면서, 온 세상이 만개하는 봄
의 절정을 향해 치달렸다. 그리고 아이들의 웃음소리 같은 명

랑함과 여운으로 연주는 마무리 되었다.

박수소리가 온 방 안에 화들짝 피어났다.

박수치는 사람들의 움직임을 따라, 햇살의 줄기들이 놀라 공중으로 흩어졌다. 처음엔 긴장한 탓에, 그를 데리고 입궐한 아버지밖에 보이지 않았었는데, 이제 그의 눈엔 왕후도 공주도 또렷하게 보였다. 궁중 나인들도 있었고, 언제 와있었는지 어머니도 눈에 들어왔다.

"참으로 따듯하고 밝구나. 봄이 이 방 안에 활짝 피어난 듯하다."

왕후의 칭찬에 우륵은 어떻게 답할지를 몰라 머뭇거렸다.

"공주가 그대의 연주를 좋아해 스승으로 모신 것이니, 아무쪼록 우리 공주를 잘 부탁하겠네."

"정성을 다하겠습니다, 왕후마마."

그제야, 겨우 입이 떨어졌다. 계화왕후는 우륵의 연주를 거듭 칭찬하며, 훗날 공주의 연주를 기대한다는 말과 함께 방을 나섰다. 왕후를 따라 아버지와 어머니까지 모두 나간 방에, 가얏고를 사이에 두고 우륵과 사린 단 두 사람이 남았다. 어색한 침묵이 두 사람 사이를 숨바꼭질 했다.

"나 진짜 가얏고 서툰데……."

그녀는 작은 웃음과 동시에 혀를 쏙 내밀었다. 그는 순간 당황해서 아무 말도 하지 못한 채 그녀를 보고만 있었다.

"고치라는 말을 늘 들어도, 쉽지가 않아서…"

그녀가 무안해진 얼굴로 혼잣말처럼 얘기하더니, 또다시 혀를 쏙 내밀었다. 천진난만한 공주의 표정과 말에, 그의 긴장과 어색함이 조금씩 녹아 내렸다. 그도, 그녀처럼 혀를 쏙 내밀었다. 그녀의 웃음소리가, 방 안을 채우고 있는 봄 햇살보다 더 화사하게 퍼져나갔다.

우륵은 기초부터 차근차근 가르쳐 나갔다.

아버지의 연주를 보며 익히기 시작한 가얏고였다. 무얼 어떻게 배웠는지도 생각나지 않았다. 누군가에게 기초를 가르친다는 것이 막막했다. 그래서 처음엔, 밤마다 아버지에게 어떤 점이 중요한지를 배워서 공주에게 가르치기 시작했다.

"우리 아들에게 가얏고를 다시 가르치는 것 같습니다."

"죄송합니다, 아버지."

"아닙니다, 아니에요. 할 일이 생겨서 얼마나 즐거운데요."

그 말처럼, 그것은 휘에게도 사린에게도 꼭 같이 좋은 일이었다. 휘는 아침마다 우륵을 데려다주러 궁궐을 드나들었고, 운이 좋은 날은 궐 안에서 잠시 등흔의 얼굴을 볼 수도 있었다. 그녀도 간혹 집으로 나와, 길포에서처럼 그들과 함께 시간을 보내곤 했다. 등흔은 친해진 나인을 통해, 감옥에 있는 점박에게 가끔 사식과 옷가지를 챙겨주었다. 등흔이 자신을 보살펴주고 있음을 알게 된 점박은, 경계하면서도 그녀에게 고마움을 느끼기 시작했다. 천성이 모질지는 못한 사람이었고, 오랜 떠돌이생활에 감옥살이까지 겹쳐 심신이 약해져가고 있었다. 집에 있는 날, 비삽은 니문에게 문장과 가얏고와 춤을 가르치며 지냈지만, 집에 오지 못하는 날이 더 많았다. 그가 궁궐에 있을 때 니문을 챙기는 것은 당연히 휘의 몫이었다. 그런 속에서 우륵에게 기초부터 얘기하며 가얏고를 만지는 일은, 휘의 일상을 특별하게 해주는 즐거움이었다.

휘의 즐거움은 그대로 공주에게도 전달되어, 아무리 해도 넘지 못하던 기초의 벽을 쉽게 넘을 수 있게 해주었다. 사린은 가얏고를 배우는 것이 점점 재미있어졌고, 그래서 더 열심으로 익혔다. 중국어와 중국 고전을 수학하고 승마를 익히는 시간을 제외하고는 항상 가얏고를 가까이 하며, 우륵이 집으로 돌아간 밤에도 그날 배운 내용들을 연습했다. 본인이 아는 간단한 노래를 서툴게나마 연주할 수 있는 것이 신기하고 즐겁기까지 했다. 가락이 틀릴 때마다 그녀는 혀를 쏙 내밀며 멋쩍게 웃었다. 그런 그녀의 모습을 보는 것은, 다시 우륵의 기쁨이 되어주었다.

그렇게 한 해가 바람처럼 지나갔다.

이젠 둘이서 같이 연주하는 시간이 많아졌다. 사린은 제법 연주의 즐거움을 알아갔고, 우륵의 연주를 따라 할 수 있다는 것에 기쁨을 느꼈다. 우륵은 그녀와의 연주 속에서, 자신의 연주 실력 또한 어느 순간 한 단계씩 뛰어오르고 있음을 느꼈다.

차츰 가얏고의 정통 악樂으로 들어가면서, 그는 연주의 즐거움을 그녀가 느낄 수 있도록 배려했다.

'고를 연주하는 진정한 기쁨을 알아야지요.'

휘는 연주의 기본으로 자주 그것을 말하곤 했었다.

'나와 현이 하나 되고, 내가 현을 울리고 현이 내 마음을 울

릴 때 차오르는 그 떨림, 그걸 알게 되면, 가얏고의 반은 안 겁니다.'

우륵은 그것을 공주에게도 알려주고 싶었다.

그 사이, 궁궐에 익숙해지면서 잠시 어머니를 보러 가는 여유도 생겼다. 등흔은 구형왕과 계화왕후의 호위를 맡고 있어, 그리 멀지 않은 곳에 있었다. 궁중에 연회가 있는 날은, 등흔과 비삽을 한곳에서 보기도 했다. 비삽의 맑고도 거침없는 가얏고 연주는 언제나 사람들을 감동시켰고, 그런 순간에도 한 치의 흐트러짐 없는 어머니의 표정은 우륵을 감동시켰다.

저녁에 집으로 가면 언제나 휘와 니문이 우륵을 기다리고 있었다. 셋이 저녁을 먹으면서, 우륵은 그날 공주에게 가르친 내용, 궁궐에서 보았던 일들, 그리고 공주에게서 들은 얘기들을 들려줬다. 저녁상을 치우고 나면, 니문이 동네 아이들과 어울리며 배운 한량타령과 춤을 흥이 넘치게 보여주었다. 셋이 함께 마실을 나가는 날도 있었다. 그럴 때 그들은 영락없는 삼부자三父子였다.

"형, 나도 궁궐에 한번 데려가 주라. 공주님하고 같이 넓은 궁궐에서 숨바꼭질 하고 싶다."

니문은 우륵을 계속 형이라 불렀다.

"공주님이 네 친구냐? 너랑 숨바꼭질하게."

"스승인 형도 나랑 놀아주는데, 제자인 공주님이 왜 나랑 안 놀아줘? 무엄작렬! 그렇지 않아요? 아재."

휘가 둘을 번갈아 보며 말했다.

"이건 아무래도 니문이 무엄작렬한 거 같구나, 공주님한테."

"아니라니까요, 아재. 우리 아버지 말이, 스승과 제자는 왕과 부하랑 같다잖아요."

우륵이 니문을 꿀밤 먹이며 말했다.

"왕과 신하!"

옷장을 새로 들인 날은, 마침 우륵이 쉬는 날이었다. 휘와 함께 옷을 정리하던 우륵은 처음 보는 아기 옷가지 한 벌을 발견했다.

"우리 아들이 태어나면서 입은 옷이지요."

휘가 아련한 눈으로 그 옷을 보며 말했다. 우륵이 그 옷을 펼쳤을 때, 그 속엔 작은 가죽 주머니 하나가 있었다. 우륵이 눈으로 열어봐도 되냐고 물었을 때, 휘는 고개를 끄덕였다. 주머니 속에서, 목단 잎이 새겨진 옥가락지 하나가 나왔다. 우륵의 손바닥 위에 놓인 가락지를 보며, 휘가 말했다.

"그 역시 우리 아들 것이지요. 아들이 태어났을 때, 아주 귀한 사람이 선물한 거니까요."

"귀한 사람? 누구 말입니까?"

"나중에 아들이 더 장성하면, 그 사람이 누구인지, 그 연유가 무엇인지 소상히 일러주겠습니다. 물론 가락지도 아들에게 줄 것이고요."

휘는 확대경을 가져와, 우륵에게 반지 안쪽을 들여다보게 해주었다. 우륵은 천천히 읽어나갔다.

"억만 겁 시간의 물길을 건너와, 오늘 우리는 부부의 연을 맺습니다. 하늘이 다하는 날까지, 단 한 사람, 나는 당신만을 사랑하겠습니다."

꼭 혼인반지 같다는 우륵의 말에, 휘는 나중에 二의 혼인반지로 쓰면 되겠다고 했다. 너무 성급한 상상이라며 하얗게 웃는 우륵을 보며, 휘는 그날의 우야왕후를 잠시 떠올렸다.

그 즈음에도, 남몰래 점박을 보살피는 등흔의 정성은 계속되고 있었고, 점박은 죄수들을 찾아오는 스님을 만나면서 불교에 심취되어 있었다. 그리고 출소와 함께, 그는 등흔을 찾아와 그동안 고마웠다고 인사했다. 마침 등흔을 만나러 와있던 우륵도 그와 인사를 나누었고, 등흔은 예전 전투에서 알게 된 사람이라며 점박을 소개했다. 우륵에게도, 그의 두 눈썹 사이 큰 점과 외팔이 모습은 인상적이었다. 점박은 두 사람에게 다시 한번 머리숙여 인사하고 스님을 따라 나섰다. 그 후, 점박의 소식은 더 이상 들려오지 않았고, 우륵의 기억 속에서 그는 차츰 지워져갔다.

구형왕의 생신 날, 사린은 아버지의 생일선물로 '가야의 봄날' 중 절정부분을 독주했다. 구형왕은 흡족해하며, 머리 부분에 둥근 옥이 박힌 가얏고를 사린과 우륵에게 하나씩 선물했다. 우륵은 그것을 집으로 가져가 아버지에게 드렸다. 휘는 그것으로 우륵과 함께 자주 합주했고, 니문에게도 '가야의 봄날'을 차근차근 가르쳤다. 그는 이웃과도 친하게 지내면서 가얏고를 배우고 싶어 하는 동네 아이들에게 대가 없이 가얏고를 가르쳐 주었다. 특히, 바로 옆집의 여자아이 아나娥娜는 수시로 드나들었다. 아나의 부모 내외가 자주 음식을 해서 날랐고, 어떤 날은 저녁상이 온통 그 집 음식으로 그득했다.

어느 날부턴, 휘가 가얏고를 직접 만들었다.

어머니의 환갑 때 가져온 아버지의 참새 문양 가얏고를 보기로 삼았다. 가얏고 제작 역시 그의 아버지에게서 배운 것이었으나, 오래 잊고 산 연유로 마디마디 쉬운 일은 아니었다. 그래도 끌로 오동판에 홈을 내고 명주실을 꼬아서 줄을 걸 때의 그는, 우륵과 니문의 눈엔 영락없는 도공圖工이었다. 다른 가얏고와 달리, 뒷판에 크지 않은 홈이 두 개 파여진 것 역시 아버지의 가얏고 그대로였다.

"할아버지께서 이르시길, 이렇게 홈을 파주면 소리가 깊어진다셨지요."

우륵이 호기심에 물었을 때, 휘는 그렇게 답해주었다.

그래도 길포에서의 나날들이 자꾸 그리운 건 어쩔 수 없었다.

어떤 날은, 진정한 악사로 다시 돌아가고 싶은 마음에 이렇게 계속 살아가는 것이 맞는 건가, 싶기도 했다. 어머니 꿈을 꾸고 난 날은, 어머니가 더욱더 보고 싶어지고 때로는 고향으로 훌쩍 떠나고도 싶어졌다. 그런 휘의 마음을 아는지 아니면 비삽이 시킨 건지, 니문은 노래와 춤, 어쭙잖은 사자성어로 그를 웃기면서 '아재 아재' 부르며 따랐다. 휘는 니문의 어린 마음이 기특해, 고향 성열에서의 어린 시절 이야기를 아이에게 들려주곤 했다.

"우리 아재는 오늘도 성열 성열이라네."

얼마나 열심히 얘기했던지, 니문이 '성열 성열' 노래를 부를 정도였다. 그런 두 사람을 보며, 자신 때문에 길포로도 고향으로도 가지 못하고 장안에 머물며 가얏고를 가르치고 만드는 아버지에게, 우륵은 미안했다. 아버지는 그것이 자신의 행복이라 말했지만, 아직 어린 마음에도 그렇지는 않아 보였다.

✳ ✳

"우리 친구합시다."

공주전公主殿의 뒤뜰을 거닐면서 사린이 말했다.

오후의 나른함을 벗어내기 위해 둘이 산책을 하던 중이었다. 우륵은 어찌해야 할지 갈등했다. 마음으로는 지금도 친구처럼 지내고 있으니 충분히 가능한 얘기이기도 했다. 그러나 지금도 그녀가 공주라는 사실을 잊고 말하는 경우가 많은데, 정말 친구로 말하고 행동하다 누가 보기라도 하면 궁궐에서 쫓겨나는 건 시간문제였다.

"친구 하자는데, 싫습니까?"

이번엔 투정하듯, 그녀가 물어왔다.

"무얼 걱정하는지 압니다."

그녀가 한 걸음 더 가까이 다가서며 작게 말했다.

"다른 사람들 앞에선 스승과 제자, 공주와 악공으로 지내고, 둘이 있을 때만 친구로, 그렇게 지내면 되지 않겠습니까?"

"그게 생각처럼 그리 쉽지는 않을 듯합니다."

그녀가 한 손을 들어 올리고 선서 하듯이 말했다.

"나, 사린은 지금처럼 언제 어디서나 한 치의 실수도 없이 스승님을 꼬박꼬박 스승님이라 부를 것을 맹세합니다."

그래도 그가 머뭇거리자, 이번엔 애교를 섞어 말했다.

"그건 내가 잘 해왔지 않습니까, 궁중의 나인들도 모두 스승님이라고 부를 정도로…… 안 그렇습니까? 나인들 중에 스승님의 이름을 알고 있는 사람, 아무도 없잖아요."

"그래도 항상 신경 써서 행동해야 하는 것이 보통 일은 아닐 듯합니다."

"스승님은 충분히 가능할 겁니다. 워낙 섬세하기도 하고 또 조심성도 많으니까요."

사린이 시선을 거둬 땅을 보며 말을 이었다.

"문제는 나라는 건데……."

그녀가 잠시 생각하다, 뒤뜰 한 켠에 있는 작은 정자 쪽으로 걸어갔다. 정자는 오래되고 작았으나, 한낮의 햇볕을 피하기엔 좋았다. 그녀는 정자에 앉고, 그 역시 천천히 그쪽으로 걸어갔다. 그녀가 기다렸다는 듯이 나지막이 말했다.

"그럼, 우리 한 달만 연습해 보도록 하지요. 내가 많이 노력해볼 테니까, 한 달만요."

그녀 앞에 멈춰선 채, 그가 말했다.

"하지만, 공주님."

그녀가 다시 벌떡 일어서며 장난스럽게 말했다.

"어허, 공주의 간청입니다. 한 달, 알겠지요?"

그러나 한 달의 연습기간은 의미가 없었다. 열흘도 채 지나지 않아, 두 사람은 이미 완전한 친구가 되어 있었다. 대신, 상호 존대어는 철저히 유지해가기로 했다. 그것만으로도, 둘의 사이를 의심하는 사람은 없었다. 아마, 그때부터였을 것이다. 우륵의 눈에 그녀가 사랑스러워 보이기 시작한 것은. 박자를 놓치고는 혀를 쏙 내미는 그녀의 모습도, 설명을 듣다 꼬박꼬박 졸고 있는 그녀의 모습도, 짓궂은 세 오라버니들의 무차별 장난질 이야기를 할 때도, 궁궐 내에 일어나는 은밀한 연애 얘기를 할 때도, 우륵의 눈에는 그녀가 자꾸 예뻐 보였다. 그래도 그는, '사랑스럽다'는 것과 '사랑한다'는 것은 다른 감정이라고 스스로를 타일렀다.

그날도 사린은 공주전의 뒤뜰을 산책하고 있었다.

우륵은 쉬는 날이었다. 오전의 중국어 공부를 마친 그녀는 무료함을 달래며 거닐다가, 수로 앞에 멈춰 섰다. 수로는 뒤뜰의 담벼락을 따라 길게 연결되었고, 꽤 깊고 넓게 돌로 축조되어 있었다. 침입자가 담을 넘어오면 그 수로의 물에 빠지게 만들어진 것 같았으나, 일부러 물을 흘려보내지는 않았다. 비가 올 때 수로에 고이는 물은 공주전의 옆으로 돌아내려가 인근의 향연전饗宴殿 앞 연못으로 빠져나가게 되어 있었다.

사린은 수로를 따라 정자까지 걸어갔다. 정자가 가리고 있는 뒤쪽엔, 그 수로를 막아놓은 물고기 문양의 돌이 완고하게 자리 잡고 있었다. 세월의 흔적인 양 문양은 희미했고, 세로로 길게 균열이 나 있었다. 언제부턴가 그 돌이 눈에 들어왔고, 그녀는 진작부터 그 안을 들여다보고 싶었다. 수로로 내려서서 쪼그리고 앉아 그 돌의 반쪽을 힘껏 당겨보았다. 돌은 무거웠지만 조금씩 움직였고, 몇 번 그렇게 당기자 기다렸다는 듯이 슬그머니 빠져 나왔다. 그리고 나머지 반쪽의 돌까지 빼내자, 한 사람이 겨우 드나들 만큼의 입구가 생겼다.

속을 들여다보았다.

수로가 길게 연결되어 있었고, 어두웠지만 드문드문 햇볕이 들어오면서 자연채광이 되고 있어 묘한 끌림이 있었다. 참을 수 없었다. 그녀는 주위를 한번 둘러보았다. 다들 점심 준비에 바쁠 시간이었다. 그녀는 수로 안으로 들어갔다. 그리고 천천히 기어서 나아갔다. 처음에 보았듯이, 수로는 규칙적으로 햇볕이 새어 들고 있었고, 그 아래로는 햇볕 틈 사이로 흘러내린 흙이 거의 길을 막을 정도로 쌓여 있었다. 긴 세월, 물이 흐르지 않았다는 증거였다. 쌓인 흙을 손으로 허물어 내리면서 그녀는 계속 나아갔다. 좁은 수로는 큰 수로로 연결되었고, 큰 수로는 허리를 구부린 채 서서 걸어갈 수 있을 정도로 제법 높아 보였다.

와락 무섬증이 밀려왔다. 큰 수로로 나가면 길을 잃을 것 같았다. 시간이 없는 것도 문제였다. 사린은, 아쉬움을 뒤로 하고 왔던 길을 되돌아 뒤뜰로 나왔다. 다시 돌로 입구를 막고 수로를 벗어났다. 옷도 얼굴도 머리도 흙먼지투성이었다. 그녀는 대충 털고 욕조로 달려갔다.

"신기한 게 있답니다."

다음 날 오후, 사린은 뒤뜰을 산책하는 척하며, 우륵을 그 돌 앞으로 데리고 갔다.

'이게 뭔데요.'

그가 눈으로 물었다. 그녀는 돌을 가리키며 손으로 당겨내 보라는 시늉을 했다. 우륵은 의아해하면서, 수로로 내려서서 균열 난 돌의 한쪽을 당겨냈다. 그리고 나머지 반쪽도 당겨내고 는, 놀란 눈으로 그녀를 바라보았다.

"들여다보시지요. 난 들어가 봤습니다, 어제."

우륵은 어이없다는 표정을 지어 보였다. 그녀가 혀를 쏙 내 밀며 웃어 보였다.

"멀리 가보진 못했습니다, 갑자기 무서워져서."

사린은 그의 눈을 빤히 들여다보며 속삭였다.

"나랑 같이 들어가보지 않으시겠습니까?"

그건 곧, 함께 들어가보자는 얘기였다. 그는 잠시 머뭇거리 다 팔을 걷어붙였다.

"혼자 들어가 볼 터이니, 여기서 지키고 있으시지요. 혹시 누가 오기라도 하면 어떡하겠습니까?"

그녀는 못마땅한 듯 입을 삐죽 움직였다.

"제가 일단 들어가보고, 괜찮다 싶으면 공주님을 모시고 들 어가겠습니다. 됐지요?"

한참을 지나, 그가 돌아오는 기척이 났다. 정자에 앉아 주위 를 살피며 기다리던 사린은 수로 입구에 다가섰다. 역시 흙먼지 를 뒤집어 쓴 우륵이 빠져 나왔다.

"큰 수로가 있지요? 어디로 연결되어 있습니까?"

그는 먼지를 털며 빙긋 웃기만 했다.

"출구는 어디로 나 있는데요?"

"내일 제 옷을 한 벌 준비해오겠습니다. 지금 그 옷으로는 들어갈 수 없으니, 옷을 바꿔 입고 들어가 직접 확인해보시지요."

그녀가 궁금하다고 졸라도, 그의 대답은 꼭 같았다.

다음 날, 우륵이 가져온 옷으로 갈아입고 사린은 그를 따라 다시 수로로 들어갔다. 그녀가 전날 보았던 그 큰 수로 바로 옆에는 또 하나의 큰 수로가 있었고, 그곳에는 어디서 흘러 들어와 어디로 흘러가는지 모르나 물이 나즈막이 흐르고 있었다. 궁궐 지하에 그런 큰 수로들이 존재한다는 사실이 신기했다. 공기의 순환이 배려되어 있어선지 그다지 냄새도 나지 않고, 전체적으로 아늑하고 작은 하나의 광장 혹은 피난처 같았다. 그것을 설계할 당시에는, 분명 다른 용도가 있었음이 어렴풋이 느껴졌다.

큰 수로는 다시 작은 수로로 연결되어 있었고, 막다른 길엔 다시 돌이 막고 있었다. 우륵이 돌을 밀어내자 돌은 밖으로 나가 떨어졌다. 출구는, 궁궐 밖을 흐르는 개천가 둔덕이었고 키 낮은 나무들로 잘 은폐되어 있었다. 한갓진 곳이라 사람의 그림자도 없었으며, 논밭도 보이지 않았다. 사린은 몇 번이나 심호흡을 크게 했다. 그런 그녀의 모습을 보며 우륵이 물었다.

"그렇게 좋습니까?"

"좋다마다요. 이 기분, 아무도 모릅니다."

"어떤 기분인데요?"

"음, 태어나서 처음 먼 여정을 떠나는 기분?"

"그럼 저랑 한번 떠나가 보시겠습니까?"

우륵이 손을 내밀어 청하듯 말했다.

"친구가 원한다면 기꺼이."

사린이 그의 손을 잡아주며 답했다. 어허, 우륵은 그녀의 말투를 나무라는 표정을 지어보였다.

"여기는 궁궐 안이 아니잖아요."

사린은 아주 작게 속삭이듯 말하고, 폴짝폴짝 앞서나갔다. 그렇게, 그들의 엄밀하고도 기분 좋은 외유는 봄날에 기지개 켜는 개구리들처럼 시작되었다.

그날도 저잣거리에는, 올올이 풀어헤친 채 내려앉는 햇살이 분주했다.

사린은 아까부터 장신구에 정신이 팔려 있었다. 매대 위에는, 주인이 손수 만들었음직한 노리개들이 사람들의 눈길을 빼앗았다. 남장男裝한 그녀는 조금 헐거운 초립 모자를 밀어 올리며 장신구들을 들었다 놓았다 했다. 기다리고 서 있던 우륵이 다가와 그녀의 바지춤을 당겼다. 빨리 가자는 그의 눈짓에, 그녀는 들고 있던 노리개를 마지못해 내려놓으며 돌아섰다. 그녀의 얼굴에 아쉬움이 한가득 피어났다.

"노랭이 사마귀 장구벌레. 저거 하나 사주면 어디가 덧나나."

그녀가 입을 삐죽이며 혼잣말을 했다.

"노리개는 어디다 쓰게요, 남자가?"

우륵의 농담에 칫, 하면서 사린이 주먹으로 그의 옆구리를 툭 치고는, 기예꾼들의 소리가 요란한 쪽으로 냅다 달리기 시작했다. 이른 봄의 햇살은 두 사람을 앞서거니 뒤서거니 하며 달리다 저잣거리의 물건들을 건드리고 도망쳤다. 사람들이 모여들기 시작하는 점심녘이라, 저잣거리는 부침개며 전 부치는 냄새로 휘감겨 있었다.

그들의 외유는 삼 년째 계속 되고 있었다.

둘 다 열아홉 살의 봄이었다. 비가 많은 여름이나 눈이 많은 겨울에는 엄두조차 내지 못했지만, 그래도 두어 달에 한 번은 궁궐 밖으로 나갔다. 왕과 왕후의 공식 행사가 있는 날로 계획을 미리 짰고, 나인들이 눈치채지 못하게 만전을 기했다. 그 외유는 두 사람 모두에게 비밀을 공유하는 희열을 가져다주었다. 주로 저잣거리를 돌며 이것저것 물건을 구경하고 풍물패와 기예단의 공연을 보는 것이 전부였고, 혹시라도 아는 사람과 마주치지 않을까 조심해야 했지만, 아무도 그들을 알아보지 못하는 곳에서 그렇게 존재할 수 있다는 사실이 두 사람을 행복하게 만들고 특별한 감정으로 이어주었다.

서역에서 온 기예꾼들이 벌써부터 피리와 공후, 네이를 연주하고 그 음악에 맞춰 공으로 재주를 부리고 있었다. 두 사람은 구경꾼들을 파고 들어가 중간쯤에 자리 잡았다. 이번에도 먼저 그들의 눈에 들어오는 건, 피리처럼 생긴 네이였다. 소리역시 피리 같으나, 피리보다는 부드러운 소리가 났다. 우륵이 예전에 기예꾼들에게 그것을 구할 수 없냐고 물었지만, 하나밖에 없는 물건이고 고향에서밖에 구할 수 없는 것이라 했다. 갑자기 원숭이가 달려 나오더니, 기예꾼의 공을 빼앗아 달아났다. 사람들이 원숭이를 신기해하며 웃음을 터뜨리자, 원숭이가 다시 나타나 박수치는 흉내를 내며 사람들에게 박수를 치라 했다. 사람들은 다시 박수와 함께 웃음을 터뜨리며 즐거워했다. 함께 웃다가, 둘은 누가 먼저랄 것도 없이 동시에 서로를 바라보았다.

소중한 사람.

위험한 사랑이란 걸 알기에 그가, 그녀가, 더욱 소중했다. 왕족은 대개 가야연맹 내 이웃 성의 왕족 혹은 고관의 가문과 혼인 맺는 것이 관례였으므로, 악사와 공주의 혼인은 꿈도 꾸지 못할 일이었다. 그 즈음엔 벌써 사린의 혼인 얘기가 나오기 시작하고 있었다. 왕후가 얘기를 비출 때마다 그녀는 말도 꺼내지 못하게 하지만, 그것이 오래 갈 수 없다는 걸, 그녀는 누구보다 잘 알고 있는 터였다. 그러기에, 사랑하면서도 다가서지 못하는 서로가 안타까웠다.

궁궐로 돌아가는 길, 큰 수로 속에 더 오래 머물고 싶어 하는 사람은 사린이었다. 그 안은 완벽하게 두 사람만의 공간일 수 있었다. 말하고 싶은 대로 말하면서, 서로를 안아볼 수도 있었다. 그의 품은 봄볕처럼 따스했고, 두 방망이질 치는 그의 가슴 울림은 풍물패가 함부로 두들기는 북소리 같았다.

어떤 날은 저잣거리로 나가지 않고 큰 수로에서만 머물기도 했다.

"사랑해요."

"내가 더 사랑해요."

"내가 더 더 더 사랑해요."

사랑한다고, 서로 경쟁적으로 말했다. 머리에서는 위험신호를 보내왔지만, 가슴속엔 견딜 수 없을 만큼 뜨거운 물살이 함부로 밀려왔다. 그리고 서로를 향한 사랑이 깊어질수록 슬픔의 골도 그만큼 깊어갔다. 궁궐로 돌아가야 할 시간이 다가오면 사린이 절박하게 말하곤 했다.

"멀리 도망쳐 살고 싶어요."

그러나, 그 아릿한 사랑은 비삽의 사건을 시작으로 위기를 향해 달려갔다.

✳ ✳ ✳

그 이전, 위기의 전조가 있었다.

대가야의 이뇌왕이 죽고 월광태자가 가실왕嘉實王의 칭호로 왕위에 올랐다는 소식이 전해져 왔다.

"어찌 할거나, 대가야를 어찌 할거나."

구형왕은 이뇌의 죽음을 깊이 슬퍼하며, 심신이 두루 허약하다고 전해진 가실을 걱정했다. 대가야가 약해진다는 사실은 금관가야에게도 좋을 리 없었다. 구형이 가야의 앞날을 염려

하며 대가야에 조문객을 보낼 때, 휘와 등흔은 우야의 반지가 점점 더 소용없어져가고 있음을 생각했다.

연이어, 비삽의 사건이 터졌다.

궁중악사 수취가 비삽을 신라의 첩자로 고발했다. 수취는 연주대회를 통해 비삽과 함께 특채된 악사였다. 신라의 백결 선생에게서 고를 배우면서, 비삽이 신라의 조정과 내통하고 가야로 돌아왔다는 주장이었다. 그리고, 그가 백결의 문하에서 동문이었던 휘와 둘이 저잣거리 주막에서 술을 마실 때 신라인과 내통하는 것을 주모와 화부火夫가 보았다는 증언도 제시되었다.

수취의 고발과 함께 비삽은 투옥되었다.

그가 갑자기 왜 그런 고발을 했는지는 알 수 없었다. 다만, 비삽도 수취도 가얏고 악사임은 주시할 만한 사실이었다. 두 사람의 관계에 문제가 생겨서 수취가 비삽을 모함하는 것이 아닌가, 짐작할 뿐이었다. 사린은 우륵의 걱정에 돕고 싶어 했고, 왕후는 등흔까지 거론되지 않은 게 다행이라며 방도를 찾아보자 했다. 그러나 수취의 뒤에는 대장군의 막강한 연줄이 있었고, 더군다나 어지러운 시국의 첩자 문제라, 어떻게 해결해야 할지 궁리할 시간조차 없이 취조는 신속하게 진행되었다. 비삽은 참기 힘든 문초에도 한결같이 자신의 결백을 주장했다. 거기다, 왕후도 알지 못하는 사이에 휘마저 잡혀 들어와 문초를 받기 시작했다. 등흔도 우륵도 난감하고 답답했다.

"두 사람의 고 소리는 자주 비교 되었습지요. 특히 왕후마마께서 비삽의 가얏고 소리를 좋아하시게 되면서, 수취가 비삽을 견제하기 시작했습니다."

다행히도, 참고조사를 받던 악사 중 한 명이 비삽의 편을
들었다. 평소에 수취를 못마땅해 하던 자였다.

"요즘 들어 그런 얘기가 돌았지요. 가얏고 악사는 비삽 한
사람이면 될 것 같다고 말입니다. 그 얘길 듣고 수취가 불같이
화를 내며, 비삽이 자기를 몰아내려 한다고 길길이 뛰었던 적이
있지요."

그러나 그는, 수취가 모든 악사들에게 돈을 주었다는 얘기
는 하지 않았다. 그랬다가는 악사들 모두가 문초를 받을 상황
이었다. 휘 역시 심한 문초를 받았지만, 모르는 일이라며 결백
을 주장하는 일 외엔 아무 할 말이 없었다.

"참으로 저급한 모함이구나."

계화왕후는 사린에게 그렇게 말하고, 왕을 통해 주모와 화
부를 모질게 반대 심문하라 형관刑官에 주문했다. 결국, 두 사
람은 수취에게서 돈을 받고 거짓증언 했음을 자백했다. 그러나,
수취는 주모 등에게 거짓증언을 사주했다는 사실을 인정하지
않았고, 비삽이 신라의 첩자라는 사실 또한 끝까지 주장했다.

그 와중에, 또 하나의 비보가 날아들었다.

백제가, 금관가야에 속하는 걸탁성乞卓城을 순식간에 쳐들
어와 함락했다는 급보였다. 난데없는 기습이었다. 궁궐은 벌집
을 쑤셔놓은 듯 어수선했고, 구형은 노심초사했다. 백제 군사
를 몰아내 걸탁성을 회복하기 위한 출전을 두고 설왕설래가 들
불처럼 번지면서, 비삽의 심문은 뒷전으로 밀려났다.

곧, 그들은 모두 풀려났다. 구형은 출전의 때를 놓쳤다고 판단하고, 백제의 또 다른 침략을 철저히 경계하고 막아낼 것을 성안 장군들은 물론 동맹국들에게 일렀다. 비삽의 문제는 대장군과의 담판으로 조용히 처리해 줄 것을 당부했다. 수취는 고발을 취하하고 궁중악사를 스스로 물러난다는 것, 비삽은 파직하고 휘는 풀어주되, 그 가족은 모두 파직하며 입궁을 금지한다는 결론이었다. 비삽과 휘는 고형苦刑의 후유증으로 사지를 움직이지 못했고, 달구지에 실려 겨우 집으로 돌아가야 했다.

　하직 날.

　등흔은 언제나처럼 무표정하고 말이 없었지만, 우륵은 끝내 사린과 왕후 앞에서 울음을 보였다.

　"울지 마라. 일이 이렇게 되어 나 역시 마음이 아리구나."

　우륵이 눈물을 훔치며 왕후를 보았다.

　"눈물을 보여 죄송합니다."

　"아니다. 내 너희 모자母子를 잊지 않을 것이야. 시절이 바로 서면 반드시 다시 부르마. 그때 꼭 다시 만나도록 하자."

　왕후는 그렇게 두 사람을 위로했다. 사린은 어떻게든 우륵과 단둘이 될 수 있는 시간을 기다렸다. 그러나 그런 기회는 오지 않았다. 손 한번 잡아볼 순간조차 주어지지 않았다. 우륵이 목례하고 돌아설 때, 참았던 눈물이 그녀의 눈을 적셨다.

　"스승님, 왕후마마의 말씀처럼 되기를 빌고 있겠습니다."

　같이 목례하며, 그렇게 말하는 그녀의 목이 메었다.

집으로 돌아온 휘는 반송장 같았다.

그에게 그 일은 난생 처음 겪는 고초였다. 우륵을 안고 도망칠 때도, 함께 이곳저곳을 흘러 다닐 때도 그토록 몸이 마디마디 부서지고 힘들지는 않았다. 신라의 첩자라는 누명도 미칠 일인데, 고뿔 한번 안 하던 육신을 이 지경으로 만들어놓다니. 대체 누구에게 하소연하고, 어느 누가 보상해준단 말인가. 무엇보다도, 하체에 가해진 두 차례의 곤욕은 당장 그를 거동조차 힘들게 만들어 버렸다. 등흔과 우륵의 도움 없이는 방 안에서 한 발짝도 나갈 수가 없었다. 억울하고 답답하기가 이루 형언할 수 없었다.

등흔과 우륵을 볼 낯도 없었다. 자신의 친구 때문에 당한 일이다 보니, 두 사람에겐 미안할 따름이었다. 특히, 우륵에겐 더했다. 공주를 향한 그의 마음을, 간헐적인 그의 얘기를 통해 어느 정도는 알고 있는 터였다. 입궐하지 못하면서부터 시작된 우륵의 강물 같은 속울음이 그대로 휘의 가슴에 흘러 들었다. 그렇게 긴 시간을 각별한 감정으로 지내온 이후의 예기치 못한 생이별이 자신의 아픔인 듯 고스란히 배어왔다. 곧 왕후마마가 다시 부를 거라고 두 사람에게 말은 했지만, 아무것도 해줄 수 없는 자신이 원망스럽기까지 했다.

비삽도 힘들 거란 사실은 불을 보듯 뻔했다. 몸은 송장 신세인 데다, 모든 일이 자신 때문에 일어났다는 죄책감으로 곡기조차 입에 대지 못하고 있었다.

"이대로 가면 큰일을 당하게 될 거요."

두 사람을 치료하러 드나드는 의원醫員은, 마음을 잘 다스리라고 비삽에게 신신당부했다. 그래도 다행인 점은, 니문이 그의 구병救病을 정성으로 하고 있다는 사실이었다. 여전히 사내아이의 옷을 입고는 있지만, 더 이상 선머슴처럼 나다니던 아이가 아니었다.

"니문이 옆에 없었다면 저분이 어찌 하루라도 제대로 살아갈 수 있겠습니까."

등흔이 한숨 쉬며 말했다.

조금 차도가 있는 듯하자, 비삽은 고향으로 돌아가겠다고 했다. 모두가 말렸지만, 그는 생각을 바꾸지 않았다. 휘도 마지막까지 그를 말리진 못했다. 육신의 고통보다 마음의 고통이 더 크리라. 모두가 눈에 보이지 않으면 아무래도 마음은 덜 곤욕스러우리라 싶었다. 비삽의 부탁으로, 등흔이 마방馬房에서 그의 고향까지 태워줄 달구지를 수소문해 주었다.

하늘이 맑은 날, 비삽은 떠난다 하였다.

휘가 있는 방 장지문 앞으로, 그를 태운 달구지가 바짝 다가섰다. 둘 다 몸을 비스듬히 일으킨 채, 서로를 보았다. 한 집에 있어도 둘 다 거동이 불편하니 서로 오랜만에 보는 얼굴이었다.

"자네가 한사코 가겠다니, 더 이상 말리지 못하겠네. 살펴 가게. 고향에서 몸을 잘 추슬러서 훗날 다시 만나세."

"면목이 없네. 잘 있게."

휘가 손을 들어보이며 말하자, 비삽은 쓸쓸히 웃으며 답했다.

"아버지를 잘 돌봐 드려라."

"예, 아버지가 건강해지면 꼭 다시 오겠습니다."

등흔의 말에 니문은 씩씩하게 답했다. 그러나 달구지가 출발하자 눈물을 감추며 인사하는 니문의 모습은, 이른 아침햇살 속에서 더 슬퍼 보였다. 그들이 떠나고 난 집은 쥐 죽은듯 조용했다.

그 즈음의 사린도 반송장이긴 마찬가지였다.

목례하고 돌아서던 우륵의 마지막 모습이 눈에 밟혀 잠이 오지 않았고, 이룰 수 없는 그와의 사랑이 마음속 깊은 병이 되어 점점 몸을 움직일 수조차 없게 되었다. 시간이 갈수록 몸도 마음도 더 아팠다. 왕후가 공주전에 살다시피 하면서 그녀를 돌보았지만, 차도가 없었다. 수로를 통해 우륵을 만나러 가고 싶은 마음과는 반대로, 고통은 그녀를 꼼짝하지 못하게 했다. 게다가, 성 안팎 모두 불안한 기운이 감돈다 했다. 걸탁성을 차지한 백제군의 움직임은 조용했으나, 풍전등화 같은 조짐이라고 하였다. 신라에 지원 요청을 미리 해두어야 한다는 얘기까지 나온다며, 왕후는 빨리 몸을 추스르라 다독였다.

그녀가 몸을 일으킬 즈음, 진흥이 나타났다.

인연에
설레다

＊

진흥은 자신만만했다.

이사부의 전략도 좋았고 군사들의 사기도 충만할뿐더러, 호위무사 충근이 그를 든든하게 지켜주며 독수리 비飛가 그의 위용을 한껏 더해줄 터였다.

출전出戰 전날, 어머니 지소태후는 그와 잎차를 나누며 흐뭇한 표정으로 말했었다.

'내, 대제를 보니 신국의 앞날이 더욱 가지런해 보입니다. 부디 젊은 대제의 용맹무쌍을 전 가야에 보여주세요.'

그러나, 만삭의 사도왕후思道王后는 그 밤에도 출전을 말렸다.

"출산이 턱에 찼습니다. 신국의 앞날이 이 아이에게 달렸는데, 그 아비가 어찌 출전이란 말입니까?"

'전장에 나갈 준비가 끝난 지아비에게 이 무슨 말인가. 여염집 아낙도 그 정도는 알 터인데, 왕후의 말에 이 진흥이 약해질 거라 생각하는가. 어머니처럼 사기를 북돋아주지는 못할 망정……'

밤새, 사도를 향해 부풀어가는 질책의 감정을, 그는 스스로 재우려 했다. 그러나 그럴수록 생각은 자꾸만 과거로 치달았다.

어린 나이에 태후가 맺어준 혼인이었다. 진흥은 그저 따를 수밖에 없었다.

'후덕하고 점잖아 대제를 잘 보필해 줄 것입니다.'

태후는 그렇게 사도를 치켜세웠지만, 그녀는 강단 있는 외모만큼이나 자신이 원하는 것은 반드시 관철시키는 당찬 여인이었다. 게다가 나이도 그보다 많았다. 어린 시절부터 대찬 어머니에게 질려있는 그로서는, 똑같이 강한 성품의 여인을 아내로 맞은 셈이었다. 그러나 어쩌랴, 일국의 왕이 맞은 왕후인 것을. 그는 여인의 치마폭보다는 군왕으로서의 힘을 키우는 데 주력하면서, 훗날 태후의 섭정이 걷히는 날부터 신국을 혁신시키겠다 마음먹었다. 그래서 학문과 무예와 정치수업에 전념하며 왕후와의 관계를 무난하게 보내왔다.

"용안이 좋지 않으십니다."

출전하는 아침, 충근이 독수리 비飛를 그의 어깨에 올려주며 말했다. 충근은, 진흥이 어린 나이에 왕위에 오르면서 그의 무술 상대로 입궁했고, 그 이후 내내 왕과 함께 무술을 갈고 닦으며 진흥의 호위무사로 지내온 터였다.

'네가 왕후보다 낫구나.'

진흥은 속으로 생각했다. 그러나 가라앉던 몸의 기운은 장엄한 출정식과 함께 봄눈처럼 사라졌다. 군사들의 함성과 드높은 사기가 정신을 번쩍 들게 해주었다.

그 전투의 발원은, 백제가 걸탁성을 함락한 데서부터였다.

백제의 성왕聖王이 그 성을 발판으로 가야의 남부를 차지할

지도 모른다는 우려가 신국을 들끓게 했다. 이에, 걸탁성 회복을 이유로 삼아 아예 남부 가야의 으뜸인 금관가야를 차지하는 전략을, 이사부가 내놓았다. 그렇게 되면 걸탁성은 고립될 것이고 백제군을 그곳에서 쫓아내는 것은 문제도 아니었다. 태후는, 선대 법흥왕도 박수를 쳐줄 만한 전략이라며 출전을 윤허하게 했다. 진흥도 그리하는 것이 마땅하다 여겼고, 스스로 군사를 이끌어 가고 싶어했다. 더군다나, 그곳은 예전 무술과 연주대회 때 다녀온 적이 있었고, 다시 가보고 싶었던 기억도 있는 곳이었다.

먼저, 진흥은 걸탁성을 되돌려준다는 조건으로 구형왕에게 서찰을 보냈다.

저 백제의 무도함을 두고 볼 수 없음에

我不能放任百济的无礼不管

신국이 걸탁성으로 출전합니다.

新国要从乞蚕城出战。

최적의 길은 금관가야를 경유하는 것이니

最合适的路是经由金官伽倻

길을 열어주시기 바랍니다.

请开辟这条路。

또한, 마숙장 일대를 야영지로 빌려주시면,

并且, 如果可以把马叔场一带出租的话,

필히 성을 회복하여 돌려 드리겠습니다.

恢复之后, 还城市。

　두 가지를 모두 수용한다는 구형의 호의적인 답신이 도착한 다음 날, 진흥은 가야를 향해 출정했다. 하늘은 쾌청하고 길은 순탄했으며, 금관가야성 외곽의 마숙장 일대는 야영지로 더없이 적절하였다.

　다음 날 아침, 진흥은 야영지에서 다시 구형에게 서찰을 보냈다.

　　양국 군사들의 마숙전을 제의합니다.

　　两国的士兵们都提议用马叔战。

　　이는 병사들의 사기를 돋우기 위함이며,

　　这是为了鼓舞士的士气,

　　양국 군사들의 친교도 도모함입니다.

　　为了谋求两国士兵们的亲交。

　　부디 제의를 받아 주시기 바랍니다.

　　千万要接受提议。

　구형은 진흥의 제의를 반겼다. 세 왕자가 마숙전에 직접 참가하며, 군사들과 장안 백성들을 관전시킬 것이란 답신을 보내왔다. 귀국길에는 꼭 궁궐의 만찬에 모시겠다는 얘기도 있었다. 이사부의 전략이 그대로 진행되고 있었다. 이사부는, 가야에서 시작된 마숙전을 배워 오라 일러 군사들을 중심으로 열심히 훈련시켜 왔었고, 이제 그 공들인 훈련이 신국의 영명한 작전으로 빛을 발하는 순간이었다.

순식간에, 신라와 가야의 마숙전 소식이 장안에 퍼졌다. 마숙장은 구경 나온 민가의 사람들과 동원된 가야의 군사들로 가득 찼다. 응원의 함성이 마숙장을 뒤덮으면서, 초반부터 노종奴宗, 무덕武德, 무력武力의 세 왕자가 이끄는 금관가야 편이 한 수 위의 공세를 폈다. 가야가 한 점 한 점 점수를 낼 때마다, 관중석의 분위기는 더욱 뜨겁게 달아올랐다.

그러나 첫 번째 판이 끝나기 무섭게, 진흥이 경기장 안으로 말을 몰고 들이닥치며 경기 중단을 외쳤다. 그의 명령에 맞춰, 신라군은 일시에 경기장과 관중석을 포위했다. 사람들은 진흥의 어깨에 앉은 독수리 비의 위용에 이미 질려있었다. 진흥은, 어안이 벙벙해있는 세 왕자에게 다가가 선택을 강요했다. 모두가 싸우고 죽을 것인지, 아니면 항복하고 모두의 목숨을 살려낼 것인지를.

"내, 마숙 삼형제의 명성은 익히 들어 알고 있다. 그 용맹함과 민첩함에 경의를 표한다. 그 민첩함을 살려, 이제 그대들이 가장 용기있고 빠른 결정을 해주어야겠다."

태자인 노종은 싸울 것을 고집했지만, 다른 두 왕자 무덕과 무력은 수많은 민가의 사람들이 위험하니 항복하자 했다. 관중석은 가야 군인들보다 백성들의 수가 훨씬 많았다. 그리고 신라군의 수는 그들 모두와 비교될 만큼 많았다. 결국 노종도 두 왕자의 뜻을 좇아 항복을 선언하고, 가야의 군사들에게 모두 칼을 버리라 명했다.

"총공격하라!"

진흥의 명령과 함께, 신라군은 아른아른 멀지 않은 금관성을 향해 내달렸다. 날아오는 화살에 전방보졸前方步卒들이 붉은 목련꽃잎처럼 쓰러져 갔다. 그러나 기습적인 공격 앞에 성문은 힘없이 열렸다. 성안에서도 무술대회 출신의 무사들이 전방에 나섰지만, 그들 한 사람마다에 엄청난 신라군의 창과 검이 동시에 집중됐다. 그들은 오래 버티지 못하고 모두 죽음을 맞았다. 간혹 불시의 화살과 칼이 날아들었지만, 그때마다 진흥은 충근이 완벽하게 지켜냈다. 그는 피 한 방울 검에 묻히지 않고 입성했다.

진흥이 내전 내실로 들었을 때, 분노로 가득한 구형이 진흥에게 달려들었다. 충근이 잽싸게 구형의 가슴에 칼을 겨누며 그를 저지했다. 구형 뒤쪽에 계화왕후와 세 왕자가 있었다. 진흥을 뒤따르던 이사부가 소리쳤다.

"신국의 대제시오, 예를 갖추시오."

구형도, 들고 있던 진흥의 서찰을 내밀며 소리쳤다.

"신국의 대제가 어찌 이런 거짓 서찰을 보낸단 말이오?"

"일찍이 지략가들은, 서찰 속에 담긴 상대의 마음을 읽지 않고는 답신을 보내지 말라 하였소. 그것은 거짓이 아니라 전략이지요."

진흥이 미소까지 지어가며 답했지만, 구형의 노기만 키울 뿐이었다.

"이 따위 형편없는 거짓말이 전략이라니! 그러고도 그대가 신국의 왕이오?"

"백성이 다치지 않고 이길 수 있다면, 제왕은 그 길을 택해야 하지 않겠소?"

이사부는 거듭 예를 갖추라 하면서, 구형의 식솔들을 챙겼다. 구형은 공주가 있으나 몸져 누웠고 나인들이 돌보고 있으니, 건드리지 말라고 했다. 문득, 예전 연주대회에서 본 어린 공주가 생각났다.

'혀를 쏙 내밀었던가.'

그런 모습이 생각나는 게 신기했다. 진흥은 여유롭게 내실을 한번 휘둘러보고나서, 구형의 식솔들에게 부드럽게 말했다.

"좋소, 대신 그대들은 지금부터 이곳에서 꼼짝하지 마시오. 정리가 끝나면 내, 신국으로 그대들을 정중히 모시고 갈 것이니⋯⋯."

✳ ✳

피난을 생각할 틈도 없었다.

다행히도 신라의 군대는, 민가를 약탈하거나 불지르거나 하지 않고 곧장 성안으로 진격해 들어갔다. 흙먼지를 덤불처럼 일으키며 내달리는 신라 군사들을 보며, 우륵은 사린을 구하러 가야겠다고 마음먹었다. 휘도 등흔도 말렸지만, 그의 고집은 점점 더 강해졌다. 결국 우륵은 두 사람을 설득하기 위해 그 방법을 털어놓기로 했다.

"공주를 궁에서 데리고 나올 비책이 있습니다."

수로에 관한 얘기를, 우륵이 털어놓았다. 휘도 등흔도 처음 듣는 놀라운 사실이었다.

"그래도 싸움이 한창인 궁궐 안으로 들어가는 것은 위험한 일이지요."

휘는 여전히 반대했다. 등흔 역시 위험하단 얘길 하려는 순간, 어디선가 속삭이되 강한 아버지의 소리가 들렸다.

'바로 지금이다!'

진흥왕과 함께 이사부 장군이 와서 마숙장에 야영한다는 얘기를, 가야의 병사들로부터 전해 들었었다. 이사부가, 아버지의 원수가, 지척에 있었다. 그러나 거동조차 힘든 휘를 두고 선뜻 집을 나설 순 없었다. 설령 간다 해도, 이사부에게 막무가내로 접근할 수도 없었다. 죽은 아버지의 영혼이 나를 내려다보고 있는 것일까. 바로 지금이다! 아버지의 거듭되는 외침이 귓전을 떠나지 않았다. 그래, 아버지가 나를 이끌어내심이 틀림없다. 자신을 이끌어내, 이사부 앞에 데려다주실 것임이 분명했다. 그녀는 뼈에 사무치는 아버지의 죽음을 다시 한번 생각하며 우륵에게 말했다.

"공주에게 서찰을 쓰는 겁니다. 내가 그 수로를 타고 가 공주에게 그 서찰을 전해주겠습니다."

우륵은 수로 안에서 기다렸다가, 공주가 그 수로 안으로 들어오면 함께 도주하면 된다는 거였다. 등흔의 설득에 우륵은 고개를 끄덕였다. 휘도 더 이상은 말릴 방도가 없었다. 그녀는 만일의 사태를 대비해, 자신의 검을 소지하고 가겠다고 했다.

어둑할 즈음에, 주먹밥이 여분 있게 담긴 바랑을 어깨 뒤로 둘러멘 채, 우륵은 휘에게 절을 올렸다.

"공주님이 그 수로를 타고 오면, 그 길로 성열 할머니에게로 곧장 가야 합니다."

우야왕후에게서 받은, 남은 패물을 우륵에게 건네며 휘가 말했다. 옷장 깊이 따로 넣어둔 가락지를 잠시 생각했으나, 그것은 자신이 계속 보관하고 있는 것이 나을 듯싶었다. 반지의 비밀에 대해선, 나중에 우륵을 다시 만나고 살아가면서 얘기해도 될 터였다. 이 와중에 얘기할 만큼 절박한 일이 아니었다.

"거동조차 불편한 아버지를 두고 어찌 갑니까."

우륵은 다시 집으로 오겠다고 했다. 그러나 휘는 우륵의 말을 단호히 잘랐다.

"공주를 생각해야지요. 그렇게 하는 것이 모두에게 안전합니다. 그리고 아비 곁엔 어머니가 있지 않습니까."

휘는 말하며, 등흔을 바라보았다. 등흔은 방바닥을 내려다보고 있었다. 우륵은, 힘겹게 앉아 있는 아버지의 손을 모두어 잡았다.

"세상이 조용해지는 대로 반드시 아버지 어머니를 모시러 오겠습니다."

등흔은 꾸벅, 휘에게 절했다. 인사말은 없었다. 다만, 일어서기 전에 그의 눈을 잠시 들여다보았을 뿐이다. 무어라 한마디 해주면 좋으련만. 그러나 휘는 그녀 역시 경황이 없어서 그러리라 생각했다.

대문 밖을 나서며 우륵은 다시 한번 휘를 돌아보고 인사했다. 그러나 등흔은 돌아보지 않았다. 대신, 자신의 뒷모습을 보고 있을 휘에게, 혼자 작별인사를 드렸다. 어쩌면 그것이 그와의 마지막 순간일지도 몰랐다.

'당신이 아니었으면 누리지 못했을 행복, 정말 과분했습니다. 고마웠습니다. 가사일조차 제대로 하지 못하는 저를 만나, 집안일하랴 아이 키우랴 고생 많았습니다. 저는 그저 울타리일 뿐이었으니까요. 그래도 당신은 싫은 내색 한 번 하지 않고…… 당신의 사랑은 제 인생의 덤이었습니다. 늘 따듯하게 웃어 보이는 당신, 고맙고 미안합니다. 아픈 당신을 두고, 이렇게 떠나는 저를 용서하십시오. 그리고 부디, 제가 곁에 없더라도 늘 그래왔던 것처럼 우륵을 잘 돌봐 주십시오.'

수로는 어두웠지만, 우륵에겐 익숙한 길이었다. 등흔이 그의 뒤를 바짝 따랐다. 작은 수로는 큰 수로로 이어지고, 좀 더 밤이 깊어지길 기다렸다가 그곳에서 두 사람은 헤어졌다.

"어머니도 바로 돌아오셔야 합니다."

우륵은 주먹을 쥐어 보이며 큰 수로로 나서는 그녀에게 말했다. 그녀는 우륵을 돌아보았다. 갑자기, 휘와 이별할 때에도 잘 참았던 눈물의 기미가 느껴져, 그녀는 금방 얼굴을 돌리고 앞을 보며 말했다.

"상황이 여의치 못하면 다른 길로 빠져나갈 수도 있으니, 어미를 기다리지 말고 공주가 나타나면 얼른 여길 떠나야 합니다."

출구 앞에서, 등흔은 호흡을 가다듬으며 아버지와 대화했다. 그것은, 그 순간에도 휘와 우륵에게로 돌아가고 싶은 자신을 담금질하는 또 한번의 다짐이었다.

'아버지, 늘 제게 씩씩하게 살라 하셨지요. 여자라고 지아비에게 목숨 걸고 살지 말고 제 인생의 주인공이 되라셨지요. 그래서 밥 짓고 반찬 만드는 것보단 아버지의 그 신묘한 무예를 외동딸인 저에게 다 물려주려 하셨지요. 여식을 사내처럼 키운다고 사람들이 손가락질 할 때도, 아버지는 허허허, 웃음으로 넘기셨지요. 아버지, 아버지는 제가 왜 우야왕후의 호위무사를 자처한 줄 알고 있지요? 왕후를 따라 언젠가는 신라의 왕궁으로 가서 이사부를 대면할 수 있겠다는…… 참 좋은 사람을 만나 잠시 아버지를 잊고 살았지만, 이제 다 털고 일어나, 아버지의 복수를 제가 합니다. 정말 씩씩하게 잘 해낼 거니까, 아버지, 저를 이끌어주셔야 합니다. 아버지 딸, 기필코, 아버지가 원하는 대로, 이사부의 목을 베겠습니다.'

등흔은, 뒤뜰로 나왔다. 다행히 그곳을 지키는 병사는 없었다. 곧바로 공주전에 잠입한 그녀는, 품고 온 우륵의 목간 서찰을 공주에게 건네며 말했다. 우륵이 수로 안에 있다고. 놀란 가슴을 쓸어내리며 사린이 서찰을 펼쳤다. 우륵은 이렇게 적고 있었다.

그 안에서 기다리겠소.

가얏고 스승

사린이 서찰을 확인하자, 등흔은 다시 목례와 함께 방을 나섰다. 그녀는 다시 뒤뜰로 나와 공주전의 담벼락을 뛰어넘었다. 저만치 보초 서는 신라 병사가 보였다. 그녀가 소리 없이 다가가 그의 목에 검을 들이대며 이사부의 처소를 말하라 다그치자, 그가 엉겁결에 한 곳을 가리켰다. 구형왕이 집무를 보는 곳이었다. 등흔은 그를 혼절시키고, 날렵하게 지붕 위로 날아올라 이동했다.

그녀는 그곳으로 스며들었다. 그리고 소리나지 않게 문을 열고 안으로 들어섰다. 이사부가 이불을 덮은 채 모로 누워 잠들어있었다. 등흔은 검을 높이 쳐들었다.

'바로 지금이다!'

아버지의 소리와 함께, 그녀는 이사부의 목에 검을 내리꽂았다. 그러나 그 순간, 이사부를 대신해 누워있던 무사가 그녀의 칼을 피하며 옆으로 뒹굴었고, 천정에서 무사들이 검을 든 채 직하하면서 동시에 그녀의 목을 노렸다. 어느 무사의 검인지 알 수 없으나, 그녀의 목은 그녀 아비의 그것과 똑같이 눈을 감지 못한 채 바닥에 뒹굴었다.

✽ ✽ ✽

성각城閣에 오르니, 구름이 걷히고 달이 밝았다.

소란이 가라앉은 성안은 다시 쥐 죽은 듯이 조용했다.

"이사부 어르신을 죽이려는 자객이 들었습니다."

충근은 그렇게 보고했다. 다시 잠자리에 들었어도 도통 잠이 오지 않았다. 진흥은 황혼 속에서 인상적으로 봐두었던 성각에 올랐다. 신변이 위험할 수 있다며, 충근이 말렸지만 소용없었다.

이제 금관가야를 접수했으니 다시 신국으로 돌아가야 했다. 태어나 처음 나선 전투였으나, 그것은 치열하지도, 생각만큼 잔인하지도 않았다. 오히려 꼭 같은 얼굴과 꼭 같은 일과의 연속인 궁중생활의 답답함을 벗어나, 몸속에 갇혀있던 힘을 고함치듯 뿜어내는 쾌감까지 있었다.

'역시 나오기를 잘 했어. 그래, 나는 그 모든 것으로부터 도망치고 싶었던 것이야.'

얼핏, 한 줄기 실없는 웃음이 생각 안에 스쳤다.

그때, 실버들이 바람에 흔들리듯 한 줄기 가락이 공기에 스며왔다. 끊어질 듯 이어지는 그 소리가 달빛과 어우러져, 승전 후의 공허해져 가는 그의 가슴을 파고들었다. 누구란 말인가, 누가 패전의 궐에서 이리도 순결한 소리를 연주하는가. 그는 궁금해졌고, 조급한 마음에 텀벙텀벙 층계를 내려갔다. 충근이 소리 없이 뒤를 따랐다.

소리가 나는 곳은 공주전이었다. 입구에서 진흥이 물었다.

"누구냐?"

"공주이옵니다."

신국 병사의 답변을 뒤로 하고, 가야의 나인들에게 조용하라 손으로 시늉하면서, 그는 소리를 따라 계속 나아갔다. 공주가 한 명 있는데, 병이 나서 거동이 힘들다고 했었다. 어떻게 성장했는지 잠깐 궁금했던가. 허나, 그것으로 끝이었다.

'조만간 신국을 향해 일가가 함께 떠나야 하니, 몸을 추슬렀나 보군.'

그 가락은 그들과 일시 이별하는 연주일지도 몰랐다.

가락이 안개처럼 피어나는 방 앞에, 진흥은 한참을 서 있었다. 문은 열려 있었지만, 연주를 방해하고 싶지 않았다.

'어찌 할까요?'

충근이 한 걸음 나서며 눈으로 물었다.

'가만 있으라.'

그는 눈으로 답했다. 뒤뜰로 난 창을 향해 앉은 공주의 뒷모습이 달빛을 유영하듯 움직이고 있었다.

이윽고, 가락은 다시 한 줄기 바람처럼 점점이 멀어지며 끝났다. 사린은 잠시 그대로 앉아 있었다. 그 연주는 '가야의 봄날'이었고, 궁궐을 떠나기 전에 그녀가 아버지와 어머니에게 올리는 작별인사였다. 한 마디의 의논도 인사도 없이 떠나는 죄스러움과, 다시는 못 볼지도 모른다는 아릿한 마음을 가얏고에 실어 보냈다. 그녀는 아버지 어머니가 계시는 내전을 향해 고개

숙여 절하고, 고를 잡은 채 일어섰다. 그리고 몸을 돌리다 진흥을 발견했다.

순간, 진흥은 숨이 멎었다.

이토록 고울 수가. 어찌 이토록 사람이 어여쁠 수가 있단 말인가. 달빛을 등지고 있는 그녀의 모습은 형언할 수 없는 천상의 아름다움이었다. 예전 연주대회장에서 본, 혀를 쏙 내미는 소녀가 아니었다.

"신국의 대제시오."

사린이 몸을 돌리는 순간, 충근이 한 걸음 나서며 말했다.

그녀가 다시 진흥을 향해 돌아서며 목례를 했다. 함께 목례하며, 진흥이 두서없이 말했다.

"무례를 범했소. 소리가 하도 좋아서……."

무언가를 더 말하고 싶었지만, 그의 머릿속은 하얬다. 가슴속엔 울렁거림도 일었다. 이상한 일이었다. 신국의 그 어떤 여인 앞에서도 이런 적이 없었는데.

"놀라게 해서 미안하오."

그는 얼른 돌아서서 걸어 나갔다. 들어오던 나인들이 비켜섰다. 밖으로 나가자, 신국에서 갓 도착한 듯한 병사가 무릎을 꿇고 고했다.

"감축 드리옵니다. 왕후마마께서 왕자님을 생산하시었습니다."

출정식 때, 지소태후는 그렇게 말했었다. 구형의 식솔을 빠짐없이 신국으로 데려와야 한다는 걸 잊지 말라고. 후히 대해,

그들을 신국의 신하로 만들어야 한다고.

'잘 되었다. 그녀를 반드시 데려가리라. 데려가서 후히 대하고 신국의 궁궐에 두리라.'

그리도 아름다운 여인을 내내 곁에 둘 수 있다니. 생각만 해도 마음이 설렜다. 왕자의 출생 소식은 반가웠으나, 실감도 나지 않을뿐더러 한 번 본 공주의 환영에 묻혀버렸다.

진정한 인연의 발견이었다.

사랑이 무엇인지도 모르는 나이에 사도와 혼인했다. 사도만으로도 벅찼고, 궁궐의 그 어떤 여인도 그의 마음속으로 들어오지 못했다. 그런데, 이제 비로소 자신이 점령한 나라 가야에서 오묘한 감정에 휩쓸리기 시작한 것이다. 그것은 태어나서 처음 느끼는, 살아있음이 한없이 행복해지는, 가슴 저 깊은 곳에서부터 차오르는 감정이었다. 그녀를 생각하는 마음은 아릿한가 하면 어느새 뜨겁고, 살랑살랑 미풍인가 하면 순식간에 콰르르릉 폭풍이고, 마음의 가랑비인가 하면 이미 온몸 구석구석이 단박에 젖어 드는 소나기였다.

그러나 동이 트기도 전, 그의 설렘은 모래성처럼 허물어져 갔다.

"공주가 사라졌습니다."

충근은 표정 없는 얼굴로 보고하며, 공주의 방에서 발견했다는 목간 서찰을 보여주었다. 조각조각을 맞춰놓은 목간에는, '그 안에서 기다리겠소, 가얏고 스승'이라고만 적혀 있었다. 진흥은 한걸음에 공주전으로 달려가 '그 안'이 어디냐며 나인들을 다그쳤다. 그러나 아는 사람은 아무도 없었다. '가얏고 스승'은 누구냐고도 다그쳤지만, 그 이름도 그 집도 아는 사람은 역시 없었다. 그저 모두, 공주가 부르듯 '스승님'이라고만 불렀다 했다.

"장안을 샅샅이 뒤져 그 가얏고 스승이란 자를 찾으라."

진흥은 병사들에게 명했다. 그러나 기다려도 기다려도 소식이 없자, 그는 말을 몰고 동이 터오는 장안 거리로 나섰다. 충근과 독수리 비가 그 뒤를 따랐다.

✻ ✻ ✻ ✻

휘는 혼자 자다 깨다를 반복하며 등흔을 기다렸다.

수발은 옆집 아나네 내외가 도와주었다. 비몽사몽간에, 어머니와 아버지가 번갈아 나타났다.

'아버지가 온다는구나'

하면서 어머니는 곱게 단장을 하고 있었다. 꿈에서도 그는 어머니에게 물었다.

'어머니는 그렇게 아버지를 좋아하는데, 아버지는 왜 그렇게 밖으로만 돌아다닐까요?'

어머니는 그저 넉넉한 웃음만 지어 보였다. 가슴 저 밑에서 어머니를 향한 미안한 마음이 다시 스물스물 피어올랐다.

'하, 어머니, 우륵이랑 꿈에서 보듯 뵙고 돌아온 지가 또 몇 년이 후다닥 가버렸습니다. 금방 다시 올 거라곤 기대하지 않아도, 그래도 이 못난 아들이 일 년에 한번은 찾아오겠거니, 하셨을 텐데 또 이렇게 화살같이 날아가는 시간만 바라보고 있습니다. 어머니, 이 불효를 어떻게 감당하지요? 십수 년을 감감 무소식으로 산 불효에, 또 몇 년을 더하고, 거기다 옆에서 모시지 못하는 불효까지 더해서, 이 아들은 불효 외에는 해드리는 게 아무것도 없습니다, 어머니. 아버지께서 돌아가실 때, 제 손을 놓지 못하면서 그러셨지요. 어머니를 잘 보살펴 드리라고, 불쌍한 사람이니 효도하라고 말이지요. 그때는 제가 많이 어리고 아버지가 원망스러워서, 싫어요, 아버지가 다 하고 가세요, 그랬던 거, 어머니 기억하는지요? 정말 철이 없었습니다, 그때는. 지난번에 어머니 뵈었을 때, 너무 많이 늙어 보여서 제 마음이 울컥했더랬습니다. 건강 하나는 자신 있다고 말하셨지만, 그것도 멀리 떨어져 사는 자식 걱정 안 시키려는 어머니 마음인 거, 저는 다 알지요. 이제는 며느리가 해주는 따듯한 밥 드시면서 편하게 지내야 할 연세인데도, 이 못난 아들 때문에 홀로 외롭게 살고 계시다는 걸 생각하면, 언제나 마음이 편치 않습니다. 아, 정말 보고 싶어요, 어머니. 그림이라도 잘 그렸으면 어머니 얼굴이라도 그려 왔을 텐데⋯⋯.'

아버지는 꿈에서 가얏고를 등에 맨 뒷모습만 보였다. 아버지 아버지, 하고 그가 부르자, 아버지는 앞으로만 걸어가면서 빨리 오라 손짓했다.

'다리가 힘들어요, 천천히 가요.'

그러다 잠이 깼다. 얼마나 열심히 아버지를 쫓아갔는지, 얼굴에 땀이 한가득이었다. 어두움 속에서도, 벽에 세워둔 아버지의 가얏고가 그를 보고 있었다.

'그래, 고는 내 아버지이지.'

문득, 그런 생각이 들었다.

'아버지는 나에게 귀한 세 가지를 주셨지. 첫째는 몸이요, 둘째는 이름이며, 셋째는 가얏고 연주를…… 고의 줄 짚는 자리인 '휘'란 이름을 아들에게 붙여주실 만큼, 아버지에게 고와 자식은 하나였지. 그러니, 방랑벽이 있어 자주 집을 비우면서도, 가얏고와 자식만큼은 그리도 소중히 여기실 밖에. 아버진 가얏고가 더 좋아요, 내가 더 좋아요? 어렸을 때 자주 하던 그 질문에, 아버지는 언제나 껄껄껄, 웃기만 하셨지. 그런데 별일이다. 한번도 꿈에 보이지 않던 아버지까지 나타나 빨리 오라고 손짓하다니. 혹여, 아버지가 나를 데리러오신건가. 안 되는데, 정말 안 되는데. 아직 우륵의 나이 스물도 채 되지 않았는데, 아직 아이에게 아무것도 말해주지 못했는데, 지금 아버지가 나를 데리러 오시면 안 되지.'

휘는 아버지에 대한 생각을 떨치려, 등흔을 생각했다. 그런데 생각할수록, 우륵과 함께 집을 나서던 그녀의 행동이 이상했다. 평소 같지 않게 꾸벅, 그에게 절을 했었다. 그때는 몰랐는데 그녀가 돌아오지 않으니 자꾸 이상하게 여겨졌다. 눈으로 무언가를 말하는 듯도 했다. 정말로, 우륵이 들으면 안 될 어떤 말을 한 것일까. 아니면, 혹여 내가 모르는 다른 생각이 있었던 걸까. 그렇지 않고서야, 어찌 돌아와도 몇 번을 되돌아올 시진

인데, 여태도 기적이 없단 말인가.

그때, 개 짖는 소리가 동네를 자지러지게 휘저었다. 연이은 말발굽 소리와 남정네들의 발자국 소리가 그의 집 앞에서 멈추었다.

"가얏고 스승은 나오시오."

뉘시오, 라는 휘의 말은 장지문 열리는 소리에 묻혔다. 한눈에도 신분이 높아 보이는 사람이 그를 바라보았다. 그의 어깨에 앉아 있는 독수리가 위압적이었다. 독수리를 그렇게 가까이서 보는 것은 처음이었다. 짐승의 눈이 매서웠다.

"그대가 공주의 가얏고 스승인가?"

'우륵, 너를 찾아 왔다.'

휘의 직감이 그에게 말했다.

"그렇습니다만, 뉘신지요?"

휘의 물음에, 그의 뒤에 서 있던 무사가 한 발 앞으로 나서며 명했다.

"신국의 대제시다, 나와서 예를 갖추어라."

"거동이 몹시 어렵습니다, 이해해 주십시오."

충근이 들어와 그의 상태와 가얏고와 방 안을 휘휘 둘러보았다. 그가 자리로 돌아가자, 진흥이 다시 나섰다.

"내, 공주만 찾으면 조용히 돌아가겠다. 어디에 있느냐?"

우륵이 공주를 데리고 멀리 갔음에 분명했다.

"저 역시 궁금할 따름입니다."

"그렇다면, 그 안이란 것은 어디를 말하느냐?"

"그것은 이 방 안을 칭하는……."

순간, 충근이 그의 말을 자르며 단호히 말했다.

"이자는 거짓말을 하고 있습니다."

"집 안을 샅샅이 뒤져라."

진흥의 명령에, 군사들이 집 안을 뒤집어 놓기 시작했다. 가재들이 여기저기 함부로 뒹굴며 아우성쳤다.

"아무도 없습니다."

군사들이 그렇게 보고하자, 진흥은 노기를 감추지 않은 채 내뱉듯 호령했다.

"밖으로 끌어내라."

휘는 군사들에게 끌려나와 마당 한가운데에 쓰러졌다. 진흥이 잡아먹을 듯 그를 노려보았다. 그리곤 천천히 칼을 빼내 그의 목을 조준했다. 그의 어깨에 있던 독수리는 어느 새 충근의 어깨 위에 앉아 있었다.

"눈을 감아라. 열을 세겠다."

휘는 눈을 감았다. 까만 바다 위에 몇 개의 하얀 점이 둥둥 떠다녔다.

"열을 셀 동안 공주가 어디 있는지 말하지 않으면, 나는 너의 목을 칠 것이다."

진흥이 심호흡을 크게 한 번 하고, 숫자를 세어나가기 시작했다. 조금씩, 점점, 휘의 온몸이 사시나무처럼 떨리기 시작했다.

"열."

순간, 휘는 아버지를 생각했다.

'이런 일이 벌어지려고, 아버지가 꿈에 나타났나 보네요. 아버지, 제가 이렇게 죽어야 하는 겁니까. 아직은 아니라니까요. 우륵에게 아직은 제 도움이 필요하다는 것을 아버지두 알고 있지 않습니까. 살려줄 수 있다면, 아버지, 살려주셔요.'

"일곱."

휘는 다시 어머니를 생각했다.

'어머니, 어찌하면 좋습니까. 제가 어머니 먼저 떠나는 불효를 범할 지도…… 어찌되든 우륵을 잘 부탁합니다, 어머니.'

"여섯."

'이럴 줄 알았으면, 가락지도 마저 줄 것을. 그 가락지에 대해 다 얘기해 줄 것을.'

"다섯."

'벌써 다섯인가. 아, 보고 싶소. 등흔, 당신이 있어 든든하였소.'

"넷."

'우륵아, 사랑한다. 너는 누가 뭐래도 내 아들이다.'

"셋."

'동시에 너는, 가야의 왕자다. 너를 꼭 찾아라, 우륵아….'

"둘."

'너를 찾아줄 가락지는… 엄마가 찾아줄 것이다.'

"하나."

'……'

옆집 내외가 숨어서 그의 최후를 지켜보고 있었다.

아름다운 유산

✳

장안은 이전과 다름없었다.

진흥이 철군撤軍했다는 소식이 들려오기 무섭게, 우륵은 낙동강을 따라 배를 타고 다시 금관성으로 돌아왔다. 그 길은 사린을 데리고 성열로 도망쳤던 경로였다. 너무 조급한 것 아니냐며 할머니가 말렸지만, 그는 지체할 수 없었다. 특히 거동조차 힘든 아버지를 두고 왔다는 사실이 그를 내내 괴롭혔다. 우륵은 저잣거리를 가로질러 곧바로 집으로 향했으나, 문 앞에는 병사 둘이 지키고 있었다. 그는 왠지 불길한 생각을 머금고 옆집의 문을 두드렸다.

문을 열고 나온 옆집 주인 내외는 그를 보자 흙빛이 되며 얼른 집 안으로 그를 데리고 들어갔다.

"네 어머니는 돌아오지 않았고, 그 밤에 신라 군사들이 갑자기 들이닥쳐서, 집 안을 샅샅이 뒤졌다."

얘기하는 남자를 보며, 여자가 소리를 죽이라고 손짓했다.

"세간살이 뒹구는 소리에 놀라 숨어 봤더니, 신라 진흥왕이란 자가 네 아버지 목에 칼을 들이댔다."

그가 자기 목으로 손을 가져갔다. 그리고는 잠시 말을 잇지 못하는 그의 표정이 비장하고도 적요했다.

"다짜고짜 그자가 네 아버지에게 말하더구나. 열을 셀 동안 공주가 있는 곳을 말하지 않으면 목을 치겠다고."

으흑, 여자가 울음 섞인 한숨을 토했다. 말을 잇지 못하던 남자가 깊게 한 번 한숨을 쉬고 나서, 소리를 툭 떨어뜨려 말했다.

"정말로, 그자가, 네 아버지 목을 벴다."

대체 무슨 말인가. 아버지가 돌아가셨다는 말인가. 그것도 공주를 찾아온 진흥왕의 칼에…… 도무지 믿을 수가 없었다. 그저, 방금 들은 말들이 그의 머릿속을 휘젓고 떠돌아다닐 뿐이었다. 붉어진 눈가로 삐져나오는 눈물을 손등으로 수습하며, 남자는 나지막이 말을 이었다.

"네 어머니가 궁궐에서 죽은 건, 신라군이 완전히 빠져나간 후에야 알았다. 궁궐에 채소를 들여 주는 내 동생이, 우리 병사들로부터 들었다며 네 어머니 얘기를 물어다 주더구나. 이사부 장군이 자고 있는 방에 잠입했다가 무사들의 칼에 목이 베였다고……."

"어머니가 왜요? 왜 그 장군 방에……."

"이유는 알 수 없으나, 그 방이 집무실이었다하니, 왕과 왕후를 구하러 들어간 거 아닌가 추측할 뿐이다. 네 어머니가 호위무사였으니…… 시신을 찾아달라고 부탁해봤지만, 이미 다 치워진 상황이라 찾지 못했다."

어머니마저 신라의 칼에 도륙 당하다니… 눈물도 나오지 않았다. 머릿속이 부글부글 끓어오르면서, 아무 생각도 들지 않았다. 여자가, 울음을 수습하고 일어나 부엌으로 나갔다. 후우,

남자는 길게 한숨을 내쉬고 나서, 벽장으로 걸어가 낯익은 가얏고를 꺼내 우륵의 앞에 놓았다. 아버지의 아버지, 할아버지의 참새 문양 가얏고였다. 산에 묻기 위해 아버지 시신을 수습해 나올 때, 같이 묻어줘야 한다며 병사들에게 사정사정해서 겨우 들고 나온 거라고 했다. 가구와 집기, 옷가지들은 그 후에 모두 처분되고 없어졌다고도 했다. 옷장 깊숙이 있을 자신의 아기적 옷과 가락지가 생각났지만, 우륵은 아무 말도 할 수 없었다. 얘기해봤자 소용 없을 일이었다.

여자가 밥상을 차려왔으나, 목구멍은 물 한 방울조차 들이길 거부하였다. 그저, 남자가 전해준 말들과 상황들이 마디마디 붕숭하게 잘려진 채 머릿속에서 뒤엉켜 웅웅거릴 뿐이었다. 그 밥상엔, 예전 아버지와 니문과 함께 즐겨 먹었던 반찬들이 그대로 앉아 있었다. 그는 밥상 앞에서 웃고 있는 아버지 얼굴이 떠올라 더더욱 아무것도 먹을 수가 없었다.

성열로 도망쳐 간 낙동강 배 위에서, 사린이 진흥을 언급했었다. 문 앞에서, 그녀가 연주하는 가얏고 소리를 듣고 있던 그와 마주쳤다고. 그가 몹시 당황해하는 듯하였고, 바라보는 그의 눈빛이 똬리 친 뱀의 그것처럼 이물스러웠다고. 그가 뱀처럼 독을 쏘아 공주를 한 입에 삼키고 싶어 한 것인가. 그렇지 않고서야 그가 직접 나서 그녀를 찾을 이유가 없지 않은가. 그 어떤 이유가 있었든 간에, 그자들의 칼에 아버지와 어머니가 운명했다. 대체, 이 현실을 어찌 믿으란 말이며, 또 어찌 감당하라는 말인가.

작은 무덤이 산기슭에 있었다.

옆집 내외가 따라와 먹먹한 얼굴로 옆을 지켜주었다. 만들어진 지 얼마 되지 않은 그 무덤을 손으로 어루만져보고 나서야, 비로소 아버지의 죽음이 손에, 가슴에, 온 신경 마디마디에 와닿았다.

'아, 아버지…… 어찌해야 합니까, 저승의 골짜기로 찾아가면 될까요, 어찌하면 아버지를 다시 살려낼 수 있을까요, 아버지는 저와 공주를 살리려고 목숨까지 내어주었는데, 그런데, 저는 왜 이리 아무것도 할 수 있는 것이 없을까요, 이런 억울하고 죄스러운 경우가 어디 있단 말입니까, 어머니는 무덤조차 없습니다, 저승에서 어머니는 만나셨습니까?'

가슴이 먹먹해지며 슬픔이 북받쳐 올랐다. 눈두덩을 넘어선 눈물이 주체할 수 없이 가지를 뻗었다. 기억하는 어린 시절부터 마지막으로 헤어지던 그날까지, 언제나 자상하고 따듯했던, 당신의 인생을 자식에게 다 내주고도 늘 모자라 했던, 당신의 행복을 아들의 행복 뒤에 두고 그것이 진정한 행복이라 여기던 아버지의 모습이 바람처럼 다가왔다 사라지기를 계속했다. 어떤 말로도, 어떤 사죄로도 아버지의 죽음을 되돌릴 수 없음이 한탄스러웠다.

'그래, 내 반드시 진흥 너의 심장에 칼을 꽂으리라, 반드시! 방법은 그것밖에 없다. 이 죄스런 마음을 너의 목으로 내 아버지께 용서받을 것이다. 그것이 내 어머니의 한을 풀어주는 것도 될 것이니……'

그 다짐 외에는, 그가 할 수 있는 것이라곤 아무것도 없었다. 우륵은 그것을 가슴속 깊이 각인하기 위해, 메고 온 아버지의 가얏고에 걸고 다시 한번 맹세했다.

구형왕 내외와 세 왕자는 진흥과 함께 신라로 떠났다 했다. 그들이 떠날 때, 장안의 백성들이 울음바다를 이루었다고 했다. 철군하는 날 아침까지, 신라 병사들이 공주를 찾느라 장안을 뒤졌다고도 했다. 공주의 행방에 대해서는, 내외도 묻지 않고 그 또한 언급하지 않았다. 그렇게 하는 것이 서로에게 좋았다. 후일 돌아와 꼭 은혜를 갚겠다 말하고, 산 초입에서 우륵은 그들과 헤어졌다. 몇 번이나, 발길을 멈추고 돌아서 아버지가 묻힌 산기슭 쪽을 돌아보았다. 서럽고 무참하며 황당하고 답답했다. 그가 옆으로 맨 바랑 속에는, 아버지 무덤의 흙 한 줌이 담겨 있었다.

잰 걸음으로 돌아가고 싶지 않았다.

할머니를 뵐 낯도 없었다. 그래서 아버지의 가얏고를 멘 채 성열로 돌아가는 길은, 어린 시절 아버지와 함께 갔던 길을 되짚었다. 흘러가는 강물도 그때와 다르지 않았고, 물새들의 날갯짓도 여전하였다. 뽀르릉뽀르릉, 황혼이 번져오면 새끼를 부르는 새들의 소리도 변함없었다.

'그때의 새들이 새끼를 낳고 그 새끼가 커서 또 새끼를 낳고, 그렇게 먼 후일의 새끼가 이제 어른새가 되어서 또 제 새끼를 부르고 있을 것인데, 어이하여 우리 부자는……'

말을 타고 가듯 타박타박 걸어가자니, 꼬옥 안아주던 아버지의 체온이 어제인 듯 느껴지고, 아버지가 들려준 소리와 음악에 관한 많은 이야기들이 새록새록 되살아났다. 어느 때는 아버지가 따라오고 있는 듯하여, 무심코 뒤를 돌아보기도 했다. 그러나 세상천지 어디에도 그 온화한 미소를 머금은 아버지는 없었다.

주먹밥을 먹던 강가 원두막에 앉아 아버지의 가얏고를 연주하기도 했다. 아버지의 이야기, 아버지의 웃음소리가 가얏고를 타고 천지를 가득 채우는 듯 했다.

'이 가슴에 그 자연의 소리들을 다 담아야 합니다. 강물이 달리는 소리, 새들이 날갯짓 하는 소리, 바람이 몰려다니는 소리, 사람들의 웃음소리…….'

'사람들 웃음소리도 자연의 소립니까?'

'사람도 자연의 일부니까요. 모두가 가야에서 숨 쉬는 자연의 소리지요.'

그러고보니, 아버지는 늘 '가야'의 자연과 소리를 강조했었다.

아버지가 가장 사랑했고 우륵에게 본격적으로 가르쳐준 연주도 '가야의 봄날'이었다. 그러나 지금은 금관가야를 잃어버렸고, 그 와중에 아버지와 어머니까지 잃어버렸다. 가야가 곧 부모이자 자신이란 사실이 한순간 파도처럼 가슴으로 밀려왔다. 더군다나 금관가야는 사랑하는 사람의 나라인 동시에, 자신의 온가족이 어우러져 살았던 둥지였다. 한순간 존재하다 바람처럼 사라져버리는 소리처럼, 모든 것이 덧없고 허무했다. 그러나 소리는 여운을 남기고 사라져 버리지만, 가야의 상실과 함께 아버지와 어머니의 죽음은 그렇게 우륵의 가슴에 불로 지져 놓은 것처럼 깊이 각인되어 남았다. 두 분을 향한 그리움과 죄스러움은 진흥을 향한 복수의 일념으로 더욱 뜨겁게 달구어져 갔다.

'두고 봐라, 진흥. 내 너의 심장에 비수를 꽂으리라. 반드시.'

✽ ✽

"자식을 앞세우고 내 어찌 이 세상을 살아간단 말이냐"

한 줌의 흙으로 돌아온 아들의 죽음 앞에서, 할머니는 그 말뿐이었다. 아버지가 진흥의 칼에 죽었다는 얘기는 감춘 채, 그저 마을을 점령한 신라 군사의 칼을 받은 듯하다고만 전했다. 사린 때문이었다. 곡기를 끊고 몸져누우신 할머니는, 물 한 모금 마시지 않는데도 눈물이 계속 흘러 눈가를 짓무르게 했다. 우륵과 사린은 계속 따뜻한 미음으로 곡기를 권해 드리면서 잠시도 할머니 곁을 떠나지 않았다. 특히 밤낮을 가리지 않는 사린의 정성이 지극했다.

그렇게 열흘이 지나갔다.

그 아침, 깜박 잠이 들었던 우륵이 깨어나 보니, 아랫목에 할머니가 자리를 걷고 단정히 앉아 있었다. 할머니는, 부엌에서 미음을 준비하고 있는 사린을 불러오라 일렀다.

"두 사람, 혼례를 올리자."

우륵과 사린이 나란히 앉자, 할머니가 가슴에서 돌덩이를 꺼내듯 말을 시작했다.

"간밤 꿈에 네 아비가 새 옷으로 단장을 곱게 하고 왔더라. 무슨 좋은 일이 있냐고 물었더니, 우륵이 혼례를 올린다며 싱글벙글하더라. 그리 웃는 모습이 하도 좋아보여서 꿈에서도 덩달아 기분이 좋았다."

"하지만 할머니, 그건 불효지요. 아버지 어머니가 세상 떠난 지 얼마나 됐다고 지금 혼례를 올립니까?"

우륵의 말에 할머니는 더욱 단호했다.

"저승의 네 아비가 간절히 원하는 것이기도 하겠지만, 생각해봐라, 혼인도 하지 않은 채 이렇게 계속 살 순 없지 않으냐? 남자는 괜찮을지 모르지만, 여자는 그렇지가 않다. 더군다나 우리 손주 며느리가 누구냐. 빨리 날을 잡도록 하자."

사린 역시 그럴 순 없다고 했지만, 혼례를 올리지 않으면 다시 드러누워 곡기를 완전히 끊어버리겠다는 할머니의 단호함 앞에서 백기를 들었다. 아버지가 혼인반지로 쓰자고 했던 목단잎 문양의 가락지가 아쉬울 따름이었다. 우륵은 대신, 휘가 주었던 패물 중에 다른 반지를 혼례에 사용하기로 했다.

초례상은 조촐하고 하객이라곤 동네의 어르신 몇 분뿐이었다. 그래도 초례상 앞에 선 사린은 세상의 그 어떤 여인보다 아름다웠다. 그래서 우륵의 눈엔 더 슬퍼 보이기도 했지만, 그녀는 눈물을 보이지 않았다. 오히려, 그 어느 때보다도 밝은 웃음을 지어 보였다. 사린이 절을 올리다 엉덩방아를 찧었고, 그걸

보신 어르신 한 분이 아들 딸 많이 낳겠다, 해서 마당 가득 웃음꽃이 피어나기도 했다. 어르신들이 돌아가자, 할머니는 우륵이 담아온 휘의 무덤 흙을 집 울타리 밑에 뿌리라 했다. 자신이 혼인했다는 사실을 알면 정말 아버지가 함박웃음을 지으며 좋아하실 텐데, 생각하며 우륵은 조금씩 오래 흙을 뿌렸다.

"미안해요."

그 밤, 창호에 가득 번지는 달빛을 내려 받으며 두 사람이 잠자리에 들 때 사린이 먼저 말했다.

"미안하다니요. 정작 미안한 사람은 난데요."

"나 때문에……."

우륵은 사린의 입에 손가락을 갖다 댔다. 사린이 그의 손을 잡아 고이 쥐었다.

"미안하고, 고맙습니다. 이렇게 나의 아내가 되어줘서."

말하는 그의 눈을, 그녀가 가만히 들여다보았다.

"예전에 당신이, 멀리 도망가서 우리 둘이 살고 싶다고 했던 거 기억나지요?"

사린이 희미하게 웃으며 고개를 끄덕였다.

"꿈같은 얘기였는데, 이렇게 현실이 됐네요."

사린이 그의 품속을 파고들었다. 그가 그녀를 더 깊이 안았다.

"아, 당신과 내가 혼인하다니…… 이렇게 공주를 안고 싶은 만큼 마음대로 안을 수 있다니……."

우륵이 한 손을 들어 그녀의 얼굴을 만졌다.

"이 세상 최고의 지아비가 될 겁니다. 우리가 죽음으로 헤어지는 날까지.”

사린이 다시 얼굴을 들어, 그의 눈을 들여다보았다.

“어떻게요?”

그의 얼굴에 얼핏 당황하는 기색이 번졌다.

“어떻게 최고의 지아비가 될 거냐니까요.”

그녀의 얼굴에 부드러운 웃음이 번지고 있었다.

“당신이 원하는 건 무엇이든지 다 해줄 겁니다.”

“그럼 뭐 하늘의 달, 별, 그런 것도 따주겠습니다?”

“아, 그럼요. 원하면 무엇이든지요.”

“좀 식상하다, 왠지.”

“왜 식상합니까?”

“그건 누구나 다 따주는 거지요.”

“그럼 아무도 원하지 않은 게 뭐가 있을까요?”

“정말 다 해준다 이거지요?”

“그럼요.”

“거짓말.”

“왜 거짓말이라고 생각합니까?”

“저잣거리에서 노리개 하나도 안 사줬으면서.”

그가 멀뚱한 표정으로 그녀를 보았다. 푸하, 그녀의 얼굴에 웃음이 터졌다. 그가 그녀를 으스러지도록 꼬옥 끌어안았다.

찰박찰박.

치마를 두 손으로 잡은 채, 사린이 맨발로 이른 여름의 계곡물을 걸어 다니면서 우륵을 보고 활짝 웃었다.

"둘이 다녀오너라."

혼례를 치른 지도 열흘이 지나있었다. 할머니는 주먹밥 가방을 쥐어주며, 뒷산 계곡으로 바람을 쏘이고 오라고 했다. 같이 가자고 해도, 한사코 둘만 가라고 했다.

그 어떤 가족도 모르는 초례인데, 어머니 아버지가 얼마나 그리울까. 궁중의 예식과는 너무도 차이 나는 초라한 혼례인데, 공주가 얼마나 서럽고 마음 아플까. 할머니는 혼례를 준비하면서부터 사린을 많이 염려했다.

"네가 잘 챙겨줘라. 잘 다독여주고, 마음 상하지 않도록 세심하게 배려하고, 말 한 마디라도 따뜻하게 해줘라."

할머니는 수없이 당부했다.

아이처럼 물장구를 치고 있는 사린을 보며, 우륵은 다짐했다.

이제부터의 삶은 당신을 위해 살 것이라고. 당신을 왕후처럼 모시고 살겠노라고. 당신의 서러움, 당신의 아픔, 남몰래 흘리는 당신의 눈물과 가슴에 켜켜이 쌓여질 그리움까지, 당신을 향한 나의 사랑으로 모두 지워주겠노라고. 나를 사랑해주고, 나를 믿고 도망쳐오고, 그리고 나를 지아비로 삼아 혼례를 올려준 그 마음, 죽는 날까지 아니 죽어서도 영원히 지금처럼 잊지 않겠노라고.

계곡물에서 올라와 옆에 앉는 사린에게서 물 내음이 짙게 났다. 우륵은 사린의 앞에 내려앉아 그녀의 발을 닦아주며 얼굴을 올려다보았다. 사린이 혀를 쏙 내밀었다. 참으로 오랜만에 보는 모습이었다. 쑥스러운 걸까. 부끄러운 걸까. 순간, 우륵이 잡아뒀던 어린 가재 한 마리가 톡, 튀어 올라 옹기를 박차고 나왔다. 사린은 놀라지도 않고 녀석을 한 손으로 잡아 옹기 속에다 도로 넣었다. 그리곤, 옹기 위에다 두 손을 뚜껑처럼 모아 덮고 그 사이로 가재들을 내려다보았다. 어린 가재들이 옹기 속에서 현란한 유희를 벌이겠군. 피식피식, 우륵의 입가에 자꾸 웃음이 배어나왔다. 농담하고 싶은 마음까지 몽글몽글 피어났지만, 꾸욱 참았다.

피와 눈물이 배어있음에도, 그들의 신혼은 그렇게 아름답고 기뻤다. 사린은 '공주'를 완전히 버리고 우륵의 '아내'로 다시 태어날 수 있음을 한없이 행복하게 여겼다. 오래 전부터 꿈꾸었지만 꿈꾸는 것조차도 쓸쓸하고 괴로운 일이었기에, 현실이 된 그 가난한 신혼이 눈물겹게 고마울 따름이었다. 그와 함께 잠들고, 그를 위해 밥하고, 자신의 두 손으로 빨래한 옷을 그에게 입히는 촌부의 하루하루가 궁궐에서의 그 어떤 날과도 바꿀 수 없는 축복이었다. 혀를 쏙 내밀던 어릴 적부터의 버릇도 사라져 버렸다. 신기한 일이라 여기며 혼자 웃을 때, 그 버릇을 늘 나무라던 어머니가 생각나, 그녀는 다시 슬퍼지곤 했다.

그러나 밥 짓고 빨래하고 청소하는, 여느 촌부의 일을 열심히 배워가는 그녀를 보며, 우륵은 점점 마음이 무거워져 갔다. 할머니의 전답은 혼자 일궈서 먹고 살기에도 빠듯할 지경이었다. 아버지에게서 받아온 패물이 있긴 했으나, 그것을 생활하는 데 무작정 써버릴 수는 없었다. 구중궁궐의 공주로 살아온 그녀를, 궁핍한 지어미의 생활 속에 방치할 수는 더더욱 없었다. 그렇다고 그녀를 집에 남겨둔 채 가얏고를 둘러메고 이 마을 저 마을을 떠돌아다니기도 싫었다. 너군다나 복수의 대상이 진흥인 이상, 그의 목숨을 쥐어틀기 위해선 더 큰 재물이 필요했다. 우륵은 패물을 들여다보며, 그것으로 무엇을 할 것인지를 궁리하기 시작했다. 그리고, 답은 생각보다 빨리 나왔다.

'아버지가 나를 이끌어주는 건가.'

아버지의 가얏고는 그가 물려준 아름다운 유산이었다.

✻ ✻ ✻

"분명 대박날 걸세."

우륵이 새로운 가얏고를 제작하자 했을 때, 설척雪滌은 엄지손가락을 들어보이며 반겼다. 그가 수소문 끝에 찾아낸, 인근 마을의 나이 지긋한 도공圖工이었다. 아버지의 가얏고를 안고 우륵이 설척의 집 마당에 들어섰을 때, 그는 마루 위에 톱과 대패, 망치, 끌 같은 철제 연장들을 널어놓고 그의 처와 함께 한창 손질하는 중이었다. 우륵이 먼저 자신을 소개하고 설척이 뒤를 받았다. 그는, 소가야에서 가얏고를 제작하다 그곳이 어수선해지면서 아내의 고향으로 돌아왔다며, 우륵에게서 건네받은 가얏고를 퉁겨보았다.

"소리의 울림에 미세한 차이가 있네 그려."

그 울림의 차이는, 가얏고의 뒤판에 파여 있는 두 개의 작은 홈에 기인하는 듯하다며, 소가야에선 보지 못한 특이한 홈이라 했다. 우륵은 좋은 가얏고를 만들어보자고 제안하며, 자신이 생각하는 새로운 제작 방안 두 가지를 덧붙였다.

"첫째는, 이 뒤판의 홈을 더 발전시키는 것이지요."

그것은 소리의 울림을 보다 좋게 하고 여음의 맛을 더 깊게 하기 위함이었다.

"두 번째는, 현재 다섯 개인 현의 개수를 늘리는 겁니다."

그것은 가얏고의 음폭을 확대하면서, 표현하고 싶은 가락을 더 섬세하게 표현하기 위함이었다. 설척은 그의 제안을 흔쾌히 받아들였고, 그의 처도 적극적으로 나섰다. 함께 가얏고 만들기를 배웠다는 설척과 그의 처는 모두 시원시원한 성격이었고, 곧바로 그들의 집을 개조해 공방을 차리겠다 했다.

공방이 예상보다 빨리 완성되자, 우륵은 설척과 함께 자재를 구하러 대가야성 장안으로 떠났다. 가야의 악기와 그 자재들이 모여들고 흥정이 오고 가는 물상객주物商客主 집들이 그곳에 있었다. 설척이 미리 일러준 대로, 주로 악기만을 취급하는데도 그 규모가 대단했다. 두 사람은 오래된 가야산 오동나무들과, 한눈에도 아주 실해 보이는 명주실을 먼저 고르고 나서, 현침과 안족용의 산벚나무, 부들용의 무명천 등속을 구했다. 갈 때는 빈 것이었으나, 돌아올 때는 달구지 한가득 벌써 가얏고들이 앉아 있는 듯 했다.

우륵 내외와 설척 내외가 공방에 다시 모였을 때, 그들은 먼저 각양각색인 가얏고의 크기부터 다시 정했다. 여자들도 들수 있을 정도의 무게와 크기가 좋겠다는 데 의견이 모아지면서, 사린이 표준적인 키였으므로 그녀에게 적합하도록 오동판의 크기와 길이를 정했다. 그 다음엔, 휘의 가얏고와 똑같은 홈을 오동판에 새겼다. 홈이 만들어지자 기존의 부들과 줄을 걸고, 그 줄에 안족雁足들을 받쳐 소리를 만들며 들어보았다. 그리고는, 그 두 개의 홈을 차례로 조금씩 키워가면서 같은 방법으로 소리를 들어나갔다.

두 개로 분리되어 있던 홈이 하나로 이어지고 그것이 길어져 갈수록, 울림은 더 깊어졌다. 그러나 너무 크게 하면 오동판에 금이 가는 문제가 발생했다. 깊이 역시, 오동판의 두께와 무게 때문에 한계가 빨리 왔다. 울림의 깊고 오래감이 가장 적합한 고는, 뒤판의 홈이 집게손가락 하나 정도의 폭을 가지면서 두께의 반 정도로 파인 것이었다.

이번엔 줄이었다. 서른 가닥에서부터 백 가닥까지 명주실을 꼬아 여러 개의 현을 만들어놓고, 다섯 개인 현의 개수를 점차 늘려갔다. 그러나 줄의 개수를 늘리면서 소리를 조율해 나갈수록, 가얏고 연주의 기본적인 틀을 바꿔야 하는 문제가 생겨났다. 그 결과, 연주법의 변화를 주지 않으면서 음역을 넓힐 수 있는 줄의 개수는 여덟이었다. 이전의 가얏고보다 세 줄이 더 늘어났음에도, 고의 소리는 이전의 그것보다 훨씬 다채로워졌다.

설척은, 최종의 고를 정밀하게 그려놓고, 세밀한 부분까지 엄밀히 측정해 수치로 표시했다. 몇 차례의 과정을 다시 거치면서 그것은 다시 선분비가 정확한 도량형으로 완성되었다. 우륵은 여덟 줄 가얏고를 위한 더 좋은 연주법을 적고 그렸다. 그는 그것을 필사筆寫해서 새로운 고에 첨부하기로 했다. 새로운 가얏고 다섯 개가 만들어지자, 우륵은 설척과 함께 대가야성의 물상객주로 다시 향했다. 객주는 그들의 가얏고가 비범함을 한눈에 알아보고, 그 자리에서 스무 개를 주문해왔다.

그 즈음의 어느날.

니문이 문 앞에서 안을 기웃거리고 있었다. 밤새 내리던 비가 그치고 추녀 끝에 매달린 물방울마다 햇살이 맺혀 있는 아침이었다. 부엌문을 나오다 그녀를 가장 먼저 발견한 사린은, 처음 보는 얼굴이었지만 그녀가 조금도 낯설지 않았다. 땟국물이 잔뜩 묻은 몰골이었으나, 남장한 복장과 귀여운 그녀의 얼굴은 우륵이 궁중 시절 항상 얘기해주던 그대로였다. 사린은 우륵을 불러 상봉하게 하고 목욕부터 하게 해주었다. 말끔해진 얼굴로 돌아온 니문은 할머니에게 절하고 사린이 차려놓은 밥을 정신 없이 해치웠다. 상을 물리고서야, 니문은 그간의 사정을 남의 얘기 하듯 늘어놓았다.

만신창이가 된 아버지 비삽의 몸은 절망적이었다.

'약은 주겠으나, 회복은 어렵겠소.'

용하다는 윗동네 의원醫員은 매번 머리를 절레절레 흔들며 돌아갔다. 바깥 거동은 점점 더 어려워지고 대소변까지 니문이 받아내야 하는 지경에 이르렀다.

'니문아, 나는 네 친 아비가 아니다.'

어느 달 밝은 밤, 비삽은 그녀를 불러 앉히고선, 그렇게 니문의 어미에 관한 이야기를 시작했다. 그가 가야 전역을 떠돌던 시절의 어느 봄, 아라가야에서 만난 여인이라 히였다. 몹시도 어여뻤던 그녀와는 딱 석 달을 살고 끝이었다 했다.

'아비가 집을 비운 사이에, 낯선 남정네가 나타나 네 어미를 말에 태우고 갔다는 얘기를 이웃 사람으로부터 전해들은 것이 전부였구나. 그렇게 사라졌던 네 어미가, 삼 년 후에 포대기에 싸인 너를 집 앞에 두고 또다시 사라져 버렸다.'

비삽은 그 포대기 속에 같이 있었다며 서찰 하나를 그녀의 손에 쥐어주었다. 귀한 종이에 또박또박 써 내려간 하소연과 간청이었다.

미안합니다. 죽을 죄를 지었습니다.

对不起。犯了死罪。

지아비의 구타가 하도 심해 도망쳤고,

因丈夫的严重殴打而逃走

당신을 만나 참으로 행복했습니다.

能见到你真的很幸福。

이 아이는 그의 아이입니다.

这是他的孩子。

이제 그를 죽이고 도망쳐 왔지만,

现在虽然杀了他逃走,

이미 폐병에 걸려 곧 죽을 목숨.

但是因为得了肺病马上也快要死。

부디 이 아이를 거두어 주십시오.

拜托收养这个孩子。

염치없는 부탁, 거듭 죄송합니다.

请接受我这个不知廉耻的请求, 真的很对不起。

그 이레 후 비삽은 임종했다. 니문을 차마 남겨두고 가지 못
해, 그는 그녀의 손을 쥔 채 뜬 눈으로 숨을 거두었다. 동네 어
른들의 도움으로 아버지를 땅에 묻고 나자, 휘 아재와 우륵에
게 돌아가고 싶은 마음뿐이었다. 무작정, 그들이 살던 금관성
장안의 집을 찾아갔다.

"근데 집은 군사들이 지키고 있고, 옆집 아나네 아지매가
두 분 돌아가신 거랑 우륵 형이 다녀갔다는 얘기를 해줍디다.
아, 할머니 집에 가있으면 언젠가는 형이라도 만나겠다 싶은 생
각이 퍼뜩 들지 뭡니까."

"이곳은 어떻게 알고 있었구나."

할머니가 묻자, 그녀는 신이 나서 말했다.

"알다마다요, 할머니. 예전에 아재가 할머니 얘기랑 고향 얘
기를 얼마나 많이 해줬는데요. 하도 많이 해줘서, 제가 성열 성
열 노래를 부르고 다녔다니까요."

"이렇게 찾아오려고 그랬나 보네."

할머니가 측은한 마음을 재우며 웃어 보였다.

"아, 감동작렬! 할머니 집에 와서 이렇게 형을 단박에 만날

줄은 꿈에도 생각 못했지 뭡니까. 거기다 공주님까지……."

우륵이 심각해지며, 여기서는 '공주'라는 말을 입에 담지 말라고 했다.

"형은 나 하나도 안 반가운 얼굴인데, 근데 나는 형이 무지 반갑네, 어쩌냐?"

니문은 장난스럽게 말하며 웃어 보였다. 그녀는 어릴 때부터 우륵을 좋아했었다. 우륵이 공주를 좋아한다는 사실을 느낌으로 알고 나서도, 그것과는 상관없이 그가 좋았다. 그러나 지금, 우륵은 이미 사린과 혼인해있었고 더없이 행복해 보였다. 그녀가 있을 자리는 더 이상 없어보였다. 그때, 할머니가 졸지간에 손주가 또 생겼다며, 니문에게 같이 살자 하였다. 속으론, 성열을 떠나 아버지와의 유년 시절처럼 정처 없이 이곳저곳을 떠돌아다닐까도 생각했다. 그러나 더 이상 사랑할 순 없다 해도, 우륵만큼 의지가 될 만한 사람은 이 세상에 없었다. 할머니의 푸근함도 좋았다. 그녀는 우륵에 대한 마음을 가슴에 묻고, 그곳에서 심기일전하기로 마음먹었다.

니문은 여전히 사내아이처럼 입고 행동했지만, 집안일을 곧잘 했고 할머니의 전답 일도 열심히 거들면서 꿰어 맞춘 사자성어로 할머니를 웃게 했다. 어떤 날은 흥겹게 창과 춤을 보여 주기도 하고, 또 어떤 날은 우륵의 가얏고로 '가야의 봄날'을 연습하면서, 그녀 특유의 명랑함을 되찾아갔다. 집안이 그녀로하여 떠들썩하고 즐거워졌다. 니문이 가사를 도맡다시피 하면서, 사린은 공방에서 가얏고를 만드는 우륵을 도왔다. 그녀는 서툴렀지만, 설척 처와 함께 줄을 꼬고 부들과 안족을 만들며 오동판에 옻칠을 하는 것까지 정성을 다했다. 섬세한 공정이었기에 제작은 더뎠지만, 가얏고는 만들어지는 족족 실려 나가고 있었다.

✳ ✳ ✳ ✳

가얏고 스무 개의 납품이 끝난 날.

집 마당엔, 우륵의 연주가 한창이었다. 휘영청 밝은 달을 밀어내기라도 할 듯이 밤하늘엔 별들이 파죽지세로 피어있고, 날것들을 쫓아내는 연기가 가얏고 소리에 맞추기라도 하듯 몽글몽글 하늘로 춤춰 오르고 있었다. 할머니를 가운데로, 사린과 니문이 나란히 멍석 위에 앉아, 우륵의 여덟 줄 가얏고 연주를 감상하고 있었다. 그들 뒤로는, 동네 사람들이 함께 우륵의 연주에 취해 있었다. 모두가, 니문의 말 그대로 '감동작렬感動炸裂' 중이었다.

흥에 겨웠는지, 니문이 일어나 한들한들 춤을 추기 시작했다. 그녀의 춤사위는 안으로 안으로 한없이 잦아들 듯 곱다가 일순간 파도치듯 힘이 솟구치기도 하는 특유의 강약이 있었다. 곧 그녀는 할머니를 안아 일으키고선, 손을 맞잡고 마당을 빙글빙글 돌며 춤추기 시작했다. 우륵의 연주가 점점 흥을 더하고 있을 때, 영윤榮潤이 사립문 앞에 나타났다. 한눈에 중년 여장부의 기운이 느껴지는 그녀의 옆에는 기골이 장대한 무사 한

명이 서 있었다.

"공방을 찾아가는 길에, 가얏고 소리가 참으로 아름다워 도저히 그냥 지나칠 수가 없었습니다."

동네 사람들이 돌아가기를 기다려, 영윤이 우륵의 가얏고 연주를 예찬하며 인사를 청했다. 그녀는 중국 남조南朝와 교역하는 가야 거상巨商으로, 대가야성 장안에 거점을 두고 있다며 자신을 소개했다. 기골이 장대한 무사는 서역인이고 이름이 흠륭鑫�이라 하였다.

"장안에서 바로 이 가얏고 연주를 들었습니다. 여덟 줄 현에서 나는 그 소리가 이전의 가얏고와는 월등히 달랐지요. 출처를 알아보았더니, 설척의 공방에서 만들었다 하여 한걸음에 달려왔습니다."

그녀는 가야의 말로 또박또박 얘기했다. 그러나, 사린의 중국어 실력을 알고부터는 표현이 부족한 부분에선 중국어로 분명하게 말하고 사린의 통역을 청했다. 가야인 아버지와 중국인 어머니 사이에서 태어나 중국에서 성장한 탓에 가얏말을 중국어만큼 구사하지는 못한다며, 특히 새로운 가얏고 교역에 대한 제안에서는 더욱더 사린의 통역에 의존했다.

"나와 손잡으면, 가얏고의 우수함도 외국에 알리고 큰 재물도 반드시 취할 수 있을 것입니다."

영윤은 우륵의 가얏고를, 악樂을 숭상하는 중국 남조는 물론, 궁정악에 관심이 고조되고 있는 신라에도 팔고 싶다 했다. 우륵은 자신들의 가얏고에 관심을 가져주는 그녀에게 고마워하며, 설척과 함께 의논해보자 하였다. 영윤이 그 밤에 바로 의논하기를 원했으므로, 그들은 공방으로 향했다. 설척도 마다하지 않았다. 그가 보여준 가얏고의 설계도를 본 후, 영윤은 공방을 키우고 도공 수를 더 늘리는 데 투자하겠다 했고, 거상답게 가얏고 백 개의 값을 금으로 미리 계산하겠다고 했다. 그리고 그녀는 그 조건 안에 우륵에게 한 가지 청을 넣었다.

"대가야 가실왕이 가얏고 소리를 아주 좋아합니다. 원컨대, 나와 함께 가서 가실왕을 위해 가얏고를 연주해줄 수 없겠습니까?"

지금은 공방을 비우기가 어렵다며 우륵이 난색을 표하자, 그녀는 속사정을 털어놓으며 사린에게 섬세한 통역을 부탁했다. 지금 중국은 동위東魏와 서위西魏가 북조北朝의 넓은 대륙을 놓고 치열하게 싸우고 있는 중이고, 그러다보니 무기 원료가 되는 철이 많이 필요하다고 했다. 그녀는 가실왕에게 더 많은 철의 채굴을 당부 드렸으나, 왕은 신라가 마음에 걸린다며 거절했다는 것이었다.

"철을 더 파는 그만큼, 북조의 앞선 무기와 용병들을 사드리겠다는 것이 나의 생각입니다. 눈치만 보고 있다고 나라의 힘이 커지지는 않지요. 성심껏 설득을 하였으나, 그분은 기어코 마음을 열지 않으셨습니다."

설척의 아내가 건네는 물 한 잔을 마시고 나서, 영윤은 말을 이었다.

"내 어머니가 현금 연주를 참 잘 하였지요. 거상이었던 내 아버지는 어려운 협상의 자리에 어머니를 데려가 연주를 하도록 했습니다. 백 마디 말보다 훌륭한 연주 한 곡이 상대의 마음을 열게 하는 데는 훨씬 더 효과가 있다는 것을, 아버지는 늘 증명해주었지요."

그녀가 자세를 고쳐 앉으면서, 머리를 깊이 조아렸다.

"부디 나를 한번만 도와주기 바랍니다."

우륵도 그녀를 따라 엉거주춤 자세를 고쳐 앉았다.

"그리하면 내가, 그대를 평생 돕겠습니다. 내 아버지를 걸고 맹세합니다."

잠시 생각할 시간을 달라며, 우륵이 사린을 밖으로 불러냈다. 영윤의 생각이 가야에 나쁘지 않겠다고, 그녀는 답했다. 다시 자리가 정리되었을 때, 한 번뿐이라는 조건으로 우륵은 영윤의 청을 수락했다.

"밤이 깊었습니다. 누추하지만, 저희 집에서 하룻밤 묵어가시면 어떨지요?"

설척의 집을 나서면서, 우륵은 영윤에게 그의 집에 하룻밤 묵어갈 것을 권했다. 영윤은 감읍하며 반겼다. 사린은, 니문이 할머니와 자고 있을 것이니, 우륵과 흠륭이 한 방을 쓰고, 자신과 영윤이 한 방을 쓰자 했다. 신혼의 부부를 갈라놓는 무례까지 범한다며, 영윤이 하얗게 웃었다.

잠자리에 누워도 얼른 잠이 오지 않는지, 영윤은 자신의 개인사를 이것저것 사린에게 얘기했다.

"대대로 물상객주였던 아버지는 야망이 컸나 봅니다. 젊은 나이에 중국으로 건너가 연남의 항구에 점포를 열었지요."

연남燕南(항저우)은, 가야의 중요한 교역항이고 가야 사람들이 모여 산다고 아버지 구형왕이 늘 말씀하시던 곳이라 그 지명이 사린의 귀에 익었다.

"아버지는, 전쟁이 끊이지 않는 중국을 상대로 가야의 철과 무기를 팔아 재물을 모았습니다. 아버지의 일을 도와주던 중국 여인을 아내로 맞아 가정도 일구었지요. 늘 활기가 넘치는 분이었는데, 나이는 비켜갈 수 없나 봅니다. 요 근래에는 중국으로 건너와 점포를 맡으라는 서신을 보내오곤 합니다. 참, 우리 점포 이름이 참 좋아서, 사람들이 금방 기억합니다."

"점포 이름이 뭔지요?"

"영화로울 영에 윤택할 윤, 영윤입니다. 이름 참 좋지요?"

그녀도 영윤을 따라 웃었다.

"아버지가 처음 이름 붙인 점포가 그 이름처럼 번창하니, 자식도 그리 되라 붙였다고 합니다. 아버지에게 점포와 자식은 둘이 아닌 것이지요."

연남의 영윤.

오래 잊혀지지 않을 것 같았다. 남편과는 젊어서 사별했다는 얘기를 하면서부턴, 영윤은 잠깐씩 호흡을 가다듬곤 했다.

"훤칠하게 키가 크고 잘생긴 남정네였는데, 자식 하나 남겨 주지 않고 떠나버렸지요. 그 사람도 가야의 악사였습니다. 가얏고를 아주 잘 뜯었지요. 그 소리에 반해, 내가 먼저 혼인하자 하였습니다."

영윤은 한 호흡 쉬고 나서 더 나직이 말했다.

"두 분과 처음 인사하는 순간, 예전의 나와 남편이 생각났습니다. 나 역시 남편의 가얏고 소리만 들어도 배부르던 시절이 있었으니까요."

"제가 요즘 그렇습니다."

사린이 웃으며 영윤의 말을 받았다. 영윤이 따듯한 표정으로 사린을 보며 말을 이었다.

"아무래도 오늘의 이 인연은 평생의 인연이 될 듯합니다."

"고맙습니다."

"고마운 건 납니다. 이렇게 마음을 활짝 열고 싶은 사람을 만나서 정말 고맙고 행복한 밤입니다. 내가 도움을 받아서가 아니라, 무엇이든 도움을 주고 싶습니다. 필요한 것이 있으면 언제든지 얘기해주었으면 좋겠습니다. 내 남편에게 해주듯, 젊은 시절의 나에게 해주듯 다 해주고 싶습니다."

여장부스럽지 않게 섬세한 배려가 묻어나는 감정이었다. 영윤의 진심이 사린의 가슴으로 전해져, 그녀 역시 고맙고 행복했다. 영윤은 다음 날 우륵에게도 같은 이야기를 하며, 인연을 소중히 이어가고 싶다 말했다. 그녀는 그곳에서 아예 살고 싶다며, 흠륭에게 혼자 돌아가면 안 되겠냐고 농담하기도 했다. 흠륭은 언뜻 미소를 지을 뿐이었다. 그는, 가얏말이 많이 서툴러 앞뒤가 다 잘린 낱말 위주의 말을 하였으나, 한눈에 순수함과 무던함이 엿보였다.

"물 좀."

그는 꼭 니문에게 물을 청했다.

"말이 짧아서 되레 좋습니다."

니문은 그렇게 말하며, 흠륭이 청할 때마다 물을 건네주었다.

"감사."

"천만."

"선물."

그러면서, 갑자기 흠륭이 작은 거울을 하나 내밀었다.

니문이 어리둥절해 하자, 영윤이 거들었다.

"갑자기 선물해야 할 때를 대비해서 우리는 손거울 몇 개를 소지하고 다닙니다. 아침에 일찍 흠륭이 손거울 하나를 가지겠다 해서 그러라고 했더니, 이렇게 선물하려고 한 거였습니다."

"그런데 물 몇 번 떠주고 이런 선물은 너무 과합니다."

니문이 거울을 돌려주려 하자, 흠륭은 한 손으로는 손사래를 치고, 다른 한 손으로는 거울 쥔 그녀의 손을 으스러지게 쥐고 놓지 않았다. 니문이 아프다고 기겁을 하다 그의 손을 물어버렸다. 이번엔 그가 기겁을 하며 사립문 밖으로 도망쳤다.

"마음이다, 니문아. 그냥 받아라."

할머니가 웃으며 말했고, 니문은 멀리 서 있는 그를 흘겨보며 혼잣말했다.

"물을 더 줬다간 손이 안 남아나겠네, 나 원."

보고 있던 사람들이 모두 하얗게 웃었다.

공방을 확장하고 도공들 뽑는 일이 한창이었다.

도공들이 기숙해야 했으므로, 설척의 처는 부엌일을 할 만한 아낙도 함께 구한다 했다. 우륵도 사린도 이젠 좀 편히 쉬시라 했지만, 할머니 역시 손에서 밭일을 놓지 않았디.

새 공방이 모습을 드러낼 즈음, 영윤이 다시 찾아왔다.

"물 좀."

함께 온 흠륭은 그렇게 혼이 나고도 여전히 니문에게 물을 청했다. 니문은 그럴 줄 알았다며 물을 항아리째 건넸다. 흠륭도 웃고 모두가 웃었다. 영윤은 가실왕에게 청을 드려 놓았다며, 우륵을 대가야성으로 모시겠다 했다.

그의 행장을 꾸리는 사린 옆에 앉으며, 우륵이 말했다.

"흠륭이라는 자, 니문에게 마음이 있는 것 같지 않습니까?"

"그걸 이제야 알았나봅니다?"

"벌써 알고 있었단 말이군요?"

"처음 왔을 때부터 그런 기미가 보였지요."

"선머슴 같은 아이를 좋아하는 남정네도 있군요. 하긴, 니문이 행색은 선머슴이어도 얼굴이 곱고 귀여우니까……."

일출이 그림 같은 아침, 일행은 성을 향해 출발했다.

니문이 그 나들이에 한사코 따라 나섰다. 그녀도 가실왕에게 창과 춤을 보여주고 싶다 했다. 답답해서 그러는 것이니 바람도 쏘여줄 겸 데려갔다 오라고, 할머니가 우륵에게 일렀다. 우륵과 영윤이 각각의 말을 타고, 니문은 흠륭의 뒤에 올랐다. 그녀가 무서운 듯 그를 뒤에서 끌어안자, 그녀의 두 손을 모두어 자신을 더 꽈악 안게 만든 흠륭의 얼굴에 가득 화색이 피어

올랐다.

'고맙고 소중한 사람. 나를 위해 가얏고를 만들고, 내키지 않은 길도 즐겁게 떠나는 사람.'

할머니의 손을 잡은 채 일행을 배웅하면서, 사린은 다시 한 번 우륵에게 고마워했다. 니문이 가져온 장안의 소식에는, 구형왕 내외가 다시 가야로 돌아왔다는 얘기도 있었다. 진흥이 구형왕 가족을 극진히 예우하면서 금관가야를 식읍食邑으로 삼아 계속 다스리도록 하였다는 것이었다. 당장이라도 궁궐로 달려가고 싶은 마음이 불쑥불쑥, 사린의 가슴속에 일곤 했다. 더군다나 어머니는 언제나 그리웠다. 세 아들을 좋아했던 아버지와 달리, 계화왕후는 사린을 더 사랑했고 언제나 그녀 편이었다. 그러나 그녀는 궁궐로 치닫는 마음을 고이 재웠다. 우륵의 집을 군사들이 지키고 있는 마당에, 당장 그곳으로 갈 순 없었다. 그녀는 먼 후일을 생각했다.

그러나 진흥이 그녀를 한결같이 찾고 있다는 것을, 그녀는 상상조차 할 수 없었다.

✳ ✳ ✳ ✳ ✳

진흥은 감탄했다.

창은, 하나의 대에 여섯 개의 큰 가지가 붙어있고 그 각각에 날카로운 칼날이 이어져 서로 다른 방향을 취하고 있었다. 한

136

눈에도 대단한 위용이 느껴지는 신무기였다. 게다가, 어떤 기술인진 모르나 무겁지도 않았다.

"가지창이 신국의 새로운 미래를 열 것입니다."

이사부의 목소리에도 확신이 차 있었다. 진흥은 그것을 잡고 표적을 향해 나섰다. 짚으로 사람의 형상을 만들어 놓은 표적이었다. 그는 가지창을 그 속에 힘 있게 찔러 넣고 한 바퀴 휘저었다가 다시 힘 있게 뺏다. 표적은 거의 산산조각이 나듯 잘리고 부서졌다. 얼마나 대단했던지, 보고 있던 군사들이 탄성을 질렀다.

금관가야에서 귀환하면서, 진흥은 철과 식량과 함께 무기를 만드는 도공刀工들을 많이 데려왔었다. 그는 그들을 회유해서 성안에 정착하게 하고, 그들이 가야에서 계획하고 있던 비밀무기들을 만들어내게 했다. 가지창은 바로, 그 첫 무기였다. 이사부의 말대로, 신국의 미래를 열 만한 발명이었다. 누가 감히 창에다 이토록 큰 가지를 여섯 개나, 그것도 어긋나게 붙일 생각을 할 수 있었겠는가. 진흥은 도공 우두머리 둘에게 앞으로 나오라 일렀다. 그리고 그들의 손을 잡아주며, 식량과 철 덩이쇠를 하사하고 노고를 치하했다. 물론, 또 다른 무기를 주문하는 것도 잊지 않았다. 그들은 연신 하사품에 황송하며 혼신을 맹세했다.

무기창武器廠을 빠져나와 본전本殿으로 돌아가는 길에, 그는 정원의 호숫가 누각에 올랐다. 이 즈음의 그곳은 진흥의 쉼터가 되었다. 마지못해 불어오는 바람 사이로, 그날 공주의 가얏고 가락이 민들레씨 솜털들처럼 날아올 것만 같았다. 달빛을 안고 연주하던 그녀의 환영이 그의 가슴을 아릿하게 했다. 그녀가 한없이 보고 싶었다. 그리고 그리움의 무게만큼, 자신의 경솔함이 증오스러웠다. 그 '가얏고 스승'은 살려둠이 옳았다. 그러나 처음부터 그를 죽이려고 검을 든 것은 아니었다. 그의 눈빛이 너무도 단호했기에, 공주가 어디에 있는지 절대 말하지 않을 것임이 명백했기에, 살려둬 봤자 아무 소용이 없다는 판단이 순간적으로 들었다. 모든 사람들에게 그녀를 찾는 것이 얼마나 중요한 것인지도 그의 검으로 선을 긋듯 분명하게 가르쳐 주고 싶었다.

그는 기필코, 공주를 데리고 계림으로 돌아갈 생각이었다. 그러나 '기필코'라는 그의 생각과 달리, 사린은 흔적조차 찾을 수 없었다. 그가 철수 전까지 손에 넣은 것은, 목단 잎이 새겨진 옥가락지 하나였다. 병사들이 스승이란 자의 집을 정리할 때 나온 거라며 진흥에게 바쳤었다. 그는 가락지의 안쪽에 무언가 있음을 발견하고 확대경을 들이대어 보았다. 거기엔, 아름다운 사랑의 고백이 담겨있었다. 마음에 드는 내용이었다. 나중에 공주를 만나게 되면, 그녀의 손에 끼워주며 자신도 그리할 거라 말하고 싶었다. 그런 날이 반드시 올 것이라 자신하며, 그는 공주가 연주했던 그녀의 가얏고와 함께 그 가락지를 소중히 간직하고 돌아왔다. 다시 가야로 향하는 구형 내외에게도 공주의 가얏고 연주를 다시 듣고 싶다고 말했으나, 이렇다 할 소식은 없었다. 구형은 가야로 돌아가자마자 동생에게 식읍지를 물려주고 금관성에서 먼 왕산사王山寺로 왕후와 함께 떠났다는 소식이 파발로 전해져 왔다.

"배제나 고구려로 떠난 것은 아닐까요. 혹여 배를 타고 왜로 향한 것일지도 모를 일입니다."

충근은 아무런 표정 없이 그렇게 말했었다. 정말 그렇게 가야를 완전히 떠난 것이 아닐까 싶기도 했다. 그러나, 방법은 없었다. 금관성이든 그 스승이란 자의 집이든, 신라의 군사들 앞에 나타나주기만 기다릴 수밖에 도리가 없었다. 자신의 경솔했음을 후회하면서.

저만치, 무력이 빠르게 걸어와 누각을 올랐다. 무력은 정기적으로 왕을 배알하기로 되어 있었다.

"공주에 관한 어떤 소식도 받지 못하였습니다. 송구하옵니다."

그가 먼저 이실직고했다. 무력은 사린의 셋째 오라버니였다. 진흥은 구형의 세 왕자에게 신라의 진골에 해당하는 신분과 벼슬을 주어 신국에 머물게 했다. 그러나 태자 노종과 둘째 무덕은 호전적이었고 서로 가야와 내통한다는 첩보가 있었다. 진흥은, 노종을 고구려와의 접경 지역으로, 무덕은 백제와의 접경 지역으로 내보내 그곳을 지키게 했다. 반면, 막내인 무력은 강함과 부드러움이 조화로웠고, 진흥에게도 호의적이었다. 진흥은 그를 불러 필요한 것을 물으며 공주의 소식도 은근히 기대했다.

"대아찬大阿飡의 건강은 어떠한가?"

진흥은 무력을 대아찬 거칠부居柒夫의 여식과 혼인하게 했다. 무력은 장인에게서 신국의 법도와 문화를 배우고 있었다. 요즘 그 거칠부의 건강이 좋지 않아 걱정이라는 얘기를 들었다.

"대제께서 친히 하사하신 약제의 효험으로, 수일 내 입궐하여 국사國史에 관한 보고를 올리겠다 하였사옵니다."

무력은 활기차게 답했다. 오늘도, 진흥이 원하는 소식은 없었다. 그는 신라의 위용을, 백성들은 물론 다른 나라들에 널리 알려야 한다 생각했다. 그래서 신라 전역의 문사文士들을 모아 거칠부로 하여금 '국사' 편찬을 준비하라 일렀다. 완성할 시기는, 그가 어머니 지소태후의 섭정에서 완전히 벗어날 때일 것이다. 진흥은 신국 최초로 국사를 편찬해 나라의 위신을 드높인다는 사실도 좋았지만, 친정親政의 실현이라는 미래에 더 기분이 좋았다.

그 밤에, 진흥은 사도의 방에 들었다.

낮에, 대나인을 보내 그녀가 가얏고를 연주하겠다 통보해 왔다.

'가야에서 수입한 새로운 가얏고이온데, 현이 여덟이라 하옵니다. 소리가 다채로워 들을 만하오니, 꼭 납셔달라는 당부이옵니다.'

대나인의 간절함이 아니어도, 사도를 본 지 한참인지라 금방 그러마고 했다. 대나인은 화색이 도는 얼굴로 돌아갔다. 그녀가 사린을 닮은 것 같기도 했다. 이젠 눈에 헛것이 다 보이는구나, 싶었다.

사도는 날아갈 듯 아름답게 단장하고 있었다. 그녀는 그를 호랑보료 위에 깔린 돗자리로 모신 다음, 술 한 잔을 따라 올렸다. 그리고 방 한가운데 앉아 가얏고를 연주하기 시작했다. 그녀의 모시 저고리가 유난히 하늘하늘했다. 현의 먼 곳을 짚기 위해 손을 뻗을 때마다 풍요로운 젖이 그의 눈에 아름아름 들어왔다. 농익은 여인의 체취가 그녀에게서 가득 뿜어지고 있었다.

그러나 그뿐이었다.

공주가 연주하던 가얏고와는 분명 달라 보였으나, 소리도 가락에도 대나인이 얘기한 다채로움은 없었다. 그는 하릴없이 계속 술잔을 비웠다.

'나를 위해 급하게 연습한 게로군.'

진흥은 금관가야에서 돌아와 가얏고를 연주하는 악사를 찾았다. 그러나 거문고 악사는 헤아릴 수 없이 많았으나 가얏고는 그러하지 못했다. 그런 정황을, 사도가 전해 들었음이 분명했다. 어쩌랴. 그녀는 고 연주를 타고나지 못하였는데. 그저, 그 정성이 갸륵하고 고마울 수밖에.

연전年前에도 그랬다. 사도는 거문고를 한 곡 연주하겠노라 했다.

'얼마나 치셨소?'

그가 묻자 사도는 대답했다.

'입궐하기 전 칠 년을 배웠습니다.'

그러나 연주는 가뭄 속 초목처럼 메말라 있었다. 음이 틀리는 것은 없으나 그저 연주하는 것일 뿐, 그 가락 속에 감정이라곤 없었다. 초저녁부터 하릴없이 계속 잔만 들이키다 보니, 그녀의 연주가 끝났을 땐 이미 흠씬 취해 있었다. 그는 옷을 입은 채 비단금침 위에 쓰러져 잠들어 버렸었다.

'왕후마마께서 동이 터올 때까지 거문고를 연주하셨습니다. 나인들이 긴장해 모두 한잠도 자지 못하고 뜬눈으로 밤을 샜습니다.'

다음 날 아침, 충근이 그렇게 말하며 왕의 표정을 살폈었다.

사도의 가얏고 연주가 끝났다. 그녀가 다시 그의 빈 잔에 술을 따랐다. 술병을 들 때, 그녀의 젖이 얼핏 또 한 번 풍요롭게 드러났다. 그는 단숨에 잔을 비우고, 그녀에게 잔을 건넸다. 잔을 받을 때, 그녀의 젖이 또 한 번 드러났다. 술을 따르면서, 그의 다른 한 손이 그녀의 젖을 공기처럼 쥐었다. 그는 사도를 돗자리 위로 거칠게 뉘었다.

어디선가, 사린이 연주하는 가얏고 소리가 격정적으로 들려오는 듯했다.

가야금 여정

가실왕은 유약해보였다.

연주를 준비할 때, 대나인은 왕의 건강 때문에 오래 감상할 수 없음을 양지시켰다. 그러나 우륵이 첫 번째 연주를 끝냈을 때, 가실은 다시 한 곡을 청했고, 두 번째 연주가 끝났을 때에도 또 한 곡을 청했다. 세 번째 연주에도, 가실은 여전히 몸을 꼿꼿이 한 채, 눈을 지그시 감았다 떴다 하며 우륵의 여덟 줄 가얏고 음률에 오롯이 침잠해 있었다. 우륵의 연주는 맑은 듯 현란하고, 슬픈 듯 격정적이었다. 언제부터였는지도 모르게, 니문이 춤으로 그 가락에 흐르는 감정을 표현했다.

우륵의 연주가 조용히 여음을 남기며 끝이 났다.

가실은 한 곡을 더 청했지만, 대나인이 더 이상은 무리라고 간했다. 대신, 그는 자신이 애지중지하는 오래된 가얏고가 있다며 나인에게 가져오라 이르고, 그것을 우륵에게 보여주었다.

"내 어릴 적에 돌아가신 모후께서 남기신 가얏고다."

우륵은 가얏고를 받아들고 살폈다. 눈에 익은 가얏고였다.

"제 아버지의 가얏고와 많이 닮았습니다. 참새 문양 하며, 뒤판에 홈이 두 개 파여져 있는 것도 꼭 같아 그 가얏고를 보는 듯합니다."

"같은 때에 만들어졌거나, 같은 장소에서 만들어진 것인지도 모르겠구나. 아무튼 잘 되었다. 내, 그대의 연주를 듣다보니 이 가얏고 생각이 났구나. 이것으로 한 번 더 연주해 줄 수 있겠느냐?"

"마마, 오늘은 불가하옵니다."

다시 대나인이 나서자, 가실은 쓸쓸히 웃으며 말했다.

"내일 연주해달라고 내 말하려던 참이다."

우륵은 다음 날 다시 입궁해 연주하기로 하고 물러났다. 동행했던 영윤은 가실왕 앞에서 한마디 말도 하지 않고 함께 궁궐을 나왔다. 그들 일행은, 장안에 있는 영윤의 집에 유숙했다. 연주로 피곤한 우륵을 위해, 영윤은 그를 일찍 잠자리에 들도록 배려해주었다. 흠륭이 니문과 더 시간을 보내려 했지만, 그녀는 모른 척 자리를 피했다.

다음 날, 우륵은 가실의 가얏고로 '가야의 봄날'을 연주했다. 연주는 처음부터 끝까지 신들린 듯이 이어졌다. 전날과 달리, 가실의 숙부인 도설지道設智가 함께 자리하고 있었다. 연주가 후반으로 가면서 우륵이 얼핏 가실을 보았을 때, 가실의 눈엔 눈물이 흐르고 있었다.

그 이른 저녁에, 우륵 일행을 위한 만찬의 자리가 마련되었다. 영윤과 니문, 그리고 도설지도 함께했다. 가실의 건강 문제로 술도 없고 그리 오래이지도 않았지만, 만찬은 오붓하고 대화는 도타웠다.

지난 밤, 가실은 참으로 오랜만에 어머니를 뵈었다고 했다.

"내 어머니는 어린 아기를 안은 채 젖을 물리고 있더구나. 그 아기가 나인 듯하여 더없이 따뜻하고 행복했지. 깨어보니 꿈이었다. 어머니의 품속 온기가 내 뺨에 남아있는 듯 생생하더구나."

그는 다시 두 눈에 배어나오는 물기를 감추지 않으며 말했다. '가야의 봄날'이라는 곡이 언젠가 많이 들어본 듯 귀에 익숙했고, 이야기와 그림으로만 익혀온 가야의 산맥과 바다와 평야가 눈앞에 펼쳐지는 듯도 했으며, 간밤의 꿈 때문인지 어머니의 손을 잡고 그 속을 마음껏 달려가고 있는 기분마저 들었다고도 했다.

"우륵, 그대가 연주하는 내내, 돌아가신 어머니가 생각나서 내 끝내는 눈물을 보이고 말았다. 내 어머니께서 물려주신 가얏고로 이리도 가슴을 울리게 연주한 사람은 그대가 처음이다."

우륵이, 맞은편 벽에 세워진 가얏고를 아득한 눈길로 바라보며 가실의 말을 받았다.

"저 가얏고가, 제 아버지의 가얏고와 닮아서 저 역시 아버지를 생각했습니다. 마치 아버지와 같이 연주하는 듯하였지요."

가실이 고개를 끄덕였다.

"서로 통하는 데가 있는 듯합니다."

영윤이 두 사람을 보며 말하자, 도설지가 웃으며 그녀에게 물었다.

"어딘지 모르게 분위기가 닮아 보이는 것 같지 않습니까?"

"저도 그렇게 느꼈습니다. 처음부터요."

영윤의 대답에, 가실은 다시 우륵을 보았다.

"악사였던 부친에게서 가얏고를 배웠던 게로구나?"

"예, 그렇습니다."

"친부이더냐?"

"그렇습니다. 저를 낳고 악사로 키워 주었지요."

"살아있느냐?"

"돌아가셨습니다."

"어머니는?"

"어머니도 돌아가셨습니다."

우륵과 자신의 분위기가 닮아 보인다는 도설지의 말에, 가실은 잠시 아버지 이뇌가 말했던 '아우'를 생각했다. 우야가 남긴 서찰을 본 이뇌는, 방을 붙이는 대신 믿을 만한 사람들을 통해 아름아름 아들을 찾았다. 신라에 의존적이기도 했지만, 신라가 알게 되면 아들을 두 번 잃는 결과가 생길지도 모를 일이었다. 그러나 그 소극적인 방법으론 아들을 찾을 수 없었다. 임종을 앞두고, 그는 가실에게 우야의 가락지를 물려주며 동생을 찾아보라고 했다. 가얏고는 우야가 남긴 유품들 중 하나였다. 가실은 늘 그리운 엄마의 유품인 가얏고에 더 관심이 갔고, 그 것을 잘 연주해줄 악사들을 찾았다. 살았는지 죽었는지도 모를 '아우'라는 존재는, 그에게 별 의미도 없을뿐더러, 찾아봤자 신라에게 발각돼 멀쩡한 그 아이만 죽일 게 뻔했다. 그렇게 아우라는 존재는 그의 뇌리에서 잊혀져갔다. 분위기가 닮아보인다? 그러나 우륵은 친부가 있다했다. 그래도 가락지에 대해 물어보려다, 그는 고개를 저었다. 지금은 그것보다 더 중요한 일을 얘기해야 했다.

만찬 뒤에 잎차가 나오자, 가실이 가슴에 담아둔 이야기를 꺼냈다.

"우륵, 내 그대에게 청할 것이 있다."

"예, 듣겠습니다."

"그대의 고는 현이 여덟이라 소리가 더 다채롭다. 줄 수를 그보다 더 늘릴 수는 없겠느냐?"

"줄을 더 늘릴 수는 있으나, 그에 따라 연주법이 달라져야 하는 문제가 있습니다."

"연주가 더 훌륭해질 수 있다면, 현의 수에 맞게 연주법도 달라져야 하지 않겠느냐? 그리고 그것을 사람들에게 널리 보급하면 되지 않겠느냐?"

"저는 불가능한 일이나, 마마라면 능히 가능하실 것이라 생각합니다."

"그래. 현의 수를 최대한 늘려봐 다오. 이왕이면, 일 년이 열두 달이고, 그것이 우리 가야 월력의 기본이니 열둘은 어떠한가 싶다."

"유념하겠습니다."

우륵의 답에 고맙다 하면서 가실은 따듯한 잎차를 다시 모두에게 돌리게 했다. 삽싸름한 맛이 입안의 텁텁함을 걷어가

주자, 그는 또 한 가지 청이 있다고 했다.

"새로운 고가 만들어지면, 그것에 맞는 곡을 지어다오."

"제 능력이 미치지 못할까 염려됩니다."

"그대의 실력이면 충분히 해낼 일이라 믿는다. 우리 가야에 는 고을마다 이미 많은 가락들이 있지 않느냐?"

"그 곡들을 새롭게 하라는 말씀이십니까?"

"내, 악樂은 가야의 혼이라 생각한다. 가야 전역에 흩어져 있는 곡들도 모두 우리의 혼이 담긴 것들이니, 이를 잘 살려 새 로운 가얏고 연주에 적합하도록 개선하면 좋지 않겠느냐?"

"미흡하오나, 혼신을 다하겠습니다."

"내, 속에만 품고 있던 소원을 그대로하여 풀게 되었다."

참으로 고맙다 하며 가야 전역의 악곡들을 골고루 취할 것 을, 가실은 거듭 당부했다. 그것은 그가 한동안 생각하다 가슴 에 묻어버린 꿈이었다. 가얏고와 그 악곡으로 전 가야의 마음 을 하나로 모으고 싶었다. 몸이 힘든 그로서는, 그것이 가야에 기여할 수 있는 최상의 방법이라 여겼다. 이제 우륵을 만나, 자 신의 묵은 꿈을 실현할 수 있음에, 그는 감사하고 행복했다.

뒤를 이어, 영윤이 철의 채굴 얘기를 조심스럽게 꺼냈다.

가실은 두말 않고 그녀가 원하는 것을 들어주고, 가야를 걱 정해주는 영윤의 마음도 받아들였다. 그는, 숙부 도설지와 의 논하여, 가야에 득이 되게 해달라고 했다. 가실이 먼저 일어나 고, 모두 함께 일어났다. 우륵은, 새로운 고가 만들어지는 대로 달려오겠다고 하였다. 나인들의 부축을 받으면서도, 가실은 손을 들어보이며 말했다.

"그 고를 학수고대하겠네."

✳ ✳

열두 줄에서 나오는 소리는 섬세하고도 풍요로웠다.

여덟 줄 가얏고와는 또 다른 감동이었다. 그것은 마치, 가슴속에 숨어있는 희로애락을 알알이 긁어내 나락의 저음부터 천상의 고음까지, 우물 속 깊음부터 명경의 맑음까지를 마음대로 드나들며 허공 중에 고고한 소리를 쏟아놓는 듯하였다. 가실이 청한 새로운 가얏고가 완성되고 모든 준비가 끝난 그 밤, 우륵은 가족과 설척의 가족, 공방 식구들 모두를 그의 집 마당에 모셔놓고 그 가얏고로 연주를 시작했다. 동네 사람들이 마실 나오듯 모여서 함께 즐겼다. 니문이 사린을 보며 소리 없이 입 모양으로 '감, 동, 작, 렬'이라 하자, 사린도 고개를 끄덕이며 웃어 보였다. 바로 옆에 앉은 설척 내외의 얼굴에도 감동의 빛이 역력했고, 할머니의 눈가에도 이슬이 맺혀 있었다.

고진감래苦盡甘來였다.

그 과정은 힘들었으나, 그 소리는 놀라웠다. 여름이 다 가도록, 우륵과 설척의 작업은 계속 되었다. 실패를 거듭한 끝에, 설척이 가얏고의 설계도를 면밀히 수정했고, 결국 그 설계도에 따른 오동판이 만들어졌다. 머리 부분에는 봉황이 그려졌고,

양이두羊耳頭에는 열두 개의 구멍이 뚫렸다. 파손 없이 가지런한 구멍을 잡는 것도 수없이 실패한 후의 결과였다. 뒤판의 홈은 지난 번과 다르지 않았다. 마침내, 설척이 명주실을 한 줄 한 줄 나란히 앉혀 열두 구멍 속으로 침잠하게 했고 부들로 휘몰아 매듭지었다. 이어, 우륵이 그 줄 하나하나를 받쳐주는 작은 나무 안족雁足의 위치를 일일이 잡아가며 조율을 해나갔다. 그는 조율과 함께 연주 방법도 수정해 나갔고, 그렇게 하여 완성된 새로운 가얏고 주법奏法을 또박또박 기록했다. 다시 한동안 우륵의 연습이 계속 되었고, 사린과 니문은 주법을 필사하면서 틈틈이 익혔다.

어느 새 연주가 마지막을 향해 달리고 있었다. 그리고 여음 길게 연주가 끝나자 박수소리가 끊이지 않았다. 언제부터 와 있었는지, 영윤도 박수를 치며 우륵의 새로운 가얏고를 경탄했다.

니문이 부엌으로 들어가자, 흠륭이 얼른 따라 들어왔다.

"물 좀."

그녀가 물을 퍼주자, 벌컥벌컥 마시고는 다 마신 바가지를 그가 내밀었다. 니문이 바가지를 잡았는데도, 흠륭은 놓지 않고 머뭇거렸다.

"왜요?"

그녀가 묻자, 그가 자신의 눈으로 바가지 속을 가리켰다. 언제 놓았는지, 그 속엔 옥가락지 하나가 있었다.

"선물."

흠륭이 긴장한 표정으로 말했다.

"못 받습니다."

그녀는 단호하게 고개를 절래절래 저으며 답했다. 그의 눈이 커지면서 왜, 라고 묻고 있었다.

"내가 이렇게 큰 걸 받을 만큼 해준 게 없으니까요."

그가 다른 한 손을 자신의 가슴에 갖다 대며 애처로운 눈빛으로 말했다.

"내 마음."

"마음이면 더욱 못 받습니다."

그가 실망한 얼굴로 그녀를 바라보았다. 니문은 바가지를 줘버리고 문 쪽으로 돌아섰다. 그녀가 한 발을 떼기 무섭게, 흠륭이 뒤에서 그녀를 덥석 안았다. 소리를 지를 수도 그의 손을 깨물 수도 없는 상황이었다. 그녀는, 있는 힘을 다해 한 쪽 팔꿈치로 그의 가슴을 가격加擊했다. 순간, 그가 부엌 바닥으로 나동그라졌다. 바가지도 옥가락지도 함께 뒹굴었다. 니문은 손으로 옷을 털듯 펴며 흠륭에게 한마디하고 마당으로 나섰다.

"무엄작렬!"

영윤이 가져온 귀한 음식들과 술로, 마당은 밤이 깊도록 잔칫집이 되었다. 우륵이 다시 가얏고 한 곡을 연주했고, 니문은 그 연주에 맞춰 춤추며 노래했다. 그녀의 창창唱에 동네 사람들이 어우러져 춤추었다. 모두가 돌아가고 정리가 끝난 마당에서, 우륵은 작곡에 대한 계획을 얘기했다.

"가야에서 악樂이 번성한 열 곳을 선정했지요. 그 열 곳을 찾아다니며, 각 고을의 산하와 사람들의 풍속이 살아있는 노래와 가락을 채집할 겁니다. 그 가락을 잘 살려 가얏고 연주곡으로 번창시킬 생각이지요."

우륵은 여정의 과정과 채집되는 노래들을 일일이 기록할 것이며, 발전된 기본가락의 구상 역시 그 고을을 떠나기 전에 기록해둘 것이라고 했다.

"언제부터 시작할 건가?"

설척이 궁금해 했다. 우륵은, 가실왕에게 열두 줄 가얏고를 올린 후에, 거기서부터 바로 출발할 예정이라고 답했다.

"긴 장정에, 많은 일에, 혼자 괜찮을지요?"

영윤이 묻는 순간, 니문이 끼어들었다.

"제가 있지 않습니까. 수발도 들고 기록도 다 도와야지요."

우륵의 달갑지 않은 표정을 무시하며, 니문은 할머니에게 매달렸다.

"할머니, 제가 같이 가야 되겠지요?"

그녀는 그저 바람처럼 훨훨 돌아다니고 싶은 마음뿐이었다. 할머니는 잠깐 생각하고 우륵에게 말했다.

"니문도 데려가고 네 처도 데려가거라."

그건 불가한 일이라고, 편찮으신 할머니를 홀로 두고 모두 집을 떠날 수는 없다고, 우륵은 고개를 저었다. 그 즈음, 할머니는 짙어진 노환으로 부쩍 힘들어했다. 그러나 할머니는 세월이 주는 병을 어찌 하겠느냐며 한사코 같이 가라 했다. 니문은 할머니의 손을 잡으며 말했다.

"할머니, 다녀와서 제가 더 잘 할게요."

니문의 손을 맞잡으며, 할머니가 웃었다.

이틀 후, 그들은 아침 일찍 출발했다.

영윤이 준비해 준 말에 오르면서, 우륵과 사린은 설척의 처에게 할머니를 한 번 더 부탁했다. 이번엔 설척도 동행했고, 사린은 니문과 같은 남장이었다. 니문이 흠륭의 뒤로 말을 타자, 그는 또 니문의 두 손을 꽉 잡아 자신을 안게 한 다음 놓아주지 않았다. 그의 손을 벗어나려는 니문의 손가락에, 흠륭이 주려 했던 그 옥가락지가 끼어져 있었다.

새로운 가얏고를 보고 우륵의 연주를 들으며 가실은 감읍했다. 그는, 여러 면에서 기존의 가얏고와 다르다며, 획을 긋는 의미에서 그 가얏고를 '가야금伽倻琴'이라 부르자 하였다. 가얏고를 외국에 쉽게 알리기 위함도 있었다. 가실은 설척의 노고도 잊지 않고 칭송하면서, 영윤에게 가야금을 여러 나라에 전파시켜 줄 것을 당부했다. 신라는 물론, 백제, 고구려, 중국, 왜에까지 가야금을 전파하고 귀하게 교역해서 대가야의 국위國威를 높이는 데 일조하겠다고 영윤은 말했다. 가실은 영윤에게 고맙다 고맙다, 이르고 나서 우륵에게 작곡을 위한 여행의 경비조로 보석을 쥐어 주었다.

영윤의 저택에서 모두는 술과 음식으로 가야금의 탄생을 자축했다. 처음 우륵의 집을 찾아갔던 날 그의 방에서 유숙하게 배려해주었던 고마움을 되새기며, 영윤은 자신의 안방을 우륵과 사린에게 내어주었다. 두 사람은 한사코 거절했지만, 그녀의 고집 또한 만만치 않았다. 하룻밤을 그곳에서 묵고, 그들은 다시 영윤이 내어주는 말에 올랐다. 우륵이 한 필을 몰고, 사린과 니문이 또 한 필에 올랐다. 준비해온 가야금과 영윤이 마련해준 귀한 지필묵紙筆墨 꾸러미가 우륵의 말에 단단히 실려 있었다. 성열로 돌아가는 설척에게 할머니와 뒷일을 다시 한번 부탁하고, 세 사람은 길을 떠났다. 가을이 오는 아침의 선선한 바람이 그들의 길을 열었다.

우륵의 간명한 기록이 시작되었다.

✳ ✳ ✳

칠월 초사흘 ···

상가라上加羅(고령)에 온지 사흘이 되었다. 대가야성에서 멀지 않은 곳이다. 대가야의 대가천이 금천으로 이어지고 그 물이 낮질못으로 흘러든다. 못은 둘레만도 십 리가 넘는 바다 같은 저수지이고, 일대의 전답이 그 물로 넉넉하다. 왜가리들이 유난히 눈에 띈다.

낮질못 주변으로 농부들이 밭일에 몹시 분주하여 노랫소리가 끊이지 않는다. 그들의 가락에 귀 기울이고 도드라지는 노래는 따라 부르며 기록하였다. 특히 새참 때는, 들고 간 음식과 술을 풀어놓으며, 기분 좋아 부르는 농부들의 노래를 세심히 채집하였다. 니문이 사람들과 쉽게 친화하여, 채집이 한결 쉬웠다.

사람들이 많이 부르는 노래가 있고 가락이 정겨웠다.

하나,

낮질못에 해가 뜨니 어매소야 땅을 갈자

개산포에 노을 지니 집에 가자 왜가리야

바쁘고나 우리 인생 뜨고 지고 뜨고 지고

가얏고나 울려다오 고운 나래로 왜가리야

둘,

잔치 가는 우리 어매 못 보던 가락지 꼈네

어매요 어매요 나도 옥가락지 하나 해주소

울 어매 나를 보며 노리개가 와 필요하노

그 가락지 거름 삼아 나도 장가 가고제라

울 어매 걱정마라 이 가락지 너를 줄구마

울 아배 눈흘기며 아직도 한참 멀었너라

이 밤부터는, 기록해온 내용들을 가야금으로 연주하면서, 이 두 노래의 정겨운 가락을 기본으로 그 외의 가락들을 배치해, 새로운 곡의 틀을 만들고 기록하기를 거듭한다. 제목은 지명에 '마을都'의 뜻을 더해 '상가라도上加羅都'라 한다.

칠월 초닷새 ··

상가라에서 제일 붐빈다는 개산포구에 다녀왔다.

금천과 낙동강이 넓은 물길로 만나고, 장터에선 내륙의 곡식과 해안의 소금이 교환되는 곳이다. 서역에서 온 기예꾼들이 음악에 맞춰 금색 공

156

들을 양 손으로 던지고 받으며 사람들을 불러 모으고 있었다. 예전 저 잣거리에서 본 낯익은 풍경이라 몹시 반가웠다.

피리처럼 생긴 네이가 여전히 귀를 사로잡았다. 예전에 들은 그 가락이 틀림없었고, 그때의 가락에 오늘의 그것이 더해져서 더욱 선명하게 기억되었다. 그 가락은 단조롭고 색다르지만, 가야의 음률과 어우러져 더 풍성한 느낌을 주었다.

밤에는, 채집해온 네이의 가락을 기본으로 서역과 가야 음악의 이합離 合을 잘 살려, 색다른 가야금 곡 하나를 짓고 기록해 나간다. 완성에는 시간이 더 필요하지만, 제목부터 붙인다. 서역의 '귀한 기예'에서 가락을 따왔으니 '보기寶伎'라 함이 마땅하다.

칠월 초열흘, ···
두 곡의 구성을 끝내었다.

세밀한 부분까지 들어가기에는 여정이 늘어질 듯하여, 성열로 돌아가 완성하기로 한다. 이제 내일 아침에는 하가라로 출발할 것이다.

아직은 시작이지만, 바탕 되는 가락들이 분명한 장단과 맛을 가지고 있어 구성에는 어려움이 없다. 더군다나, 어릴 적 성열현으로 가면서 아버지가 들려주신, 소리에 관한 많은 얘기들이 되살아나 새로운 구성의 버팀목이 되어준다. 그때는 미처 이해하지 못했던 소리의 세계가, 가야의 자연과 가락과 풍속과 어우러지면서 시시각각으로 머릿속에 꽃을 피운다.

기록은 아내와 나문이 열심히 거들어 주고 있으며, 나문은 자신도 곡을 만들어 보겠다 한다. 자신의 성격대로 경쾌하고 재미있는 가락을 만들어보라 일렀다. 아내가 쉬 피로해 하니, 이제 시작인 긴 장정이 걱정이다.

칠월 열나흘 ···

하가라下加羅(합천)에 온 지 사흘째다.

상가라에서 낙동강을 따라 계속 내려오자, 강은 황강과 만나 하가라
로 이어졌다. 황강을 따라 제법 큰 마을과 논밭이 기다랗게 펼쳐지고,
멀리 가야산이 병풍처럼 바람을 막아준다.

그중 가장 큰 마을에 자리를 잡았다.

연이틀, 밤낮으로 민가의 넓은 공터를 빌려 가야금을 연주하며 사람들
을 모았다. 이곳에서도 많이 부르는 노래가 있고, 가락이 흥겨웠다. 그
노래의 가락을 기본으로 새로운 틀을 짜나가기로 한다.

　　어하가라 울 아재비 식전부터 어디 가노

　　논골물꼬 살짝 열고 주모 맘도 슬쩍 여나

　　어하가라 울 아지매 야심한데 어디 가노

　　황강물에 멱도 감고 시어매들 흉도 보나

　　어하가라 좋을시고 어깨 춤이 절로 나네

칠월 열이레 ···

하가라 인근의 사팔沙八(초계)에 사는 나룻배 사공을 찾았다. 사람들
이 이구동성으로 그의 소리를 칭찬하였다. 사팔은 황강에 면해 있고,
강 양쪽으로 큰 모래무지들이 많다. 황강과 낙동강을 오가는 그 나룻
배 사공의 우렁찬 목소리는 청천을 울렸다. 할머니의 회갑연에서 들었

던 아버지의 노랫소리를 다시 듣는 듯하였다.

저기 하늘 조롱하는 산까치 한쌍 혜여

아침부터 그리 놀면 이내 마음 에혜여

내 님아 어서 오소 가야산 넘어 혜여

사공아 배 띄워라 남몰래 황강에 에혜여

보고픈 님 돌아오면 타고지고 에혜여라

칠월 스무 이틀 ···

곡들을 정리하고 다듬으며 촘촘히 살을 붙여 나간다. 흥겨운 노래의
맛을 살린 곡은 '하가라도下加羅都'라 이름 짓고, 가사에 '혜今'가 많
이 들어가는 다른 한 곡은, 그 애달프고도 탁 트인 음조를 살리면서
'사팔혜沙八今'라 이름 지었다. 두 곡이 어느 정도 구성되는 모레쯤, 기
물奇物(남원)을 향해 떠날 것이다.

칠월 스무 이레 ···

지금은, 상기물上奇物이다.

지리산에서 발원한 물이 달궁계곡을 이루고 수많은 소沼를 지나며 마
을을 휘감는다. '달의 궁전'이란 뜻처럼 달빛이 유명하다는 달궁계곡이
지만, 달이 이지러져 있으니 어둡고 서러울 따름이다. 달이 지도록 그곳
을 떠나지 못하고 가야금으로 달을 위로하였다.

심산유곡을 가까이하며 살아가는 상기물 사람들은, 주로 온갖 나물
들을 채취하고 또 재배하면서 노래를 부른다. 그들이 부르는 노래 중

에, 가락이 애절하면서도 재미있는 한 곡을 기본 삼기로 하고, 제목은 지명 그대로 '상기물上奇物'이라 붙인다.

달빛 고단한 이 밤에 계곡에 누워 자너
산신령님 납시어사 도포 잡고 소원비네
우리 어매 병 낫네 십 하나만 점지하소
눈 떠보니 우리 마을 일나가라 볼기 치네

칠월 그믐날 ···

지리산에서 멀리 떨어진 하기물下奇物이다.

섬진강변의 논밭과 민가들이 그림처럼 아름답고, 마을 곳곳에 배롱나무의 붉은 꽃들이 하염없이 지고 있다. 그 하늘 위로 까마귀 새끼들이 제 어미를 따라 날기를 분주히 하니, 그 어린 것들이 또한 대견하고 부럽다.

곡식이 익어가는 일대 논밭과 민가를 돌아다니며 노래를 채집하였다. 그들의 노래는 섬진강 물길처럼 구성지고 부드럽다. 그중에서도, 부모 잃은 사람의 심경을 대신해주는 노래가 단연 으뜸이라, 그 구성진 음률을 기본으로 하여 가락을 만들어 가기로 하였다. 제목은 '하기물下奇物'이라 한다.

울 어매 죽 먹이려 온갖 정성 다했더니
울 어매 너 먹어라 영영 눈감아 버렸네
이 고운 죽 맛도 안 보고 세상 뜨다니

160

죽고제라 죽고제라 어매따라 죽고제라

아배요 나 죽거든 앞산 뒷산 다 싫으니

울 어매 무덤가에 나도 같이 묻어주소

울 아배 울며불며 나부터 데려를 가라

울어도 소용없고 몸부림쳐도 소용없네

잦은 물갈이 때문인지, 아내가 몹시 힘들어 한다. 민가에 방을 빌려 쉬
도록 하면서 나문으로 하여금 돌보게 하였다. 가까운 의원을 찾아보아
야 할 듯하다.

팔월 초하루 ···
이렇게 기쁠 수가. 아내가 임신을 하였다. 의원의 말로는 확실하다 하
였다. 아버지 어머니가 이 소식을 알면 얼마나 좋아하실까. 할머니께 이
소식을 빨리 알려 드려야 할 텐데. 이제 곧 입덧을 한다는데, 먹을 것
잠잘 곳 모두 걱정이 앞선다. 이동도 더딜 듯하다. 몸가짐을 조심하라
일렀는데, 당장 말 타기가 어려워졌다. 아내는 내 뒤에 태우고, 서툴지
만 나문이 말 한 필을 몰아야 할 듯하다.

나문은 어미와 새끼 까마귀들의 날갯짓을 가락으로 재미있게 표현했
다. 처음 소절만으로도 남다른 즐거움이 묻어났다. 나문은 '오조(烏鳥,까마
귀)'라 이름 붙이고 가락을 계속 발전시켜 나가겠다고 하였다. 여기서
의 곡들이 구성되는 대로, 달이로 향할 것이다.

팔월 초엿새 ···

달이達己(하동)의 깊은 밤이다. 섬진강 백사장은 여인의 눈썹처럼 곱고,
강을 따라 길비 뻗은 논밭들은 노란 보자기처럼 일렁인다. 곡식이 익어
가는 전답을 돌아들며 노래를 채집하였다. 그중 가락이 참으로 곱고
유려한 노래가 있었다.

> 섬진강 긴 백사장을 님과 둘이 걸어가면
> 걸어온 발자국마다 한숨 가득 눈물일세
> 내일이면 봇짐 지고 먼길 떠날 우리 님아
> 이제 가면 언제 오나 그 배를 타지 마소
> 우리 님 내 손 잡고 같이 가자 재촉하네
> 나 떠나면 늙은 부모 그 누가 봉양하리

노래의 아름다운 음조를 기본으로 곡을 새롭비 짓고 있다. 제목은, 지
명 그대로 '달이達己'라 한다.

대보름이 다 되어 객지의 사람들은 고향으로 가기 분주하나, 우리는
그대로 여정을 계속하기로 하였다. 성열로 갔다가 다시 돌아오기에는
너무 멀리 왔다. 밤 기온이 날로 차가워져 가니, 할머니와 아내의 건강
이 염려스러울 따름이다.

팔월 초아흐레 ···

근방에서 가장 크다는 달이장터를 나문과 다녀왔다. 등짐주와 봇짐주
들이 넘치고, 저마다 악기와 노래와 춤을 뽐내는 악사와 연희단演戲團

이, 물품을 교환하러 온 사람들과 한데 어우러졌다. 보석을 내놓으려 접한 큰 봇짐주로부터, 우연찮비도 장인 장모님의 소식을 들었다. 이곳 달이에서 그리 멀지 않은 왕산사王山寺에 기거한다 하였다.

장터에서는, 연희단의 사자춤놀이가 눈과 귀를 끌었다. 사자의 재주 놀이와 춤을 위해 연주되는 그 악곡을 기록했다. 장인 장모님의 소식을 아내에비 빨리 전하고 싶은 마음에 서둘러 돌아와서, 내일 하루 더 장터를 나가야 할 듯하다.

아내는, 부모님의 소식에 눈물부터 흘렸다. 참고 참았던 눈물임을 안다. 우리는 다음 행선을 미루고 왕산사로 향하기로 하였다.

팔월 열하루 ···

즐겁고 흥겨운 사자춤놀이의 가락을 정리해 새롭비 구성하면서, 연희 단이 쓰는 '사자기獅子伎'를 그대로 제목으로 붙인다.

내일 아침, 왕산사로 출발한다.

팔월 대보름 ···

왕산사에서 장인 장모님을 뵈었다.

두 분 다 불교에 귀의하셨고, 이제는 마음을 빈 그릇처럼 하고 부처 님에비 의지하며 산다 하셨다. 아내의 임신 소식에 감읍하시고, 임신의 몸으로 여행은 무리라며 안정될 때까지 아내를 데리고 있겠다 하시었 다. 아내 역시 그리 하고 싶어 해서, 일이 마무리 되는 대로 다시 오기로 약조하였다. 하루라도 빨리 돌아오기 위해, 내일 나문과 예정된 거열로 출발하기로 하였다.

둥근 달이 온 세상을 밝힌다.

내 악곡들도 저와 같이 가야를 환하게 밝힐 수 있었으면 좋으련만. 둥근 달을 앞에 놓고 가얏고를 연주하시던 아버지와 어머니가 보고 싶고, 길포의 그 바닷가가 눈물 나게 그립다.

팔월 열아흐레 ···

거열居烈(진주)이다.

달은 내내 우리를 따라와 거열의 월아산 위에 아름답게 걸려 있다. 금호못 주변엔 송림이 울창하고 밝은 달을 벗 삼아 남정네들의 밤낚시가 한창이다. 야심하면 제법 한기가 솔솔한데도, 그들은 밤을 잊은 듯하다. 금호못을 따라 펼쳐진 논에는 추수가 끝나 있었고, 사람들은 보름 음식을 나누며 여유로웠다. 민가로 사람들을 모아 가야금을 연주해주었고, 그들도 자청하여 노래를 불러 주었다. 풍년이라 농부들과 아낙들의 노래와 춤사위가 더 흥겨웠다.

거열의 사람들이 즐겨 부르는 노래가 있다. 가락이 정겹고 맛깔스럽다.

　하나,

　금호못 깊은 송림을 숨어드는 한 쌍 있네

　어허라 나도 한 때는 그대처럼 하였건만

　이제는 님 떠나고 월아산 걸린 달만 보네

　어허라 그 달 가려 송림이나 어둡게 하세

둘,

새들도 날 저물면 제 둥지 날아가고

강생이도 어둠 들면 어미를 찾는데

넓고도 인정없는 이 세상 천지에

그대하고 나 말고 또 누가 있겠소

밉다 서럽다 원수같다 하지만 말고

평생 변함없이 얼쿵덜쿵 어우러드리

그 알쿵달쿵한 가락들을 살려 악곡을 새롭게 구성하고, '거열居烈'이라 이름한다. 노래를 곱씹을수록, 두고 온 아내가 보고 싶다.

팔월 스무 닷새 ···

사물思勿(사천)은 거열과 멀지 않은 바닷가이다. 조가비 백사장이 색다른 분위기를 자아내고, 그 위로 저녁노을이 아름답다.

농사를 많이 짓고 바다 멀리 나가지 않는 길포 사람들과 달리, 사물에는 배를 타고 고기 잡으러 멀리 나가는 사람들이 많다. 그래서 저녁이면 아낙네들이 만선을 기다리며 목청껏 노래를 부른다. 그리고 노을 사이로 배들이 돌아오면, 어부와 아낙네들은 함께 노래하며 물고기를 부리는 모습이 노을보다 더 아름답다.

그들의 노래는 바다처럼 기운차고, 그중에서도 남녀가 한 소절씩 번갈아 가며 부르는 노래가 도드라졌다.

어기여차 노를 저으소 어기여차 바람을 타소

우리 배 만선이니 한달음으로 돌아를 가세

어기여차 노를 저으소 어서빨리 돌아를 오소

우리 어무이 자식마눌 이 몸을 기다린다네

어기여차 서방 저으소 젖 먹은 힘 뿜아내소

너무 그리 재촉을 마소 바람이 데려다 주니

어기여차 서방 저으소 마눌 보고 싶지 않소

마음은 벌써 마눌하고 이불 속에 가있다네

어기여차 어기여차 노를 저으소 어기어기여차

나도 젓고 당신도 젓고 이 세상 신나비 저으세

그 노래의 가락을 기본으로 하고 다른 노래의 가락들을 적소에 배치하
니, 참으로 기운 찬 악곡 하나가 생겨난다. 제목은 지명 그대로 '사물
思勿'이라 한다.

이곳은, 집집마다 생선을 말리고 있어선지, 쥐들이 유난히 많다. 쥐들
이 생선을 훔쳐 달아나는 모습들을 관찰하며, 나문은 또 한 곡을 지어
나간다. 제목 역시 '서鼠(쥐)'라 하였다.

이제 곧 가슴속에 사무쳐 있는 곳, 금관성으로 갈 것이다.

구월 초하루 ···
금관성에 도착해, 아버지의 산소부터 성묘하였다.

내가 오기만을 목을 길게 하고 기다린 것일까. 풀들이 무성했다. 나문
과 둘이 벌초하고 절을 올렸다. 나를 부르는 아버지의 목소리, 내 손을
잡은 아버지의 손길이 어제의 일처럼 생생하였다. 나문이 아버지를 생

각하며 어이어이 울었다.

해질녘에 집으로 가보았으나, 아직도 군사가 지키고 있었다. 지금쯤은 아무도 없을 거라 생각했는데 의외였다. 옆집을 찾아갔지만 인적이 없었다. 이웃의 말로는, 사는 것이 허망하다며 정처 없이 길을 떠났다 하였다. 훗날 은혜를 갚겠다 하였는데, 이대로 영영 만나지 못하는 것이 아닌가 싶어 마음이 적적하고 울울하다.

말을 몰아 인근의 물혜勿慧에 여숙을 잡았다. 익히 아는 이 지방의 노래들로 악곡을 구성하고, 주된 곡은 나문이 잘 알고 있는 씩씩하고 웅대한 노래로 하였다. 이런 곡이 필요하기도 했다. 제목은 '물혜勿慧'로 정한다.

> 어화 세상 벗님들아 이 노래 불러보소
> 성인군자 좋다하나 우리 부모만 하리오
> 대국천지 좋다하나 우리 안방만 하리오
> 우리 부모 없었으면 이 몸이 어이 나리
> 우리 가야 없었으면 이 몸이 어이 살리
> 이 좋은 곡창과 이 풍성한 바람 속에서
> 부모님전 살을 빌고 가야에 태어났으니
> 아름다운 이 땅에 자자손손 살아가리오
> 어화가야 어화둥둥 어화가야 좋을시고

내일, 이혁으로 마지막 행선을 떠난다.

구월 초나흘 ···

이혁爾欬(의령)에 온 지 이틀째 밤이다.

추수 끝난 넓은 평야가 허허롭고, 그 주위를 흐르는 남강이 여유롭다. 마을에는 아름드리 은행나무들이 곳곳에 자리잡아 노란 잎을 흐드러지게 껴입고 있다. 세상을 온통 노랗게 물들인 그 광경이 과히 장관이다.

민가에서 가야금 연주로 사람들을 모으고 그들의 노래를 모았다. 그 중 한 곡이 도드라졌다.

> 낙동강 굽이돌아 남강으로 건너 타고
> 꽃다운 이팔청춘 솔바우골에 시집오니
> 손마다 호미질이요 발마다 방아질이라
> 못살겠소 떠날라요 두고온 님 보고싶소
> 바보같은 서방은 잠룡 일룡 먹보룡이네

제목을 '이혁爾欬'이라 하고, 그 애잔하고도 재미있는 가락으로 새로운 가야금 곡을 구성한다. 성열로 돌아가는 대로, 이 모든 곡들을 다 펼쳐놓고 처음부터 다시 다듬어가는 일만 남았다.

이제, 집으로 간다.

구월 열 나흘 ···

구성해온 곡은 모두 열두 곡.

그 한 곡 한 곡마다 피와 살을 통하게 하여 가야금 곡으로 살아나게 하는 작업을 계속 하고 있다.

악상樂想이 더 보태어지는 곡도 있고 절제되는 곡도 있으며, 음조가 처음보다 더 화려하게 펼쳐지는 곡도 있고 소박하게 모두어지는 곡도 있다. 또한, 곡과 곡의 가락이 겹치는 부분은 곡의 분위기를 따라 편집해 나가고, 경우에 따라서는 지선支線의 가락을 본선本線에 합류시켰다.

니문은 나의 작업을 열심히 돕고 있다. 그리고 틀을 만들어온 자신의 두 곡을 더 발전시키면서, 메추라기를 관찰해 '순鶉(메추라기)'이라는 제목으로 새로운 한 곡을 완성하는 작업에도 열심이다. 세 곡이 모두 동물들의 재미있는 모습들을 가락으로 표현하여, 즐겁고 색다른 악곡이 등장할 듯하다.

염려한 대로 할머니의 건강이 좋지 않아 걱정이다.

아내를 어서 보고 싶다. 할머니도 많이 보고 싶어 하신다.

구월 스무 이틀 ··

모든 곡이 완성되었다. 만족스럽다.

열두 곡은 다음과 같다.

하가라도下加羅都, 상가라도上加羅都, 보기寶伎, 달이達己, 사물思勿, 물혜勿慧, 하기물下奇物, 상기물上奇物, 사자기獅子伎, 사팔혜沙八兮, 거열居烈, 이혁爾赦.

니문의 곡도 완성되었다. 간결하되 명랑하고 특별하다.

세 곡은 다음과 같다.

오烏, 서鼠, 순鶉.

추적추적, 오랜만에 비가 오고 있다. 비가 그치는 대로 대가야성으로 향할 것이다.

아내가 있는 그곳에도 비가 오고 있는지, 아내는 잘 지내는지, 궁금할 따름이다.

구월 스무 여드레 ··

장안에서 하루를 묵고, 그 다음 날부터 성에서 하루 세 곡씩 나흘 동안 계속해서 열두 곡을 모두 연주하였다. 나문도 이튿날부터 하루 한 곡씩을 중간에 연주하였다.

가실왕께선 자주 드러누우면서도 곡을 끝까지 다 들으셨다. 왕은 깊이 감읍하고 행복해 하며, 이 열두 곡을 가야 전역에 널리 알리겠다 하셨다. 그러나 왕의 병색이 더 깊어 보였고, 오래 앉아 있지 못하심이 염려되었다.

이제 큰 짐을 벗고, 이 밤을 좇아 나문과 함께 바로 왕후사로 떠난다.

아내가 기다리는 그곳으로.

그러나 그곳에, 그녀는 없었다.

사랑은 쟁취다

＊

창호지 위로 여명이 번지고 있었다.

집기 하나 없는 휑한 방이었다. 아랫목에 이부자리가 펴져 있고, 그 위에 사린의 몸이 뉘어져 있었다. 그래도 바닥은 따듯하고, 이부자리는 홑청도 솜도 새로 한 듯, 가을 새벽의 공기 같은 내음이 났다.

"내 아가야, 괜찮은 거지?"

사린은 본능적으로 한 손을 자신의 배에 가져가며 혼잣말했다. 왜 이 낯선 방에 그녀만 혼자 누워 있는지 모를 일이었다. 대체 그곳이 어딘지, 무슨 일이 일어난 것인지, 마음만 답답하고 울울했다.

눈을 떴을 때는 칠흑 같은 어두움뿐이었다. 추적추적 빗소리까지 들려와 무섭기까지 했고, 몸이 힘들어 손가락 하나 마음대로 움직일 수 없었다. 그저 눈만 뜨였을 뿐, 몸도 세상도 아직은 깨어나기 한참 전이었다.

'일어나거라, 아가야. 어서 빨리 일어나거라, 아가야……'

정신이 돌아오기 전까진, 꿈인 듯 생시인 듯 낯선 여인이 계속 그녀를 흔들어 깨웠었다. 젊은 여인이었다. 얼핏 두 눈에 눈물이 고여 있는 것 같기도 했고, 한 손으로 가슴을 움켜쥔 것

172

같기도 했다. 순간적으로 가슴을 파고드는 듯한 통증이 느껴져, 사린 역시 숨 쉬기가 어려웠다.

'그런데, 아가라니. 나를 부른 건가, 아니면 내 아기를 불렀던 건가. 아니면, 혹여 이 방에서 아기를 낳다 죽은 어느 여인의 원혼이어선가. 그런데 왜 배가 아닌, 가슴을 움켜쥐고 있었지? 나에게까지 전해온 그 가슴의 통증은 또 무엇인지, 도무지 모를 일이구나, 아가야. 넌 정말 무사한 거지?'

꿈에 나타난 그 여인이 우륵의 생모 우야임을, 그리고 그 방이 바로 우륵을 지키기 위해 그녀가 자결한 곳임을, 사린은 알 길 없었다. 다만 꿈이 너무도 생생하여, 그녀는 계속 혼잣말로 되묻곤 했다.

'사린아, 밤공기가 차다.'

그날, 옷을 갈아입고 나서는 그녀를, 어머니는 말렸다. 그러나 우륵을 위해 시작한 탑돌이를 그만둘 순 없었다. 옷을 덧입고 문을 나섰었다. 그녀는 아무도 없는 절 마당에서 밤늦도록 혼자 탑돌이를 하고 있었고, 어느 순간 독수리처럼 달려드는 누군가를 보았으며, 비명을 지르고 혼절했었다.

밖에서 두런두런 남정네의 소리가 들려왔다. 사린은 몸을 일으켜, 창호 틈 사이로 밖을 보았다. 복장이 낯선 병사들이 교대하며 얘기를 주고받고 있었다. 그녀 쪽을 바라보는 품으로 봐선, 사린에 관한 얘기를 하고 있는 듯도 하였다. 다시 자리로 돌아오려는 찰나, 이번에는 다른 두 남자가 들이닥쳤고, 병사들이 머리를 숙여 인사했다.

"공주는 깨어났느냐?"

'저, 저 사람은…… 진흥이 아닌가.'

그자가 틀림없었다. 확인하였느냐는 그자의 물음에, 병사들이 방 안으로 들이닥칠 듯한 태세였다. 그녀는 얼른 자리로 가서 몸을 뉘었다. 가쁜 숨을 가다듬고 모로 누워 자는 척 했다. 연이어, 병사들이 창호를 열어 안을 확인하는 소리가 들려왔다. 그리고 다시 창호가 닫히고 병사들이 물러났다. 그럼, 여기는 신라란 말인가. 왜 그녀가 신라에 와있으며, 왜 진흥왕 그자가 그녀를 챙기고 있는지, 하얘지는 사린의 머릿속을, 진흥의 말소리가 파고들었다.

"내 직접 확인해보리라."

'어째야 하지?'

진흥의 발자국 소리가 점점 가까워지고 있었다.

저벅.

저벅.

저벅.

사박.

사박.

사박.

사린은 누각에 올라섰다.

가야의 그것과 다를 리 없는 가을 햇살이 천지에 두서없이 일렁이고 있었다. 진흥은 아직 보이지 않고, 넓은 정원과 호수가 한눈에 들어왔다.

"대제께서 곧 당도하실 것입니다."

그녀를 그곳까지 데려온 충근이 그렇게 말하고 뒤로 물러났다. 사린은 그를 돌아보며 말했다.

"물어볼 것이 있습니다."

충근이 말없이 그녀를 바라보았다.

"대제께서 왜 나를 신라로 데려왔습니까?"

사린은 그의 눈을 보며 물었다. 충근이 그녀의 눈을 피하면서 잠시 뜸을 들여 대답했다.

"모르는 일입니다."

그의 얼굴에선, 어떤 생각도 읽을 수 없었다.

"대제께서 데려온 것은 맞습니까?"

그녀가 다시 물었지만, 충근은 대답하지 않았다. 굳게 입을 다물고 있었다. 그녀가 두어 개의 질문을 더 했지만, 그는 귀에 담지 않으려는 듯해보였다. 그 사이, 과하다싶은 발자국 소리가 계단을 올라왔다. 진흥이 누각을 오르고 있었다.

"대제께서 오셨습니다."

충근은 그렇게 말하고 누각을 내려갔다. 진흥은 그를 스쳐 지나왔다. 그녀가 진흥을 향해 말없이 목례했다. 잠시, 어색한 침묵이 두 사람 사이를 일렁이고 있었다.

"미안하오."

한참 만에, 진흥이 먼저 말했다. 사린은 목구멍으로 솟아오르는 말들을 꾹꾹 눌러 참고 있었다. 그가, 그녀의 눈치를 살폈다. 그 사이, 조금 야윈 듯 했으나, 어쩌면 그래서 공주는 더 아름다워 보였다. 이렇게, 신국의 누각에서 사린공주를 다시 보게 되다니. 진흥은 눈물나게 반갑고 설레는 마음을 누르면서 다시 말을 건넸다.

"무례를 진심으로 사과하오."

사린은, 진흥의 눈을 들여다보았다. 그의 진심이 무엇인지를 헤아리긴 쉽지 않았다. 충근을 따라 누각으로 오면서 그녀가 생각했던 것을 되씹었다. 지금은 일단, 그의 심성을 올바르게 하여 자신을 가야로 돌려보내줄 수 있게 하는 것이 우선이었다. 그녀의 가슴속에 피어오르는 노기와 치욕을 내비쳐서는 안 되었다. 그것들은 나중에 갚아주면 될 것이었다. 사린은 다시 한번 마음을 가다듬고 조용히 애원하듯 말했다.

"제가 왜 이곳에 있어야 하는지, 그 연유를 알고 싶습니다."

진흥은 대답 대신, 누각의 한 기둥에 모로 세워진 가얏고를 손수 안고 와서 그녀 앞에 섰다. 그녀의 눈이 조용히 그를 따랐다. 바로, 자신의 방에 늘 있던 사린의 고였다. 신라가 금관가야에서 철수할 때 가져온 게 분명했다.

"그날, 공주가 연주하던 가얏고 소리를 한 번 더 들어보고 싶소."

그의 말을 외면하듯, 그녀는 가얏고를 외면했다.

"내, 그 소리를 잊을 수 없소. 연주를 부탁하오."

가만히, 진흥은 가얏고를 사린 앞에 내려놓고, 그녀 옆에 정좌했다.

사린도 마냥 서 있을 순 없었다. 그녀가 진흥과 나란히 앉자, 진흥은 조금씩 아끼듯 그녀의 옆모습을 찬찬히 바라보았다.

'이리도 고운 여인을 놓칠 뻔 하다니……'

그가 자신을 보고 있다는 것을, 사린은 보지 않고도 알 수 있었다. 짧은 시간인데도 그 이물스러운 시선이 견디기 힘들었다. 그의 시선을 외면하려, 그녀는 가얏고로 눈길을 내렸다. 순간, 그녀의 두 눈에 물기가 어렸다. 숨길 수 없는 반가움의 눈물이었다. 그녀가 고개를 들어 진흥을 보았을 때, 두 사람의 눈이 마주쳤다.

'역시, 가얏고를 챙겨오길 잘 했군.'

진흥의 얼굴에 얼핏 미소가 피었다.

'징그러운 저 웃음은 무엇인가.'

그 미소가 그녀를 화나게 했다. 가얏고를 가져다주는 것이 왕의 너그러움이라 표현하는 건가 싶었다. 누각까지 오면서 마음을 다잡고 또 다잡았으나, 막상 그를 대하고 보니 그 다잡은 마음을 그대로 붙잡고 있기는 쉽지 않았다.

'신라의 대제는 이리하여도 된다는 말인가. 내 비록 점령당한 나라의 공주 신세이나, 제 마음 가는 대로 막 해도 된다는 말인가. 그것이 과연, 만백성을 다스리고 모범이 되어야 할 왕이 할 행동인가. 우리 아버님께서는 절대 그러하지 않으셨다. 단 한 사람도 섬겨야 할 대상이라 했거늘, 사람을 이리도 사람 취급하지 않으면서 연주를 하라는 말인가. 내 물건을 여기까지 들고 와서, 이 무슨 조롱인가 말이다.'

사린의 가슴속에 자꾸 노기가 피어 올랐다. 자신을 바라보는 대제의 시선이 똬리 친 뱀처럼 싫었다. 그럼에도, 노기를 끓어 올려 구역질하듯 뱉어내서는 안 될 일이었다. 사린은 다시 마음을 재운 채 숨을 가다듬고 나서 말했다.

"지금은 가얏고를 연주할 기력이 되지 못합니다. 훗날 가야에서 대제를 다시 만난다면, 그때 연주해드리겠습니다."

그녀의 말에, 진흥은 마땅한 말을 찾지 못하고 머뭇거렸다. 사린은 진흥 쪽으로 몸을 완전히 틀며 머리를 조아렸다.

"마마, 돌아가게 해주소서. 소원입니다."

그는 난처한 표정으로 머뭇거리다, 순간 휙 일어서며 말했다.

"그럼, 오늘은 쉬고 기력이 회복되는 대로 들려주시오."

그녀도 일어섰다. 순간, 진흥이 몸을 틀며 그녀의 한 손을 움켜잡았다. 사린은 바로 손을 빼냈지만, 그의 손은 꿈쩍도 않았다. 그렇게 두 사람의 눈이 마주쳤다. 진흥은 그녀의 얕은 살내음을 느꼈다. 그녀를 품에 가득 안아보고 싶은 마음을 억누르며, 그는 호흡을 뱉아내듯 말했다.

"공주, 미안하오. 당신을 이대로 보낼 순 없소."

사린은 그의 숨결이 느껴져, 입을 굳게 다물었다.

"부족한 것이 많을 것이오. 필요한 것은 무엇이든 충근에게 말하시오."

그의 손이 스르르 풀렸다. 사린의 온몸에서도 스르르 힘이 빠져나가고 있었다. 발소리를 크게 내며, 진흥이 먼저 계단을 내려갔다. 그녀도 이를 악물고 계단을 하나씩 무겁게 밟으며 내려갔다. 아래에 서 있던 충근이 그녀를 부축하려다 멈칫하고는 앞장서 걸어갔다. 사린은 그를 따라 다시 별전別殿으로 향했다.

✻ ✻

사린은 무력과 마주앉았다.

그새 방 안에는, 문갑과 연상硯床 등속이 가지런히 놓여 있었다. 부모님의 안부와 무력의 근황이 두서없이 오고 갔다. 사린의 힘든 모습에 비해, 무력은 한눈에도 신수가 좋아 보였다. 무력이 그녀의 눈치를 보며 먼저 운을 띄웠다.

"사린아, 대제께서 너를 마음에 두고 있는 듯하다. 사라진 너를 찾기 위해, 가야에서부터 애를 많이 쓰셨음을 내가 알고 있다. 대제께서 너를 좋아하심이야."

무력이 소리를 낮춰 거듭 강조했다.

"너를 흠모하심이야."

사린은 길게 호흡하고 말했다.

"오라버니. 나는 이미 혼인한 몸입니다."

무력이 흠칫 놀라다, 이내 부드러운 얼굴로 돌아와 소리를 더 낮추었다.

"무슨 상관이냐? 대제만 네 손 안에 넣는 날엔, 이 신국 전체가 네 손 안에 들어올 터인데. 그건 곧 다시 말해, 우리 가야가 신라를 손 안에 넣는 것이야."

'순진한 사람.'

그녀의 마음속에 그런 말이 떠다녔다.

"임신한 몸인데도 말입니까?"

무력이 아까보다 더 놀랐다. 그녀는 무력을 보며 차근차근 말했다.

"그건 오라버니 생각이지요. 신라왕들의 야욕에 대해서는 오라버니도 아버지로부터 익히 들어 알지 않습니까. 오라버니가 상상하는 것처럼, 그렇게 호락호락한 위인이 결코 아니지요."

"그래도 말이다……."

사린은 무력의 말을 잘랐다.

"오라버니 입장은 이해합니다. 그러나 나를 설득하지 말고, 대제를 설득해 주세요."

그녀는 그의 손을 잡으며 조용히 애원했다.

"제발 부탁드려요, 오라버니. 저는, 정말로 저는, 돌아가야 합니다. 제가 할 말은 이것밖에 없습니다."

"사린아, 하지만……."

그녀가 먼저 일어났다. 마음이 울렁거리듯 어수선해져 왔다. 무력은 자리에서 일어나면서도 포기하지 않았다.

"내, 너의 신랑이 누구인지는 묻지 않겠다. 알 필요도 없을 듯하다. 지금은 받아들일 수 없는 현실이겠지만, 가야를 생각하고 우리 부모님을 생각해서 다시 한번 고려해보거라. 다시 오마."

방문을 열려다 말고 돌아서며, 무력은 속삭이듯 당부했다.

"혼인한 사실도 임신한 사실도, 당분간은 비밀로 하자."

사린은 마당에 내려서, 돌아서 가는 무력을 지켜보았다. 축 쳐진 그의 뒷모습이 가야의 뒷모습인 듯하였다. 아버지 어머니는 어찌 마음을 수습하고 계실까, 하는 생각을 하다 자신이 더 다급하다는 생각에 헛웃음이 났다. 그가 대문 밖으로 사라지자, 기다렸다는 듯이 충근이 나타났다.

"더 필요한 것은 없으십니까?"

충근이 목례하고 물었다. 사린도 목례하며, 누각에서 대제를 다시 만나게 해달라고 말했다. 충근이 그녀를 바라보았다.

"가얏고는 아직 그대로 있는지요?"

"대제께 말씀 여쭙고, 가얏고도 준비해두겠습니다."

여전히 표정 없이 답하고, 충근은 돌아서 성큼성큼 사라졌다. 신라에 머문 지도 벌써 열흘째. 몸도 회복이 되었고, 몸속의 아기도 이상 없는 듯했다. 무슨 궁리인지, 진흥은 아무 말도 행동도 없었다. 이대로 마냥 머물 순 없었다. 마음이 허락하는 일이 아니었다. 순순히 돌아가지 못할 일이라면, 쫓겨나가든 도망쳐나가든 결판을 내야 했다.

＊ ＊ ＊

누각에 다시 올랐을 때, 진흥은 이미 정좌하고 있었다.

그의 옆자리에 가얏고가 놓여 있었다. 그녀의 가얏고였다.

사린은 말없이 그에게 목례하고 가얏고 앞에 앉았다. 그리고 가얏고를 당겨 자세를 취하고, 연주를 하기 시작했다. 그날, 성을 빠져 나오기 전에 아버지 어머니를 위해 연주한 곡이었다.

'그래, 지금 나의 연주도 내 아버지 어머니와 지아비를 위해 연주하는 것이야.'

그녀는 연주하면서 계속 부모님과 우륵을 생각했다.

성열에서의 여름 내내, 부모님 생각이 많이 났다.

비가 쏟아지고 개구리가 우는 날엔, 더욱 그랬다. 연락도 변변히 하지 못하고 도망쳐 나온 죄스러움과, 신라에서 돌아와 어떻게 지내시는가 싶은 궁금함이 그리움으로 번지고 커져갔다. 그러나 누구에게도 내색할 수 없었다. 그저, 사랑하는 사람의 지어미가 되는 일에 최선을 다했다.

'그 사람은 작곡이 끝났을까. 내가 없어졌다는 사실을 알면, 그 사람은…… 내가 신라에 있다는 사실은 알아낼 수 있을까. 그이라면, 감정에 휘말리지 않고 차분하게 내가 있는 곳을 찾아낼 수 있을 텐데. 할머니는 어찌 지내고 계실까. 그이와 함께 내가 돌아올 날만 학수고대하고 계실 분인데. 병환은 차도가 있으신지……'

진흥의 박수소리에, 그녀는 생각의 늪에서 빠져나왔다. 어느 새, 연주가 끝나 있었다. 그가 그녀 쪽으로 돌아앉으며 미소를 가득 머금었다. 사린도 그를 향해 돌아앉았다. 이제는 말해야 할 시간이다. 그렇게 생각하며 그녀가 머리를 숙여 애원하려는 찰나, 진흥이 먼저 말을 꺼냈다.

"내 그대에게 줄 것이 있소."

그가 옥가락지 하나를 그녀 앞에 내보였다. 새겨진 목단 잎이 한눈에 들어왔다. 의아한 눈으로 사린이 그를 보는 순간, 진흥은 다른 한 손으로 그녀의 손을 잡으며 무언가를 얘기하려 했다. 사린은 그의 손을 뿌리쳤다.

"마마, 저는 이미 혼인한 몸입니다."

일격을 맞은 기색이, 그의 얼굴에 번졌다.

"그리고 제 몸에는 지아비의 아기가 자라고 있습니다."

순간, 진흥의 얼굴에 더 큰 충격의 기색이 파도처럼 출렁거렸다. 때를 놓치지 않고 그녀는 머리를 깊이 조아리며 애원했다.

"그러니, 제발, 돌아가게 해주소서, 마마."

"공주의 말은 믿지 못하겠소. 좀 더 시간을 가지고……."

"제가 왜 마마에게 거짓을 아뢰겠습니까?"

그녀가 엎드리다시피 머리를 더 깊이 조아리며 온 마음으로 애원했다.

"모두 믿으셔야 합니다. 제가 돌아오기만을 기다리고 있는 지아비와 가족이 있습니다. 아기를 가진 몸이니 이곳에서 계속 지체할 수도 없습니다. 그러니 제발, 제발 돌아가게 해주소서, 마마."

진흥이 그녀의 몸을 일으켰다.

"이러지 마시오. 내가 어떻게 해달라고 요구한 것도 아니지 않소. 나는 다만……."

그녀는 그의 눈을 보며 말했다.

"그것이 더 무섭습니다. 어떤 요구도 없는 것이……"

진흥이 그녀의 손을 잡고, 눈물을 머금고 있는 그녀의 눈을 깊게 들여다보았다. 순간, 그의 입가에 슬며시 미소가 번졌다.

그가, 조용히, 말했다.

"당신을 사랑하오."

헉, 하고 그녀는 숨이 막혔다.

"처음 본 순간부터, 지금 이 순간, 그리고 앞으로도 영원히 당신을 사랑하오."

말문도 막혔다. 손을 빼내려 했지만, 그 또한 여의치 않았다.

"공주, 나와 혼인해주오."

사린이 자리에서 일어서려 하자, 진흥은 잡은 손 그대로 그녀를 당겨 앉혔다. 순간, 그녀가 그의 품에 안기는 형국이 되어버렸다. 이번엔, 그가 그녀를 꼬옥 안았다. 사린은 발버둥쳐 몸을 빼내며 말했다.

"절대, 불가, 합니다."

두 사람의 눈빛이 팽팽하게 당겨진 줄의 양끝에 있었다.

"당신을 사랑하오. 처음 본 그날부터 영원히 나의 인연이라 생각하오."

"이건 사랑도 인연도 아닙니다."

"그럼 무어란 말이요? 당신만 보면 이렇게 행복한데."

"사랑을 빙자한 횡포, 입니다."

"방법이 다를 뿐이오. 만백성의 왕에게나 가난한 범부에게나, 사랑은 다 똑같이 아름다운 한 송이 꽃과 같은 것이오."

"마마의 사랑은 꽃이 아니라, 제 목에 칼을 갖다 대는 살육입니다."

"사랑은 전쟁이고 쟁취이긴 하오. 그러나 전쟁터에서 적군을 죽였다 해서 그것이 살육이라 할 수 없듯이, 사랑에도 살육이란 있을 수 없소. 다만 이기는 자만이 가질 수 있는 것이지요. 거기다 나는 대 신국의 왕이고, 내가 원하는 사람이면 어느 누구와도, 몇 번이고, 혼인할 수 있소."

그녀가 더 거세게 그를 노려보았다. 이미, 꾹꾹 눌러 참고 있었던 짙은 화기가 가슴에 회오리처럼 돌고 있었다.

"마마가 이러시면, 저는 도망치거나 죽어버리는 방법 밖에 없습니다."

"참으로 무섭구려. 어디 하려면 해보시오. 충근과 나인들이 밤낮없이 지킬 것이니."

화가 난 건지, 비웃고 있는 건지, 아니면 아무렇지도 않은 건지, 도무지 알 수 없는 얼굴로, 진흥이 일어나며 말했다.

"마음이 바뀌면 기별하시오."

계단을 향하던 그가 멈추면서 쥐고 있던 가락지를 내려다보았다. 그리고 그녀를 돌아보며 한마디 더했다.

"반지는 다음에 주도록 하겠소."

계단을 내려가는 그를 보며, 사린은 망연자실 서 있었다. 그러나 그녀는 알지 못했다. 그 반지가 바로, 진흥이 가야에서 철수할 때 소중히 간직하고 돌아온 것이란 사실을. 우륵의 핏줄을 찾을 수 있는 징표란 사실을. 그리고 사도왕후의 나인이 그들을 멀리서 훔쳐보고 있다는 사실을.

✳ ✳ ✳ ✳

사도는 방으로 들어섰다.

그녀가 문지방을 넘을 때, 지소태후는 호랑보료 위에 엎드린 채였다. 대나인 황숙凰淑이, 안마하던 젊은 나인들을 재촉해 물리고 밖으로 나갔다. 사도가 절을 하려 하자, 그제야 태후는 일어나 보료에 앉았다. 사도가 깍듯이 절을 하고 앉자, 주둥이에서 김이 오르는 다관茶罐을 기울여 나인이 잎차를 찻잔에 따랐다. 그 소리가 두 사람 사이를 굴렀다.

그녀에게 태후는 만만치 않은 시어머니였다. 더군다나, 진흥이 통치의 전권을 가져야 한다는 주장이 날로 높아져 가는 그 즈음에는, 서로 견제하고 조심하는 고부간이었다. 진흥의 친정親政을 주장하는 선봉에 사도의 가계가 있음을 모르는 태후가 아니었다. 그리고 그 주장을 노골적으로 하지 못하는 것은, 태후의 뒤에도 막강한 가계의 힘이 있기 때문이었다.

"들어봐요. 맑은 향이 마음속 번뇌를 없애준답니다."

태후가 잎차를 권하며 그녀를 보았다. 그녀는 천천히 향을 느끼며 마음을 진정시켰다. 그 사이, 태후가 다시 몸을 비스듬히 기울였다. 사도는 잔을 내려놓으며 얘기를 시작했다.

"몸이 안 좋으신지요?"

186

"나이 탓이지요. 이래서 사람들이 나이 먹는 게 두렵다고 하나 봅니다."

"제가 자주 와서 신경 써드리는 것이 마땅한 일이온데, 요즘 몹시 상심되는 일이 있어 생각이 거기까지 미치지 못하였습니다."

"아닙니다, 아닙니다. 그런데, 몹시 상심되는 일이라 하였습니까?"

"그러하옵니다, 태후마마. 사린이라 하는 금관가야의 공주 이야기를 혹여 들으셨는지요? 대제가 궐내에 붙잡아두고 있다는 얘기를요."

태후의 입가에 스치는 웃음을, 그녀는 놓치지 않았다.

"소문으로 들었지요. 그 일이 왕후를 힘들게 하나 봅니다?"

"제 자존심이 칼로 긁히는 듯합니다."

"저런저런. 그냥 못 본 척 넘어가세요. 그저 지나가는 바람이겠지요."

"그런 게 아닙니다, 태후마마. 대제께서, 깊은, 사랑에, 빠지셨답니다."

"우리 대제가 깊은 사랑에 빠지셨다? 한낱 식읍의 여식에게?"

"제 말이 그말입니다. 이것은, 우리 신국의 자존심에 관한 일이자, 신국 모든 여인들의 자존심에 관한 일이옵니다. 저 하나만의 문제가 아닙니다."

"허허. 아무리 그래도, 명민한 우리 대제가 그렇게 순식간에? 이건 말이 안 되지 않습니까?"

"대제를 지척에서 모시는 자의 말입니다."

"그래요? 우리 대제의 지척이라……."

태후가 의미심장하게 웃었다. 그런 그녀의 얼굴을 바라보며, 사도는 아차 싶었다. 그러나 태후와 담판을 짓고 이 방을 벗어나고 나면, 그런 건 하등의 문제도 되지 않았다. 태후가 웃음기를 거두고, 정색하며 물었다.

"가만히 보고만 있지 못하시겠다?"

"그래서 태후마마께 긴히 간청 드리러 온 것이옵니다. 꼭 들어주셔야 합니다."

양미간을 모으며, 태후가 고개를 앞으로 길게 뺐다. 중요한 일을 논할 때 취하는 그녀의 버릇이었다. 사도는 소리를 죽여 말했다.

"일전에, 가야인들을 우산국으로 이주시키는 정책을 윤허하셨다 들었습니다."

"그랬지요."

"그 공주도 가야인이니, 그들과 함께 우산국으로 내쳐주시옵소서."

태후가 잎차 한 입을 베어 물며, 잠시 말을 쉬었다. 사도도 잎차 한 잔을 베어 물며 태후를 바라보았다.

'능구렁이 같은 노인네. 당신이 무슨 계산을 하고 있는지 모를 내가 아니지.'

그러나 사도는 그녀의 다음 말을 기다려야 했다.

"그리 하였다가, 혹여 대제가 아시기라도 하면 어찌 감당하라고요.”

“이 신국에서, 대제를 이길 수 있는 분은 오직 한 사람, 태후마마뿐이옵니다.”

“세상에 자식 이기는 어미가 어디 있답니까. 이제 곧 대제가 신국을 새로이 열면, 나는 그저 뒷방이나 차지하고 있을 노친네일 뿐이지요.”

태후는 사도에게 향해 있던 눈길을 거둬 허공을 지긋이 바라보며 한마디를 더했다.

“누군가 그런 말을 했다고도 합디다.”

그 ‘누군가’가 누구를 가리키는지도 모를 사도가 아니었다. 그녀는 바로 머리를 조아렸다.

“태후마마, 그동안 저희 친정 권속의 언행을 용서해주시옵소서. 제가 모두에게 조용히 하라 이르겠습니다.”

“아닙니다, 아닙니다. 내가 물러서줄 때가 된 겁니다. 어차피 이 신국은 대대 연연히 제왕의 것입니다.”

잠시 할 말을 찾지 못하던 사도가 간절한 눈빛으로 다시 입을 열었다.

“태후마마.”

“말하시지요.”

“대제의 친정 후에도, 절대로 태후마마를 배신하지 않겠습니다. 혈서를 쓰라면 지금 당장에라도 쓰겠사옵니다.”

“왜 이러십니까? 왕후. 나를 아주 못된 시어미로 만들 작정입니까?”

"이 시각 이후부터, 마마의 심기를 거스르는 일은 일절 없을 것이옵니다. 마마를 진심으로 따르고 섬길 것입니다. 진심이옵니다, 태후마마."

그만큼, 사도로서는 절박한 상황이었다.

처음에 충근이 사도의 나인을 통해 대제와 공주의 관계를 전해주었다. 그리고 대제가 공주에게 말하고 행한 온갖 요상한 일들을 그 나인으로부터 전해들을 때마다, 그녀의 가슴엔 불기둥이 치밀어 올랐다. 두 손은 분노로 떨렸고, 움켜진 손가락 마디마디에서 피가 배어나올 듯 했었다. 충근이 왜 그 사실을 자신의 귀에 들어오게 했는지, 그건 중요하지 않았다. 그 역시 신국의 사람으로서, 식읍의 공주가 대제의 여자란 사실을 인정할 수 없었으리라. 이 이전에도 진흥이 품은 여자는 그녀가 알게 모르게 있었지만, 이번에는 차원이 달랐다. 충근의 전갈 그대로, 이것은 대제의 '첫사랑이자 깊은 사랑'이었고, 훗날 왕후를 위협하고도 남을 '무서운 사랑'임이 점점 분명해졌다. 그리고 그것을 뭉개버릴 수 있는 것은 지소태후의 힘뿐이었다.

한참을 생각하는 듯 하던 태후가 입을 열었다.

"좋습니다. 이 시어미를 생각하는 왕후의 뜻이 그리 기특한데, 내 어찌 왕후의 청을 몰라라 하겠습니까. 혈서는 보기에 좋지 않으니, 각서나 한 장 써주시지요."

"쓰고 말고요. 감읍 드리옵니다, 태후마마."

"모레, 흥륜사 준공이 있지요?"

"대제와 제가 참석할 것입니다."

"그때, 쥐도 새도 모르게 그 아이를 보내도록 하지요."

"은혜로움이 백골난망이옵니다, 태후마마."

사도는, 머리를 바닥에 닿게 숙였다. 그리고 나인들이 각서를 쓸 수 있는 준비를 하는 사이, 그녀는 태후에게 진심 어린 감읍의 표정을 지어보였다. 그러나 그녀의 속마음까지 그러하진 않았다. 상황이 나빠지면, 각서쯤이야 찾아내서 없애버리면 그만인 것을.

꿀꺽, 사도는 올올이 빠져 나오려는 웃음을 삼켰다.

우산국 그곳에는

✱

우륵은 마음을 잡도리했다.

그의 앞으로 우산국이 다가오고 있었다. 멀리 갈매기가 보이기 시작하면서부터 선원들의 움직임이 더욱 분주해졌다. 울컥, 하고 눈물이 터질 것도 같았다. 그러나 그녀를 찾는 것, 그하나만을 생각하며 마음을 더 견고히 해야 할 때였다. 그는 두손에 힘을 모아 뱃전의 난간을 더 굳세게 움켜잡고, 바람에 흔들리며 가까워오는 섬을 삼킬 듯이 뚫어져라 바라보았다.

그가 니문과 함께 왕후사에 도착했을 때, 구형 내외는 울음부터 터뜨렸다. 비명소리에 놀라 달려 나갔을 때 이미 사린은 없었다고 했다. 스님 한 분이 사린을 말에 태우는 남정네를 얼핏 보았다 하였으나, 그의 정체는 분명치 않았다. 그도 니문도, 그 남정네가 진흥의 군사임을 직감했지만, 신라로 바로 가기 보다는 확인 과정이 필요했다. 그들은 말을 몰아, 일단 대가야 도성의 영윤을 찾았다.

영윤은 신라로 사람을 급파했고, 가야의 공주가 진흥왕에 의해 별전에 감금되어 있다는 소문을 확인해 주었다. 그녀는, 계림에 가면 묵는다는 단골 여숙을 소개해주면서, 우륵이 원하는 사람이나 물건은 비용에 상관없이 구해주라는 서찰을 그 주인 앞으로 써주었다. 그리고, 또 다른 소식이 있으면 그곳으로 파발을 보내겠다 하였다. 그는 니문과 함께 지체 없이 다시 신라로 말을 몰았다. 흠륭이 그들을 따라 나서지 못해 안타까워했다.

그러나, 계림에도 사린은 없었다.

여숙의 주인은 친한 병사를 통해, 그녀가 아슬라주로 떠난 지 며칠 되지 않았다는 사실을 알려 주었다. 아슬라주阿瑟羅州(강릉)는 신라가 외국과 교역하는 항구인 동시에 신라와 우산국을 잇는 유일한 통로였다. 두 사람은, 다시 말을 몰아 그곳으로 떠났다. 그들의 조급한 마음과는 아랑곳없이, 아슬라주의 바다는 늦가을의 햇살로 만선이었다. 물결도 하늘도, 바람 한 점 없이 평온했다. 마치, 아무 이유도 없이 미안해 하는 아낙네의 표정과도 같았다. 우륵은 부지런히 사린을 수소문했지만, 그곳에도 그녀는 없었다. 그들이 아슬라주에 도착한 그 아침은, 이미 가야인 이주민들을 실은 배 두 척이 우산국을 향해 출발한 다음 날이었다.

두 사람은 낙담할 여유도 없었다. 미친 듯이 우산국으로 갈 수 있는 배를 수소문했다. 그러나 북조와 왜로 향하는 교역선交易船들은 더러 있어도, 우산국을 왕래하는 배는 그 밤에 떠난 단 두 척뿐이었다. 그것도, 관官의 허가가 있기 전에는 탈 수조차 없게 되어 있었다.

설상가상雪上加霜.

그 와중에, 할머니가 위독하다는 소식을 가지고 설척이 아슬라주까지 달려왔다. 아침에 기침起枕하다 갑자기 혼절하였는데, 그 후로 내내 정신이 혼미한 상태라 하였다. 간혹, 정신이 들면 우륵을 찾는다는 얘기 앞에서, 우륵은 일단 성열로 돌아갈 채비를 서둘렀다.

'빠른 시일 내에 다시 이곳으로 오겠소. 내, 당신을 반드시 찾고 말 겁니다. 그때까지 잘 참고 기다려줘요.'

우륵은 바다를 향해 그렇게 말하며 아슬라주를 떠났다.

"할머니!"

성열현 집에 도착하자마자, 니문이 먼저 안방으로 뛰어들며 그녀를 불렀다. 할머니 앞에 앉아 있던 설척의 처가 자리를 비켜 주었다. 우륵은 앉으며 할머니의 앙상한 손을 잡았다. 저승의 문 앞까지 다녀온 듯한 퀭한 눈으로, 할머니가 니문을 보고, 그리고 우륵을 보았다. 옆에서 설척의 처가 거들었다.

"아무래도 손주 얼굴을 보지 않고는 가실 수가 없나봐. 방금 의원이 다녀갔는데, 벌써 떠나셔야 될 분이 근근이 버티시는 거라고……."

우륵의 눈에 그렁대던 눈물 한 방울이 잡고 있는 할머니의 손 위에 떨어졌다. 할머니는 손을 들어 우륵의 눈물을 닦아주려 했지만 그 마저도 여의치 않았다.

설척의 처가 할머니 머리맡에 있던 물그릇과 숟가락을 우륵에게 내밀었다.

"가시는 길 목마르지 않게 물 한 입 드리게."

설척이 우륵에게 일렀다. 물을 떠서 할머니의 입에 대어드리는 우륵의 손이 조금 떨렸다. 할머니는 물 한 모금을 달게 받아먹었다.

"할머니, 고맙습니다."

할 말이 산더미 같은데, 생각나는 말은 그 한마디였다. 눈물만 자꾸 흘렸다. 니문이 터져나오는 울음을 애써 삼키고 있었다. 할머니는 희미하게 웃어보였다. 그리고, 스르르 눈을 감았다. 할머니를 부르며, 니문의 오열이 터져나왔다. 우륵에게는 물론이고 니문에게도 더없이 의지가 되어준 분이었다. 그녀는 비삽이 죽었을 때보다 더 큰 슬픔을 느끼며 할머니를 보내드리려 하지 않았다. 마을사람들의 도움 속에 장사葬事가 치러졌다. 영윤이 소식을 듣고 찾아와 애도했다. 흠륭도 니문 곁을 떠나지 않았다. 돌아가면서, 영윤은 우산국으로 갈 수 있는 배를 꼭 알아봐 주겠다고 했다. 그러나 이미 찬바람이 불기 시작했고, 먼 바다를 항해하는 배들이 점점 줄어들고 있는 상황이었다.

긴 기다림 끝에, 흠륭이 영윤의 전갈을 가지고 나타났다. 서찰에서 영윤은, 흠륭이 가을포加乙浦(부산 송정)라는 포구로 그를 인도할 것이니, 곧바로 흠륭을 따라 나서라 했다. 우륵이 서신을 읽고 있는 중에도, 흠륭은 그를 재촉했다. 그렇지 않아도 기골이 장대한 자가 겨울옷으로 무장한, 태산 만한 몸으로 빨리, 빨리, 라고 말하며 동동걸음 치는 모습이 고맙고도 안쓰러웠다.

우륵은 지체 없이 출발했다. 니문이 막무가내로 그를 따라

196

나섰다. 흠륭의 말에 타면서 그녀는 뚱한 표정이었다. 그래도 우륵의 뒷자리가 탐났음을 아는 사람은 없었다.

"꼬옥."

"됐어요."

"떨어져."

"무슨 말이, 맨날 앞뒤 다 잘리고 가운데 토막만 남았어?"

흠륭은 니문의 툴툴거림을 넉넉한 웃음으로 넘겼다. 그의 허리춤을 붙잡는 그녀의 손가락엔, 흠륭이 준 가락지가 어느새 보이지 않았다.

화선貨船이었다.

동이 틀 무렵 도착한 가을포에는, 영윤이 구해놓은 큰 배와 선원들이 그들을 기다리고 있었다. 가야와 중국 사이에 거래되는 물건들을 실어 나르는 위용 있는 선박이었고, 선장은 영윤과 오래 거래해 온 가야인이었다. 흠륭은 선장과 안면이 있는 사이였고, 영윤에게서 받아온 보물로 미리 사례했다. 선원들은 가야인과 중국인이 반반 가량 섞여 있다 하였다.

바다가 조용해지면서, 배는 부두를 빠져나갔다. 하늘이 뱃길을 열어준다며 항해 내내 풍파 없음을 선장은 신기해 했지만, 차가운 해풍을 뚫고 우산국으로 가는 뱃길은 험하고 지난했다. 흠륭의 지극한 간호에도 불구하고, 니문은 멀미 때문에 날로 얼굴이 핼쑥해져갔다. 그런 니문을 보며, 우륵은 사린의 생각에 마음이 아려왔다. 임신까지 한 몸으로 그 요동치는 뱃길 위에서 누구의 도움도 없이 혼자 고생했을 그녀를 생각하면, 가슴이 두 동강 나듯 아파왔다. 그녀도, 그녀 뱃속의 아기도 무사한지 염려하는 조바심에, 마음은 매일 매 순간 먼 하늘 위를 앞서 달려갔다.

그녀는 목에 칼이 들어와도 진흥을 거부했을 것이고, 그런 데다 임신까지 한 그녀를 진흥은 우산국으로 보내버렸으리라.

'지금은 아내를 찾는 것이 우선이니 참는다만, 진흥, 내 너에게 갚아줄 것이 하나 더 생겼다.'

그는 진흥과의 거듭되는 악연을 곱씹으며, 한 번 더 난간을 쥐고 있는 두 손아귀에 힘을 넣었다. 니문이 허물어질 듯한 몸을 끌고 뱃전으로 나왔다. 흠륭은 걱정했지만, 찬바람이 그녀의 기운을 조금 되살려주는 듯하였다. 섬의 포구가 다가오고, 그곳을 지키고 있는 신라의 군사들도 점점 또렷이 다가왔다.

✳ ✳

선장은 군사들에게 일시 정박을 요청했다.

뱃길을 잘못 들었다며 선장이 보여주는 진귀한 물건들을 하나씩 취하고서야, 군사들은 정박을 허락했다. 이제, 사린을 찾아내는 대로 야음을 틈타 그녀를 싣고 떠나면 될 일이었다. 여전히 멀미의 여진으로 힘들어 하는 니문을 선장에게 부탁하고, 그는 흠륭과 함께 화선에서 내렸다.

선장이 쥐어준 술이 효과가 컸다. 우륵은 군사들과 어울려

술잔을 돌리며, 가야의 이야기에서부터 시작해 이주민과 사린의 근황을 물어나갔다. 마음은 급했지만, 속내를 드러낼 수는 없었다. 그들 중에서, 이주민들과 함께 아슬라주에서 출발해 파견왔다는 병졸이 주절주절 늘어놓는 이야기를 통해, 그는 그간의 사정을 들을 수 있었다.

"아, 그 가야 공주라는 여인 말입니까? 살아있을 때부터 봤지요. 그게 그러니까, 아, 배가 막 출발하려고 하는데 그 여인이 도착했지요. 그런데, 누가 봐도 위태위태했지요. 행색은 고귀해 보였으나, 얼굴에는 이미 저승의 그림자가 완연했으니 말입니다. 그대로 출발하라는 명령이니, 어쩔 수 없이 배는 출발했지요. 출발한 다음 날 아침에 보니 그 공주란 여인, 죽어 있더란 말입니다."

청천벽력이었다. 그녀가 죽었다니. 뱃속의 아기까지 함께…… 우륵은 믿을 수 없었다.

"다들 속이 좋지 않았지요. 몇몇 병사들이 시체를 바다에 던지자 했습니다. 헌데, 같이 타고 온 가야인들이 한사코 말리더란 말입니다. 식읍의 공주도 공주라면서 달려드는 품이 심상치가 않았단 말입니다. 결국은 같이 왔고, 여기 도착하자마자 그들이 가까운 기슭에 묻었지요."

그래도 믿어지지가 않았다. 그는 가야 이주민들을 소개받아 사린의 얘기를 더 물어보았다. 그러나 그들에게서도 병졸과 꼭 같은 얘기밖엔 들을 수 없었다. 온몸에 힘이 모조리 빠져나가는 그를 흠륭이 부축해주었다. 그는 다시 마음을 가라앉히고 그 병졸에게 부탁해 그자가 말한 무덤을 찾아갔다.

그는 말뚝처럼 선 채 무덤을 보았다.

무덤은 초라했고, 뗏장 한 조각 입고 있지 않았다. 이상하리만치 한마디 탄식도, 한 방울의 눈물도 새어나오지 않았다. 마음 같아선 봉분封墳을 해주고 싶었으나 땅은 얼음장처럼 굳어 있었다. 뒤이어 선장의 도움을 받으며 니문이 왔다. 니문의 눈물 앞에서도, 우륵은 다만 침묵했다. 꿈을 꾸고 있는 것만 같았고, 현실감이 전혀 없었다. 머릿속은 온통 하얗게 변색되는 듯도 하고 어느 순간엔 칠흑같이 어두워지는 듯도 하였다. 흠륭 역시 멍한 표정으로 묵묵히 우륵을 보고만 있었다.

'당신을 여기 이렇게 혼자 남겨두고 가야 하다니.'

선장이 우륵의 어깨를 다독이며 그만 돌아가자고 했다. 벌써 해거름 녘이었다. 또 한 번 억장이 무너지고 발길이 떨어지지 않았다. 흠륭이 그의 눈치를 보며 니문을 업었다. 우륵은 무덤의 흙 한 줌을 바랑에 담아 쥐고 나서, 그들을 따라 어두워져 가는 그곳을 떠났다. 바람소리가 그녀의 부름인 듯하여, 그는 자꾸 뒤를 돌아보았다. 그러나 여전히 꿈속을 걸어가는 듯한 기분은 어쩔 수 없었다.

배가 출발하기 전에, 그는 병사들에게 보물을 주며 봄이 오면 그녀의 무덤에 봉분과 함께 뗏장을 입혀 달라 부탁했다. 배가 출발하고 우산국의 포구가 점점 멀어질 때에도, 그는 그 모든 일들이 현실 같지 않았다. 빨리 꿈에서 깨어나고 싶은 마음뿐이었다. 니문의 멀미는 올 때보다 한결 덜했다. 그래도 흠륭은 올 때처럼 그녀의 곁을 잠시도 떠나지 않았다. 조금 살 만했던지, 그녀는 자꾸 흠륭을 멀리 떨어져 있으라 했다. 그의 정성을 보고 고마워하라는 우륵의 나무람에 그 정도는 줄었지만, 흠륭을 대하는 그녀의 투박함은 사그라들지 않았다. 흠륭은 그 영문을 몰라했다.

우륵은 성열로 가기 전, 영윤의 집을 거쳤다.

참담한 소식을 안고 돌아왔지만, 고맙다는 인사는 하고 싶었다.

"배편을 알아봐주셔서 고맙습니다."

그의 말에, 영윤의 두 눈에 눈물이 스몄다.

"이럴 수는 없습니다, 이럴 수는 없지요."

영윤은 사린의 죽음을, 자매가 죽은 것처럼 깊이 슬퍼했다. 그리고 어이없이 혼자가 된 우륵을 걱정했다. 당분간 그녀의 집에서 함께 지내기를 권했다. 슬픔은 나눌수록 작아지는 법이라며. 그러나 우륵은 집으로 가겠다고 했다. 혼자, 가만히, 마음의 정리가 필요하다고 했다.

"나와 같이 중국을 한번 다녀오는 것은 어떻겠습니까. 대륙의 여기저기를 구경하면서 마음을 새롭게 하는 것도 좋을 듯합니다만."

"고맙습니다. 중국은, 차차 생각해보겠습니다."

"내 경험으로는, 이런 상황에서 자신을 가두는 것, 과히 좋지 않습니다. 점점 비관적인 생각밖에 들지 않고……."

"못난 마음은 먹지 않을 겁니다. 해야 할 일이 있으니까요."

그녀 무덤의 흙을 품은 채 구석에 쭈그리고 있는 바랑을 바라보며, 그가 말을 이었다.

"저 흙도 성열에 뿌려줘야지요."

헤어질 때, 흠륭은 니문의 건강을 걱정하며 조만간 성열로 찾아 가겠다 했다.

"제발 좀…… 아, 이젠 내 말도 이상해지네. 내가 하고 싶은 말은, 과유불급過猶不及 입니다."

"과유부급?"

"과, 유, 불, 급! 정도가 지나침은 부족함만 못하다, 그런 뜻입니다."

"왜?"

"저를 보살펴 주셔서 정말 고맙지만, 이젠 걱정 없으니 자제 해달라는 말입니다."

"자제?"

이렇게 되씹으며, 흠륭은 영윤을 바라보았다.

"지나친 관심이 부담스럽다는구나."

하며 영윤은 웃었다. 누가 봐도 그는 꽃물처럼 돌이킬 수 없이 아름다운 사랑에 몸이 한껏 달아오른 남자임에 틀림없었다.

조용히 첫눈이 왔다.

우륵은 성열로 돌아와 짐을 내려놓자마자, 혼자 산으로 향했다. 하늘은 온통 회색이었지만, 눈 내릴 조짐도 그의 발길을 막지 못했다. 그는 계곡을 따라, 지난 여름을 사린과 함께 했던 곳까지 올랐다. 그리고 그 바위에 앉아 사린의 무덤에서 담아온 흙을 계곡 주변에 뿌렸다. 그 밤, 지쳐 쓰러져 초저녁부터 잠이 들었다가, 개 짖는 소리에 깨어보니 바깥이 환했다. 문을 열고 나가보니, 온 동네가 은가루를 뿌려놓은 듯이 투명하게 밝았다. 흩날리는 눈발들 사이로, 사린이 버선발로 자박자박 걸어올 것만 같아서, 우륵은 한동안 마루에 우두망찰 서 있었다.

'그래, 그녀가 쉬 찾아올 수 있게 가야금을 연주하자.'

그는 방에서 가야금을 들고 나와 마루에 자리 잡고 앉았다. 그리고 '가야의 봄날'을 연주하기 시작했다. 햇살이 물결처럼 일렁대던 사린의 방에서 처음으로 연주한 곡이었다. 참으로 따듯하고 밝다고, 왕후께서 그러셨던가. 모두가 방에서 나가고 둘만 남았을 때, 그녀는 말했었지, 나 진짜 가얏고 서툰데, 그러면서 혀를 쏙 내밀던 그녀의 모습이 어제인 듯 눈앞에 선연했다. 그리고 저잣거리를 남장차림으로 누비고 다니던 그녀의 모습, 수로의 희미한 빛 속에서 사랑한다 말하던 그녀의 모습, 혼인할 때의 더없이 아름답고도 슬펐던 그녀의 모습, 신록 속에서 신록보다 더 찬란하던 그녀의 모습이 가야금 가락에서 살아나듯 차례로 그의 앞에 나타났다 사라졌다를 되풀이했다. 건넌방에서 자던 니문도 밖으로 나와 그의 연주를 들으며, 흩날리는 눈발을 하염없이 바라보았다.

방으로 돌아와, 환한 밤 속에 혼자 우두커니 앉아 있자니, 그제서야 그녀의 부재가 사무쳐왔다. 벽에는 아직 그녀의 옷가지들이 그대로 걸려있고 방 안 구석구석에 그녀의 손길이 숨결처럼 살아있는데, 그녀는 이제 이 세상에 없었다. 그녀뿐만이 아니었다. 제대로 느껴보지도 만져보지도 못한 아기까지 일시에 사라져 버리고 없었다. 오래 막아두었다 일시에 터지는 물살처럼, 눈물이 하염없이 그의 두 뺨을 타고 흘러내렸다. 길을 찾지 못한 눈물의 갈래들이 입 안으로 흘러 들어왔다. 그녀의 무덤 앞에서 그녀를, 아기를, 목놓아 불러보지 못한 게 한스러웠다.

'내가 불렀다면, 그녀가 달려 나왔을지도 모르는데, 이 바보를 어떡하면 좋으냐. 나는 어찌도 이리 바보스럽게 내가 사랑하는 사람들을 죄다 그 살인마에게 어이없이 빼앗기고, 그러고도 이렇게 숨을 쉬며 살아있단 말인가.'

그녀의 체온이 만져질 듯하여, 그녀와 함께 날이 새도록 연주하고 싶어서, 그는 밤새 방바닥을 가야금 삼아 '가야의 봄날'을 연주하고 또 연주하였다. 방바닥을 뜯고 누르는 열 손가락 마디마다 연주하는 그녀의 손길이 느껴져, 그는 미친 사람처럼 흥얼거리다 울다 웃다를 거듭하였다. 그리고 눈물도 메마른 여명의 즈음, 그는 복수를 분명하게 다졌다. 추상적이었던 그 복수가, 그녀의 죽음과 함께 너무나도 절실하게 그의 가슴을 파고들었다. 그것은 데운 쇠꼬챙이로 온 가슴에 상흔을 남기듯 통렬하고도 선명하였다.

'그는, 가야를 유린하면서, 내 아버지 어머니를 죽이고, 내 아내와 아이마저 죽였다. 이제 내 남은 생, 나의 원수인 신라의 왕, 그자를 죽이는 것에 바친다. 이 두 손으로 반드시 그를 도륙할 것이다.'

그의 두 주먹이 부서질 듯 했다.

'진흥, 기다려라. 내가 너의 죄 많은 생을 깨끗이 끝내주마.'

그 새벽에, 그는 자신이 살아야 할 이유를 분명히 알았다. 그녀가 살아있음을, 더군다나 밤새 내리는 그 눈을 똑같이 보고있었음을 까마득히 모른 채.

✽ ✽ ✽

사린은 마당에 내려섰다.

밤하늘에 눈송이들이 바람 가는 대로 떼 지어 난분분하였다. 눈송이는, 사력을 다해 밀려오는 어둠을 밀어낼 만큼 크고 소담스러웠다. 그녀는 손을 들어 그 눈송이들을 잡았다. 그녀의 손 위에서 눈송이가 녹아 점점이 눈물이 되었다.

그해의 첫눈이었다.

내리는 기세로 봐선 그녀가 갇혀있는 섬을 조만간에 백설의 감옥으로 바꿔놓을 듯하였다. 섬이라고는 하지만, 맑은 날 뭍이 보이는 작은 땅이었다. 그녀를 지키고 있는 군사들과 나인들이 모두 신라의 사람이니, 그곳 역시 신라의 땅임은 확실했다.

"바람이 차갑습니다."

어느 새 나왔는지, 대나인 황숙이 그녀의 뒤에 서 있었다.

"찬바람이 산모에게 해가 될까 염려스럽습니다. 안으로 드시지요."

황숙은 그녀에게 늘 정중하고 세심했다. 사린이 본 그녀의 모습은 오로지 그 하나였다. 그러나 그녀의 말 속에는 명령보다 더 한 단호함이 묻어났다. 때로는 한겨울 칼바람이 항복할 만큼 굳센 단호함이기도 했다. 그녀를 보고 있노라면, 정중하고 무표정했던 등흔의 생전 모습이 문득문득 떠올라, 마음이 어지러워질 때도 있었다.

"어서 안으로 드시지요."

황숙이 거듭 말했다. 사린은, 말을 섞고 싶지 않았다. 여전히 난분분한 눈송이들을 더듬듯 두 눈에 가득 담고 나서, 그녀는 방으로 발을 옮겼다.

진흥에게 분노했던 그 다음 날 아침, 오라버니 무력이 다시 나타났었다. 그의 어린 아들을 품에 안고서였다. 사린이 두 손을 벌리자, 아이는 기다렸다는 듯이 그녀에게 안겨왔다. 아이에게선 아직도 어미의 젖 냄새가 나는 듯 했다. 아이를 다시 건네주자, 무력은 아이에게 이름을 말해보라 했다.

"서현이라 합니다."

발음도 잘 되지 않는 소리로, 아이가 답했다.

"한눈에 할아버지를 쏙 빼 닮았습니다, 총기 있는 눈매 하며……."

그녀의 얼굴에 피어나는 미소를 놓치지 않고 무력이 말을 건넸다.

"아이는 소중한 것이다. 다른 마음먹지 말고, 감당하기 어려운 일이라도 참고 견디면서 꼭 아이를 낳도록 해라."

그녀가 아이의 얼굴에서 무력의 얼굴로 눈을 들었다.

"이 아이가 그러하듯, 네 아이 역시 가야의 미래다."

사린은 그 말의 뒤가 궁금하였다.

"내, 지난 번에는 두서없이 말한 듯하여 다시 왔다. 정작 중요한 것은, 네가 무사해야 하고 또 무사히 아기를 낳아야 하는 것인데, 대제의 부탁이 너무도 지엄하여 너에게 부끄러운 소리를 하였다."

"아닙니다. 오라버니를 이해합니다."

무력이 앉은걸음으로 다가앉으며 소리를 더 낮추었다.

"사린아, 이대로 가다가는 너도 네 아기도 위태롭다. 현명하게, 모두가 살아날 수 있는 방법을 찾아보도록 하자. 신국에는, 너를 주시하고 있는 눈이 많다는 것을 알아야 한다. 명심하거라."

그녀는 고개를 끄덕였다. 무력의 말에 일리가 있었다. 어차피 쉽게 결판날 싸움은 아니었다.

"아버님 어머님에게는 너의 상황을 전하지 못하였다. 대제의 명령이 워낙에 지엄하다. 모르고 계신 것이 오히려 나을 수도 있고…… 꼭 살아서, 두 분 가슴에 대못을 박는 일은 하지 말거라. 오라비가 바라는 건 그것뿐이다."

무력은 다시 한번 가야의 뒷모습을 보이며 돌아갔다. 멀어지면서, 아이가 그녀 쪽을 돌아보며 얼핏 웃어보였다. 그가 돌아가고부터, 그녀는 모두가 살아남을 수 있는 방법이 무엇인지 찾아보려 애썼다. 그러나 그 며칠 뒤, 그녀는 병사들에 의해 눈이 가려진 채 그 섬까지 오게 되었다. 사전에 어느 누구의, 그 어떤 한마디의 설명도 주어지지 않았다.

"안전하게 모시겠습니다. 불편하더라도 잠시만 참아주십시오."

병사들 중 선임인 듯한 사람의 한마디가 다였다. 그녀는 덜 컹대는 달구지로 포구까지 이동되었고, 거기서 다시 배에 실려 그 섬으로 이송되었다. 어디로 가냐고, 왜 가냐고, 그녀 역시 한마디도 묻지 않았다. 다만, 진흥이 그녀를 멀리 보내는 것인가 보다 짐작할 따름이었다. 그의 강경함을 생각할 때, 그것이 사실이라면 우선은 그에게 고마워하고 싶은 마음마저 생겼다. 한편으로, 뱃속의 태아가 걱정스러운 마음도 들었다.

그녀의 눈이 자유로워졌을 때, 대나인 황숙과 밥 짓고 빨래하는 두 명의 나인이 인사를 건넸다. 사립문과 울타리 밖에는 병사들이 수시로 교대하며 외딴 집을 지키고 있었다. 식량과 물자를 전해주는 배가 이따금 드나들 뿐, 그곳은 바람과 잔파도 소리만 가득한, 무인도나 다름없었다.

그곳에 머문 지 열흘이 지난 즈음, 아침상을 물리고 나서 황숙이 처음으로 말을 건네 왔다.

"왕후마마가 원인이었습니다. 공주님이 궐에 기거함을 참지 못하고 우산국으로 내치려 하셨습니다. 그러나 저희 태후마마께옵서 대제의 심려하심을 헤아려 이곳 섬으로 공주님을 피신시키셨습니다. 공주님이 이곳에 기거하고 있다는 사실을 아는 사람은, 이 신국에서 태후마마뿐이옵니다."

'참으로 고맙구나, 너희 태후마마가.'

그녀의 마음속에 헛웃음이 피어올랐다.

"태후마마께서 이르시길, 모쪼록 공주님은 이곳에서 마음을 가지런히 하고 몸을 잘 갈무리하여 무사히 해산하라셨습니다. 대제와의 일은 차치 생각하고 심도 있게 논의해 보겠다 전하라셨습니다."

황숙의 설명은 간단명료하였다.

더 물어보고 싶은 것도 없었고, 대답해 줄 듯한 틈도 보이지 않았다. 질문을 기다리는 그녀의 얼굴을 바라보며, 사린은 고개만 끄덕여 주었었다.

방으로 들어와 앉으니, 작게 열린 봉창 사이로 어지러이 흩날리는 눈발이 보였다.

"눈송이처럼 당신에게 흩날려가고 싶어."

혼잣말하는 그녀의 눈가에 눈물이 배었다.

그 밤도, 불면의 시간이었다.

매양, 잠이 오지 않는 밤이 잦았고 한밤중에 깨어나 새벽까지 상념에 젖는 날이 많았다. 그런 밤에 생각나는 모든 것들은, 앞날에 대한 계획이기보다 지난날의 회한이었기에, 아침에 돌이켜보면 아무 짝에도 쓸모없는 것들이었다. 꿈도 꾸어지지 않고 그리운 사람들의 얼굴도 하얗게 생각나지 않는, 괴로운 밤의 연속이었다.

한밤중에 일어나 다시 방문을 열어보았다. 어지러이 날리던 눈발은 그쳤지만, 천지는 은빛으로 빛나고 있었다. 그녀는 마루 위로 나왔다. 밖을 지키던 병사 둘이 긴장한 눈으로 그녀를 바라보았다. 그녀는 신발을 신고 다시 마당에 내려섰다. 병사들이 지레 겁을 먹고 사립문 앞을 가로막고 섰다. 그녀는 그들의 시선을 피하며, 천천히 마당가 한쪽으로 걸어갔다. 그리고 더욱 천천히 그 반대쪽을 향해 걸음을 뗐다. 한 걸음 한 걸음 옮길 때마다, 아무도 밟지 않은 눈 위에 그녀의 발자국이 오롯이 생겨났다. 그녀는 다시 걸어온 방향으로 뒷걸음질 쳐 걸어가며, 원래의 발자국에 겹쳐지는 또 하나의 발자국을 내려다보았다.

'이 발자국이 당신의 것이었으면. 이 밤, 이 눈밭을 당신과 내가 함께 걸어갈 수 있었으면. 누구의 구속도 없이, 어느 누구도 걸어가지 않은 눈길을, 그저 당신의 손을 잡고 당신의 맑은 얼굴을 보며 갈 수 있었으면.'

황숙의 방에 인기척이 느껴졌다. 그녀는 그들의 잠을 방해하고 싶지 않아, 얼른 방으로 들어와 문을 닫았다. 황숙의 방문이 열렸다 닫히는 소리가 적막한 밤을 헤집고 전해졌다. 다시 눕고 싶진 않았다. 악귀처럼 달려들 회한과 분노의 상념들이 두려웠다. 그녀는 다시 아랫목에 우두망찰 앉아 환한 밤과 마주했다. 문득, 우륵이 연주하는 가야금 소리가 듣고 싶어졌다. 흩날리던 눈송이들처럼 그렇게 난분분하게 풍성한 그 가락이 못 견디게 그리웠다.

'연주를 하면서 나를 바라보는 당신의 그 맑은 눈빛을 다시 볼 수만 있다면. 지금 어딘가에서 나를 찾고 있겠지요? 너무 서두르지는 말아요. 나도, 우리 아기도 무탈하게 지내고 있으니까요.'

그의 손길을 느끼고 싶어서, 그가 가장 사랑하는 가락을 함께 연주하고 싶어서, 그녀는 바닥을 가야금 줄 삼아 '가야의 봄날'을 뜯고 퉁기기 시작했다. 두 손의 손가락을 움직여 갈수록, 그의 손가락이 그녀의 손가락과 함께 하고 있었다. 그가 처음 그 곡을 가르쳐줄 때의 기억을 하나씩 되살리며, 그렇게 그녀는 아침까지 그 연주를 계속했다.

그의 웃는 얼굴, 그의 장난스런 표정, 그의 열정적인 모습이 떠오를 때마다, 그녀의 눈가를 적시던 눈물이 모아져 툭 투둑, 방바닥으로 떨어졌다.

✳ ✳ ✳ ✳

진흥은 세상을 바라보았다.

눈에 덮인 궁궐은 산수화처럼 정갈했다. 오랜만에 풀어놓은 독수리 비가 그 상공을 유영하고 있었다. 그는 누각 한가운데에 뒷짐을 지고 서서, 비의 눈과 마음으로 아득한 곳을 향해 날아가고 있었다. 그녀가 기거하고 있을 먼 곳으로. 그 비행하는 마음 사이로, 여인의 마음 하나 얻지 못하면서, 어찌 천하의 혁신을 얻으려 하는가 싶은 회한이 다시 밀려왔다. 그러나, 별다른 방도가 없었다. 태후가 배려하고 일러준 대로, 인내하며 때를 기다리는 방법뿐이었다.

흥륜사 준공에 다녀온 날 저녁이었다.

본전의 누각에서 잠시 보자는 태후전의 전갈이 왔었다. 다음 날 문안 드리며 나누기로 한, 흥륜사 준공에 관한 이야기를 얼른 듣고 싶은 것이라고 생각하며 그는 누각으로 향했다. 흥륜사 건립은 법흥대제가 시작한 일이었고, 그래서 그만큼 태후도 관심이 많음은 자명한 일이었다. 그 준공법회에서 진흥은 백성들의 출가를 정식으로 허가한다는 칙명勅命을 내리고, 신국이 불교로 하여 더 융성하기를 기원하였다. 그가 꿈꾸는, 변혁을 통해 신국을 발전시키겠다는 의지의 한 실천이었다. 일부 원로 진골들의 반대가 있었지만, 군부세력을 장악하고 있는 이사부가 그를 든든하게 지지하는 이상, 그의 혁신을 막을 수 있는 것은 아무것도 없었다.

그가 누각에 올랐을 때 태후는 사람들을 모두 멀리 물러나 있게 하였다. 충근까지 멀리 물러나 있음을 확인한 후에, 태후는 사린에 관한 이야기를 꺼냈다. 왕후가 그렇게까지 모질게 나설 줄이야. 태후에게 건넸다는 사도의 제안부터가 그에겐 충격이었다. 그녀의 눈에 공주가 그토록 가시였단 말인가. 그것보다도, 공주는 지금 이 궁궐에 없단 말인가. 사도의 제안으로 정말 우산국으로 떠났단 말인가. 이게 도대체 무슨 날벼락인가 싶었다. 흙빛이 된 그의 얼굴을 보며, 태후가 빙그레 미소를 머금었다.

"대제의 얼굴이 참으로 목불인견目不忍見입니다."

송구스럽다는 말이 퍼뜩 머릿속에 피어났으나, 적합한 대응은 아닌 듯하여, 진흥은 그 말을 꿀꺽 삼키며 태후를 바라보았다.

"허나, 안심하시지요, 대제. 내가 누굽니까? 내 아들이 사랑해 마지않는 여인을, 내가 그 먼 곳까지 함부로 내치겠습니까."

진흥에게서 한 줄기 짧고도 강한 한숨이 새어 나왔다.

212

"그럴 수는 없지요. 암요, 그럴 수는 없고말고요."

태후의 입가에 회심의 미소가 번졌다.

"내, 아이들을 풀었습니다. 병들어 가망 없는 비렁뱅이 여인 하나를 장안 다리 밑에서 구했지요. 잘 씻겨 곱게 화장하고 좋은 옷으로 입힌 다음, 공주와 바꿔치기를 하지 않았겠습니까. 그 여인이 공주의 이름으로 우산국으로 떠나고, 공주는 이 어미만 아는 지극히 안전한 곳으로 고이고이 모셔가게 하였지요."

"대단하십니다, 마마."

그는 진심을 담아 감읍한 다음, 다시 태후를 보며 물었다.

"그런데, 그곳이 어디입니까?"

"당장 그곳으로 달려가고 싶은 대제의 마음, 내 모르는 바가 아닙니다. 허나, 지금은 대제가 꾹 참으셔야 합니다."

태후가 뜸을 들이자, 진흥이 눈으로 태후의 다음 말을 재촉했다.

"그 공주가 아이를 가졌다고 들었습니다. 대제는 잘 모르겠지만, 여자가 아이를 가지면 온 신경이 그 아이에게 가있어, 천하를 다 준다 해도 남자 따위는 아무 관심이 없게 마련입니다. 그것은 즉, 대제가 지금 그 공주에게 아무리 사랑한다고 말하여도, 그 여인의 미움만 더 살 뿐 대제에게는 아무 이득도 생겨나지 않는다는 것이지요."

진흥의 얼굴이 다시 어두워졌다.

"그럼 아이를 낳을 때까지 기다리라는 말씀입니까?"

"그렇지요, 기다리세요. 신국의 대제다운 기품으로 오로지 꾹꾹 참고 기다리셔야 합니다. 아이를 낳은 다음, 그때도 대제가 공주를 변함없이 원한다면, 그때는 이 어미가 나서서 반드시 혼인하게 할 것입니다."

단호함이 태후의 얼굴 가득 피었다.

"정말 안전한 곳이겠지요?"

"두말 해 무엇하겠습니까. 내가 거느리고 있던 대나인과 나인들을 함께 보냈으니 빈틈없이 돌봐줄 것입니다. 대제는 부디 아무 염려 말고 정사에 힘쓰도록 하세요."

그는 거듭 태후에게 감읍했다. 그 문제에 대해 계속 얘기하는 것은, 태후의 선의를 거스를 수도 있다는 것을 모르는 그가 아니었다.

"왕후에게서 받은 각서는, 내 곧 대제에게 맡겨 둘 생각입니다. 잘 보관해 두었다가, 나중에 왕후 일가가 배신하거나 이 어미에게 칼을 겨눌 때, 부디 그 각서로 이 어미를 돌봐주세요. 내가 원하는 것은 그것 하나뿐입니다."

"각서까지 썼는데 설마 그럴 리야 있겠습니까?"

"늘, 설마가 사람을 잡지요."

그 말이 서늘하게 진흥의 가슴에 다가왔다. 이어지는 그녀의 헛웃음 속에서 슬픔과 외로움이 동시에 느껴졌었다.

'공주, 만나자마자 이별이었소.'

그렇게 사린을 또다시 그리워한 지도 한 달이 훌쩍 지나가고 있었다. 그날의 말씀 그대로, 태후는 사도에게서 받은 각서를 그에게 맡겼다. 진흥은 왕의 보물들을 엄밀히 보관해두는 천존고에 그 각서를 고이 간직해두었다. 그 사이에도, 간혹 태후에게 그녀의 안부를 물을 때마다, 공주는 잘 지내고 있으니 염려치 말라 하였다.

하늘이 온통 진회색으로 변해가고 있었다. 저만치 뜨락 가운데서 충근이 독수리 비를 부르는 소리가 들렸다. 비는 천천히 날아와, 충근의 오른팔 위에 앉았다. 충근도 비도 전장戰場이 그리울 듯하였다. 금관가야를 칠 때, 그들은 진정으로 살아 있음을 보여주었었다. 답답한 궁궐에서 그들은 다시 한번 천하를 날아올라 마음껏 포효하고 싶을 것이라 여겨졌다.

그러나 충근에게는 못내 섭섭함이 있었다.

그날, 이야기를 거두기 전에 마지막으로 태후가 일침을 했었다.

'대제가 공주와 사랑에 빠졌다는 말, 충근이 왕후에게 하였답니다. 입단속을 시키세요.'

분명, 왕후가 닦달했을 것이라 짐작되었다. 그래도 그가 사도에게 그리 입을 열면 안 되는 것이었다. 충근은 경황없이 발설하였을지 모르지만, 그 결과는 자신으로 하여금 공주와 생이별을 경험토록 하고 있었다.

그때 이후로, 진흥은 입단속 대신 충근에게 아무 말도 하지 않았다. 혹여 말끝에라도 공주가 우산국으로 가지 않았다는 얘기를 그가 알게 된다면, 그녀의 신변이 그만큼 더 위험해질 것은 자명한 이치였다. 아무리 신뢰하는 충근이지만, 공주에 대해 더는 말하고 싶지 않았다. 충근에게 비밀이 생긴 이상 그에게도 가릴 말은 가려 해야겠다는 생각을, 그는 단단히 하고 있었다.

충근이 비를 우리에 가두고 계단을 올랐다.

"눈이 올 듯하옵니다."

"여기서, 내리는 눈을 보고 싶구나."

"옥체 상할까 두렵습니다."

"그까짓 눈 구경 좀 한다고 어찌 되기야 하겠느냐. 내, 내리는 눈을 보며 깊이 생각할 것이 있으니 기다리거라."

충근이 한 걸음 뒤로 물러났다. 산수화 같은 궁궐 위에, 눈은 또 한 번 순백을 덧씌울 것이었다. 진흥은, 아픈 사랑의 감정이 먹물처럼 고여 있는 그의 가슴도 그렇게 새하얀 눈으로 덮이길 바랬다. 그리고 세상의 어떤 꽃도 따라올 수 없는 공주의 아름다움만이 그의 가슴에 영원히 피어나기를 염원했다.

"공주, 건강한 아기를 기다리겠소. 그리고 그 아기는 반드시 내 곁에 두고 키울 것이오."

먹장이 드리우는 하늘을 바라보며, 그는 혼잣말로 다짐했다. 그 밤은 아무래도, 목단 잎이 새겨진 옥가락지를 앞에 두고 그녀를 생각하며 자작自酌해야 할 듯 하였다.

"공주, 한 잔 받으시오. 신국의 술 맛도 꽤 괜찮다오. 하기야, 공주는 술 맛을 잘 모를 터이니, 아무튼… 바람소리가 참 매섭지요? 계절의 변화가 참 빠르지 않소? 벌써 겨울이오. 날로 깊어가는 계절만큼, 당신을 향한 내 마음도 자꾸자꾸 깊어만

가오. 눈에서 멀어지면 마음도 멀어진다는데, 당신은 멀리 있을
수록 내게 더 가까이 다가오오. 어찌해야 하오? 보고 싶은 병이
찬바람처럼 설렁설렁 드나드는 이 빈 궐 같은 가슴을 말이오.
그리움이 깊어지면 인고의 힘도 그만큼 커질 터인데, 왜 나는
이 마음 한 조각도 다잡지 못하고 빈 가슴을 술로 채우는지 모
르겠소.”

벌컥벌컥.

“좋소. 누구와 마셔도 이렇게 술이 맛났던 적이 없었소. 자,
내 잔은 내가 채우리다. 잔은 가득 채워야 제 맛이지 않겠소?
오늘 저녁에도 나는 누각에서 헛헛한 겨울하늘을 바라보았소.
당신도 그 하늘 아래이련만, 우리는 어찌하여 이토록 쓸쓸한
겨울을 보내고 있는 것이오? 맞소, 다 내 탓이오. 내가, 당신을
쉽게 취할 수 있을 것이라 생각했고, 내가, 당신을 배려하지 못
하고 앞뒤 가림 없이 함부로 데려왔기 때문이니 말이오. 아, 아
니오 아니오. 어쩌면 내가 당신의 나라를 취한 신국의 왕이기
때문일지도 모르겠소. 인연의 골은 시간의 산맥을 초월한다 하
였는데, 당신과 나의 인연은 오로지 고단하고 험악하기만 해야
하는지 자책과 원망이 복받쳐 오르오.”

벌컥벌컥.

“공주, 당신을 생각하면 다 놓아버리고 싶어지오. 나라도 백
성도 승리도 혁신도 다 부질없는 것이 되고 마오. 당신의 마음
을 얻을 수만 있다면, 그래서 이 반지… 이걸 당신의 손가락에
끼워줄 수만 있다면, 이 신국쯤은 아무것도 아니니 말이오. 그

것만이 아니오. 당신이 저 대륙을 가져다 달라 내게 청하면 한 걸음에 가져와 내놓을 수 있고, 더 먼 서역을 가져다 달라면 두 걸음에 내달려가 주리를 틀어와 당신 앞에 바칠 수도 있소. 이 신국의 왕 앞에, 거칠 것이 무엇이겠소. 이제, 이 신국은 더 이상 변방에서 낟알이나 쪼는 참새 떼가 아니오. 저 백제와 고구려를 넘어 중국과 서역까지, 우리 독수리 비처럼 세상을 누비며 훨훨 날 것이오. 두고 보시오, 내가 그렇게 만들 것이오. 혁신, 또 혁신할 것이오. 그러니, 내 그대에게 해주지 못할 것이 무엇이겠소. 나는 다 버릴 수도, 당신에게 다 줄 수도 있소. 내 유일무이한 사랑을 위해서라면."

벌컥벌컥.

"잔이 비었구려. 한 잔 더 채우겠소. 내, 이토록 당신을 간절히 원하고 사랑하는데, 당신은 어찌하여, 내 사랑을 횡포요 살육이라고 말하느냔 말이오. 어찌하여, 도망치고 죽어버리겠다는 협박으로 내 가슴에 비수를 꽂는가 말이오. 아무리 용맹한 영웅도, 일국을 호령하는 제왕도 누군가를 온 마음 바쳐 사랑할 수 있는 것이고, 식읍의 공주를 성심으로 연모할 수도 있는 것 아니겠오? 그런데, 당신은 왜, 이런 내 진심을 몰라준단 말이오. 일언지하라는 말, 나는 당신을 통해 처음 실감하였소. 이 신국에는 어느 누구도 나의 청을 일언지하에 거절하는 사람이 없소. 이 반지만 해도… 누가 감히 거부하겠소. 더군다나 이 옥가락지는 가야에서부터 내가 당신을 생각하며 가져온 것이 아니겠소?"

벌컥벌컥.

"자, 이번엔 당신에게 한 잔 받고 싶소. 하긴. 그래서 내가 당신을 더 원하는지도 모를 일이오. 오, 오, 잔이 넘치오. 쉽게 얻을 수 있었으면 내가 과연 당신을 이토록 그리워하고 있을지, 나 스스로도 의문스러우니 말이오. 게다가, 당신이 다른 남정네의 여인이라는 이유로 나에게서 벗어나려 할 때, 나는 순식간에 불같은 전의戰意에 타오르는 나를 느끼고 말았으니 말이오. 남자는 이런 것인가 보오. 나도 제왕이기 이전에 한 남자이고 보면, 그 전의가 당연한 것이고 말이오. 더군다나, 그 전의는 날이 갈수록 점점 더 심하게 타오르니, 나로서도 환장할 노릇 아니겠소? 물론, 나도 알고 있소. 지금은, 나에게 아주 중차대한 시기란 것을 말이오. 우리 어머니로부터 완전히 벗어나야 하는, 신국의 역사를 다시 만드는 고귀한 시간이지요."

벌컥벌컥.

"그러니 사랑타령, 가슴앓이 따위로 내 앞날과 신국의 백성들을 울릴 순 없소. 암요, 그걸 내가 왜 모르겠소. 그래서 당신과 나의 이 전쟁이 어서 빨리 끝나기를 더 바라는 것인지도 모르지요. 물론, 내가 포기하면 모든 것은 순식간에 끝나버리겠지. 허나, 내가 누구요? 이 신국의 왕은 세상 그 무엇에도 지거나 무릎 꿇으면 안 되는 것이오. 그러니, 그러니, 그러니까, 당신이 져, 주, 오. 당신이 나를 사랑해주기만 하면 모두가 행복해질 수 있는 것이니, 제발, 제발…… 내 잔이 빈 걸 깜박했소. 자작이 과해 보이오? 이 길고 긴 겨울밤을 혼자 버틸 수 없어, 당신과 마시듯 잔 두 개를 놓고 주거니 받거니 마셨소. 당신은 모를 것이오, 내가 따르는 술은 맛이 없지만 당신이 따라주는 술은 얼마나 달디 단지. 허나, 당신은 쉽게 주지 않을 사람이니, 내가 채우리다.

당신의 그 가얏고 소리가 가슴에 사무쳐서 한 잔,

그럼에도 들리는 건 한숨 같은 바람소리뿐이어서 또 한 잔.

당신이 죽도록 원망스러워서 한 잔,

그럼에도 사무치게 당신이 그리워서 또 한 잔.

이젠 당신을 잊자 하며 한 잔,

그럼에도 도저히 당신을 잊을 수 없어 또 한 잔.

나의 용맹한 앞날을 위해 한 잔,

그리고 나를 쓸쓸하게 만드는 당신의 안녕을 위해 한 잔.

공주, 눈물겨운 내 사랑을, 제발 좀 받아주시오. 내가 바라는 것은 그것뿐이오. 당신이 원하는 대로 하겠소. 제발 단 한 가지, 당신은 내 사랑을, 이 반지를 받아주기만 하면 되오. 내가, 신국을 다 가지는 이 진흥이, 세상을 다 가질 신국의 왕이 무엇을 더 바라겠소. 내가 바라는 것은 오직 하나, 당신, 당신의 사랑이오. 내가 너무 과분한 것을 바라는 것이오?"

벌컥벌컥……

충근은 그 밤도 뜬눈으로 밤을 새웠다.

벌써 창호가 희끄무레 밝아오고 있었다. 한밤에 숙면제熟眠劑를 털어 넣었으나, 머리에도 가슴에도 지칠 줄 모르고 몰려오는 것은 삭풍朔風뿐이었다. 꼭 잠을 자둬야 할 상황이거나 편안히 죽음을 맞고 싶을 때를 대비해 비상으로 지니고 다니는 약이었다. 원래 잠이 짧기도 했지만, 그 즈음은 완전한 불면의 밤이 계속되고 있었다. 마치, 피 끓는 전장의 한가운데에 오롯이 누워, 무엇엔가 굶주린 짐승이 되어가고 있는 듯했다.

'대제가 사랑에 몰두하다니.'

진흥이 그 어떤 여인을 취해도 묵묵히 넘어갈 수 있었던 건, 그것이 결코 사랑이 아닌, 육신의 본능이라는 것을 알고 있기 때문이었다. 그러나, 공주에게만은 달랐다. 진흥은 그녀를 처음 본 순간부터 사랑에 빠졌고, 그녀를 진심으로 사모했다. 그 이전에 한 번도 본 적이 없는 그의 모습이었고, 그것이 단박에 타오른 대제의 사랑임을 그는 단번에 알아차리고 가슴이 철렁하였다.

가야에서 그녀가 사라져버렸을 때, 충근은 차라리 잘 되었다 싶었다. 그녀를 찾지 못하고 신국으로 돌아온 이후, 진흥이 누각에 올라 먼 하늘을 바라보며 한숨짓고 가얏고를 가져오라 할 때마다, 그녀가 영원히 나타나지 않기를 그는 천지신명에게 빌었다. 진흥에겐 죄스러운 일이었지만, 모든 것이 대제의 마음에서 시작된 일이었으므로, 자신이 그리 비는 마음 또한 그로서는 당연한 순리라 여겼다.

그런 공주가 신국의 궁궐에 나타났을 때, 충근은 가슴이 터질 것 같았다. 그녀를 납치해온 무사를 그 자리에서 베어버리고 싶었다. 안면이 있는 그 무사에게 미리 말해, 그녀를 자신에게 먼저 데려오라 해두지 못한 게 한탄스럽기까지 했다. 앞으로의 상황이 불 보듯 뻔했고, 그는 그것을 목숨 걸고 막아내야 한다고 생각했다. 그래서 동향同鄉으로 인사한 적이 있는 왕후의 나인에게 정보를 흘려보내면서, 그것이 '사랑'임을 거듭 강조했다.

그 방법은 유효하고도 적절했다.

사도는 무소불위의 태후를 움직여, 사린을 우산국으로 내쳐 버렸다. 그가 흥륜사에서 진흥을 호위하고 돌아와 사린의 처소에 들렀을 때, 그녀는 사라지고 없었다. 그는 자신이 얘기를 흘려준 나인을 찾아가 자초지종을 들었다. 뛸 듯이 기뻤다. 우산국이 어디인가. 다시 돌아오긴 힘들 것이다. 훗날, 설령 그녀가 다시 돌아온다 하여도, 그때는 이미 대제의 관심은 다른 여인에게 옮겨가 있을 것이다. 대제의 사랑은 결코 오래가지 못할 것이니까. 그리고, 이제 다시는 대제로 하여금 그 따위 사랑에 빠지지 않게 할 것이었다. 만약, 대제가 가슴으로 사랑하는 여인이 다시 나타난다면, 그 싹부터 삭둑삭둑 모질게 잘라버릴 터였다.

그는 진흥에게 함구했고, 그런 그에게 더 기쁜 소식이 날아왔다. 그녀가 죽었다는 전갈이었다. 그는 믿어지지가 않아, 아슬라주로 비밀스럽게 파발을 보내 그녀의 사망소식을 확인했다. 어릴 적, 같은 사부에게서 함께 무예를 연마하며 동고동락했던 친우가 그곳 성주의 무사로 있었다. 친우는 공주의 사망을 증명하는 관官의 서류까지 확인해 알려주었다. 왕을 향한 그의 지순한 진심이 다시 한번 기지개를 켜고 있었다. 그날, 그는 기뻐서 뜬 눈으로 밤을 지새웠다.

진흥을 향한 그의 사랑은 오래고도 깊었다.

처음엔 그것이 신국의 대제에 대한 지극한 충성심이라고만 생각했다. 그러나 진흥이 취하는 다른 여인들을 내심 질투하기 시작하면서, 그는 차츰 자신의 감정이 진흥을 향한 외사랑임을 느껴갔다. 대제가 알게 된다면 당장 쫓겨날 일이었고, 어느 누구에게도 함부로 발설할 수 없는 위험한 사랑이었지만, 그는 그의 지척에서 그를 바라보고 지켜줄 수 있는 것만으로도 행복했다. 그거면 다 되었다.

스스로, 그는 대제의 유일한 연인이었다.

사람으로 태어나, 연인을 위해 목숨을 바치는 것 이상으로 지순한 것은 없었다. 그곳이 궁궐이든 전쟁터이든, 그는 사랑하는 사람을 위해 매 순간 자신을 버렸다. 그런 그에게, 진흥이 공주를 위해 각별히 신경 쓰고 잘 지키라 했을 때, 그는 잠시 이성을 잃고 진흥을 증오했었다. 사린이 궁궐에 다시 나타난 것만으로도 머리가 뒤집어질 지경인데, 그녀를 책임지고 지키라니. 아무리 사랑을 위해 자신을 버릴 수 있어도, 진흥이 사랑하는 여인을 위해 스스로를 버릴 순 없었다. 그건 헌신이 아니라 슬픈 개죽음이었다. 그래서 그는 사도를 빌려 그녀를 쳐내리라 마음먹었었다.

그런데, 한 가지 괴이한 점이 있었다.

사린이 우산국으로 쫓겨 갔다는 소식을 대하고도, 또 그녀가 죽었다는 소식 앞에서도 진흥이 어떤 행동이나 마음의 동요를 내비치지 않았다는 사실이었다. 사린에 대한 그동안의 모습으로 봐서는, 당장 그에게 우산국으로 달려가서 그녀를 데려오라 하고, 또 당장 그녀의 시체라도 가져오라 할 터인데, 진흥은 의외로 침착하고 조용했다.

느닷없이 직접 우산국으로 떠날 준비를 하고 있는 것인가. 아니면, 그것이 대제의 진정한 모습인가. 그는 장차 천하를 호령할 신국의 대제가 아닌가. 남자의 불같은 연정이었을 수도 있고, 신하들과 정사政事를 논할 때처럼 그 결단과 단념이 빨랐던 것인지도 모를 일이었다. 안도와 불안이 교차되는 마음으로, 그는 그 새벽에도 뒷마당으로 나가 찬물을 끼얹었다. 반쯤 얼어있던 물이 그의 먹먹한 머리와 가슴을 화들짝 깨어나게 했다. 그리고 술에 취해 잠들었을 왕의 침소 쪽을 바라보았다.

그 순간, 한 가지는 명백하였다.

대제의 곁을 떠나선 살 수 없다는 것.

현
속
의
검

＊

그 겨울 내내, 유난스레 폭설이 잦았다.

우륵은 눈에 갇혀 떠나지 못하는 마음을 선무도禪武道로 달랬다. 오래 잊고 살았던, 어머니 등흔이 가르쳐준 무예였다. 선禪으로 평상심을 되찾고 무武를 새롭게 연마하면서, 우륵은 복수의 칼을 가슴속에 갈무리했다. 실제의 검도 준비했다. 그는 단도를 구해와 살상의 방법을 익혀나갔다.

이제는 각자의 길을 가자며 우륵이 어르고 달랬지만, 니문은 그의 곁을 떠나지 않았다. 사람들, 특히 흠륭 보기가 민망하다 해도, 그녀는 자신이 상관없으면 되는 거 아니냐며, 부지런히 우륵을 뒷바라지하고 그의 연주와 무예를 도왔다. 우륵이 단도를 손에 쥐면서부턴, 더욱 그의 곁을 떠나려하지 않았다.

봄기운이 마당에 살랑대던 날, 우륵은 짐을 챙겼다. 계림으로 떠난다 했다. 그가 무엇을 위해 신라로 향하는지 너무도 잘 알기에, 니문은 그를 말릴 수 없었다. 아니, 그를 말려봤자 소용이 없었다. 허나, 위험한 그 여정에 그를 혼자 떠나보낼 수는 없었다. 그녀는 사생결단으로 같이 가겠다고 우륵을 졸랐다. 그는 마지못해 그녀에게 함께 계림으로 떠날 채비를 하라며, 한 가지를 당부했다.

"지금부터 나를 스승이라 불러라. 다른 사람이 있을 때나, 둘이 있을 때나 한결같이."

신라에서 그는 종국에 진흥을 만나야 하고, 그러기 위해선 자신이 대가大家로 보여야 한다는 이유를 내세웠다. 왜 지금부터냐는 니문의 질문에, 우륵은 실수하지 않기 위한 연습이 필요하다고 했다. 그녀는 내키지 않았다. 그러나 그를 따라가기 위해선 어쩔 수 없었다. 니문은 마지 못해 수긍하고 그의 명령 같은 부탁을 받아들였다.

출발 전날, 설척 내외가 공방의 모든 식구들과 함께 이별의 자리를 마련해주었다. 우륵의 속마음을 모르는 설척은 그간의 우애와 협업에 감사하며, 둘 다 꼭 다시 돌아오라고 부탁했다. 그리고 그 깊은 밤, 가실왕의 사망소식이 영윤으로부터 전해져 왔다. 다음 날, 공방 사람들의 배웅을 받으며, 우륵과 니문은 대가야성으로 향했다. 그가 직접 만든 가야금과 휘의 가얏고 가 각각으로 가방에 담긴 채 두 사람의 등에 나란히 걸려 있었다. 가야금 뒷판에 단도 크기의 정교한 홈이 파져 있다는 사실을 아는 사람은 우륵과 니문 뿐이었다.

우륵은 영윤과 함께 조문했다.

도설지는, 가실의 청으로 만든 가야금 곡들 중 한 곡을 고인에게 연주해달라 부탁했다. 우륵은 가실의 빈소에서 '달이達己'를 연주했다. 님을 떠나보내는 애틋한 내용과 유려한 가락을 기본으로 삼은 곡이었다. 연주하는 내내, 처음 그 곡을 감상하던 가실의 모습이 그의 영정 속에 드리워져서 가슴이 아려왔다. 연주가 끝나고, 도설지는 가실의 유지를 받들어 왕위에 오른다 하였다. 우륵과 영윤은 머리 숙여 경하드렸다.

궁궐을 나와 헤어질 때, 영윤은 뜻밖의 얘기를 꺼냈다.

"중국으로 귀환할 것을 심각하게 고려중입니다."

"가야에서 철수하는 것을 뜻합니까?"

"그렇습니다."

"교역이 어려워지나 봅니다?"

"연로한 부모님의 성화가 점점 더해지고 있습니다."

단지 그 이유만은 아닐 거라고, 우륵은 속으로 생각했다. 그러나 그것을 헤집듯 물어볼 수는 없었다. 물론 그럴 필요도 없었다. 그는 영윤의 눈을 보며 진심을 담아 말했다.

"그동안 신세를 하염없이 졌는데, 내내 갚지를 못합니다. 어찌해야 좋을지 모르겠습니다."

"신세는 내가 졌지요. 다 갚고 떠나야 하는 건데……."

"연남이라고 하였습니까? 고향이."

영윤은 고개를 끄덕였다.

"언젠가 한번은 가보고 싶은 곳이었는데, 더 이상 꿈꾸지 못할 곳이 되겠군요."

"천만에요. 지금이라도 나와 같이 연남으로 가면 되지 않겠습니까."

우륵은 말없이 다만 빙긋 웃어 보였다. 영윤 역시 미소로 답했다. 그녀는 철수하게 되면, 그 안에 계림에 들러 꼭 한번 그와 더 상봉하는 기회를 만들어보겠다고 했다. 그리고 흠륭이 간절히 원하는 일이라며, 니문과 그를 짝지어주고 싶은 마음도 덧붙였다. 머지않아 그리 될 것이라는 말밖에, 우륵은 할 수 없었다. 영윤은, 신라의 여숙 주인 앞으로 다시 서찰을 써주었다. 경비에 구애 받지 말고 무엇이든 도와주라는 내용이었다. 니문은 돌아서기 전에, 흠륭에게 짧은 인사 한마디만을 건넬 뿐이었다.

"그동안 고마웠습니다."

니문의 그 말이 무엇을 의미하는지 모른 채, 흠륭은 연신 벙긋거렸다.

그들이 도착한 계림은 도성이 고루 분주하였다.

온 장안이 나라의 번창을 빌며 단합을 다지는 행사들로 붐볐다. 저잣거리의 얘기로는, 진흥왕이 완전히 친정親政하게 되면서 법흥 시절부터 사용하던 연호年號를 거두고 새로이 '개국開國'이라는 연호를 공표하였고, 국운을 쇄신하기 위해 팔관회八關會를 여는 것이라 하였다. 어딜 가나 잔칫집에 모인 것처럼 사람들이 활기차고 떠들썩했다.

팔관회가 끝나가면서, 여숙 주인은 자신과 먼 친척 간인 궁중악사 법지法知를 우륵에게 소개시켜 주었다. 그는 창唱을 한다 했고, 가야의 노래와 가야금에 대해서도 열린 마음을 가지고 있는 인물이었다. 우륵이 그와 얘기할 때, 니문은 옆에서 꼬박꼬박 우륵을 '스승님'이라 불렀다. 우륵은 법지 앞에서 가야금으로 '가야의 봄날'을 연주했고, 그는 이전에 들어보지 못한 가락이라며 좋아했다. 법지는 신라의 음악이 소박하고 아정雅正한 데 비해, 우륵이 들려준 가야의 음악은 감정이 풍부하고 변화무쌍함을 느낄 수 있다고 하였다.

두 번째 만난 날, 우륵은 진흥왕 앞에서 연주해보고 싶은 마음을 내비쳤다.

"제 소원입니다. 방도가 없겠는지요?"

"이를 어쩌지요? 저희 대악서大樂署의 규율이 어찌나 까다로운지, 신라인 이외에는 궁중 안으로 악사를 들이지 않습니다."

우륵은 가슴에서부터 치솟는 한숨을 자신도 모르게 내쉬었다. 법지가 안타까운 시선으로 그를 바라보다가 운을 띄웠다.

"그리 소원이시라면, 한 가지 방도가 있긴 합니다."

우륵의 눈이 빛났다. 법지는 국원國原(충주)으로 가보라고 일렀다.

"날이 따뜻해지면 대제께서 국경지역을 순행巡行하옵는데, 국원이 소경小京인지라 그곳에서 항시 여장을 푸시어 악樂이 필요하지요."

우륵의 가슴에 다시 서광이 비치는 듯했다. 그는 법지에게 감사했다. 우륵으로부터 가야의 가락에 대해 배우고 싶은 마음이 있던 법지는, 괜히 국원을 가르쳐줘서 좋은 기회를 걷어차는 결과가 되고 말았다며 웃었다. 그는 후일을 기대한다며, 성주 앞으로 추천장 하나를 써주었다.

그렇게 하여, 우륵은 국원으로 이동하였고, 그림 같은 호수가 한눈에 보이는 빈 집을 얻어 니문과 거주했다. 그리고 법지가 써준 추천장을 국원 성주에게 보여주면서 가야금 연주로 그의 관심을 끌었다. 성주는 자주 그를 불러 연주하게 했고, 진흥왕이 당도하면 꼭 연주를 해달라 먼저 청하였다. 우륵은 진흥을 기다리는 그동안에도 선무도를 계속 연마하면서, '가야의 봄날'을 아정한 신라풍으로 다듬어 나갔다. 그리고 단도를 가야금 뒷판에 넣어두었다 빼내들고 찌르는 연습도 계속했다. 그것은 마치, 가느다란 한 줄기 현 속에서 검을 빼들고 휘두르는 것과 같은 행위였다. 그럴 때마다 니문이 냉가슴을 앓고 있었다. 그녀는 칼을 없애버릴 궁리도 해보았으나, 그랬다가는 쫓겨나는 일 외엔 아무 득도 없을 듯했다.

마침내, 성주에게서 전갈이 왔다.

국경을 순행하던 진흥이 국원에 도착하여 하림궁河臨宮에 머무니 어서 와서 대기하라 했다. 하림궁은 왕이 순행할 때 기거하는 작은 궁궐이었다. 우륵이 니문과 함께 그곳에 도착하였을 때에는 음식 내음이 온 궁궐을 휘감고 있었다. 볕 좋은 마당에 왕의 자리가 마련되어 있고, 그 자리와 많이 떨어진 곳에 악사의 자리가 정해져 있었다. 우륵은 가져온 가야금을 가방에서 꺼내기 전, 상석上席 가까이 가기를 청하였으나, 병사들은 그것을 허락하지 않았다. 그는 어떻게 진흥에게 다가갈 수 있을지를 궁리했지만, 마땅한 방법이 얼른 떠오르지 않았다.

우륵이 가야금 조율을 끝내고 생각에 잠겨있을 때, 진흥이 성주와 함께 나타났다. 병사들이 왕의 앞으로 도열하고, 호위무사가 왕의 지척에 섰다. 우륵은 진흥을 보았다. 옆에 앉은 성주와 이야기를 나누며, 왕은 호기롭게 웃었다.

'뱀 같은 놈.'

눈에서 불이 솟아오르고, 가슴에 불덩이 같은 파도가 끓어오르기 시작했다. 국원에 온 이후에도 내내 선무도로 평상심을 잘 지켜왔고, 궁에 도착할 때까지도 담담했건만, 막상 진흥을 면전에서 보자 마음이 열길 바닥으로 곤두박질 쳐댔다. 사린이 사라진 이후의 시간들이 찰나적으로 축약된 채 그의 머릿속을 어지럽혀 가슴이 벌름거렸다. 손끝이 타 들어 오는 듯도 하였다.

'우륵아, 마음을 가지런히 하거라.'

아버지의 말 같기도 하고, 할머니의 말 같기도 한 얘기가 뒤쪽 어딘가에서 들려왔다. 고개를 돌려 돌아보았지만, 우륵의 뒤엔 그들이 없었다. 다시 정면을 바라보자, 성주가 연주를 채근하는 눈으로 그를 보고 있었다. 마당 한구석에선, 니문이 그를 놓치지 않고 보며 마음을 졸이고 있었다. 그녀는, 어떻게 하면 이 파국을 막아낼 수 있을지도 몰랐고, 막상 우륵이 계획하고 있는 그 사건이 터지면 무얼 어떻게 해야 할지도 몰랐다. 그렇다고 우두망찰 집에 혼자 남아있을 수도 없었다. 니문은 다만, 천지신명이 도와 아무 일도 일어나지 않기만을 바랄 따름이었다.

후우웁, 후우. 우륵은 숨을 깊이 들이켰다 내뱉고 나서, 가야금에 두 손을 올렸다. 눈을 지그시 감자, 첫 대면하던 사린의 모습이 떠올랐다. 그녀가 혀를 쏙 내밀어 보였다. 그의 감은 눈가에 살포시 웃음이 배어나면서 연주가 시작되었다. 새로운

'가야의 봄날'이었다. 기본 가락은 그대로이되, 감정은 상당부분 절제되어 단아한 느낌이 흘렀다. 진흥은 금새 음악에 몰입했고, 자주 눈을 감고 가락에 빠져들었다 빠져나왔다를 거듭했다. 귀에 익은 듯한 가락이었다. 우륵은 자주 진흥에게 달려들 기회를 노렸지만, 멀리 떨어진 왕과의 거리는 물론, 위용 있게 버티고 있는 호위무사와 병사들이 그 어떤 빈틈도 허락하지 않았다.

어느 새 연주가 끝났을 때, 진흥은 그를 유심히 보았다. 우륵은 마음을 다잡으려 고개를 숙였다.

"가야 사람이라 하였느냐?"

진흥이 물었다. 그는 왕을 똑바로 보며 답했다.

"가야 사람 우륵입니다."

"우륵이라…… 가락이 참 좋다."

"극찬해주시니 고맙습니다."

"이곳에 살고 있느냐?"

"국원의 호숫가에 살고 있습니다."

"잘 되었다. 내, 백제 고구려와 멀지 않은 이 국원 소경을 더 키우고 더 자주 거동할 생각이다. 올 때마다 그대를 찾을 것이니, 이곳에 계속 머물면서 그대의 악樂을 보전하고 있으라."

우륵은 다시 한번 왕을 찬찬히 보았다.

원수를 지척에 두고 아무것도 할 수 없는 무력감과, 일단 또 한 번의 기회를 얻었다는 안도감이 교차했다. 그러나 그 순간, 진흥이 그윽한 눈으로 그를 바라보며 어떤 구상을 하고 있는지는 알 리가 없었다. 사린을 그곳으로 데려와, 그녀와 나란히 가야 악사의 연주를 듣겠다는 생각을 한다는 것도, 그 가락에 감동받을 사린의 얼굴을 상상한다는 것도.

"또 한 가지 생각이 있다."

"듣겠습니다."

"내, 계림으로 돌아가는 대로 궁중의 악사들을 그대에게 보내겠다. 그대의 좋은 연주를 전수해줘, 신국의 악이 더 융성할 수 있도록 도와다오. 그리 해줄 수 있겠느냐?"

우륵은, 계림의 궁궐로 데려가 달라고 말하고 싶었지만, 진흥이 그런 생각이라면 이곳에 계속 머무는 것도 방도라는 생각이 들었다.

"기회를 주심에 감읍 드립니다."

"그들의 연주가 무르익을 즈음, 내 다시 이곳을 찾을 것이야."

잘 궁리하여, 후일에는 반드시 복수를 실행할 수 있는 방안을 찾아내리라 생각하며, 우륵은 하림궁을 물러났다. 대문을 벗어나자, 일시에 힘이 쑥 빠졌다. 줄곧 우륵을 지켜보며 용을 썼던 니문 역시, 후들거리는 다리를 추스르며 그의 뒤를 따랐다.

✻ ✻

사린은 기진맥진해져 갔다.

속을 도려내는 진통 속에서, 그녀는 지쳐가고 있었다. 그러나 멈출 수도 없었다. 뭍에서 온 산파産婆가 힘을 더 주라고 외쳐댔다. 사린은 반사적으로 힘을 주면서 연신 비명을 질러댔다. 우륵이 환장하게 보고 싶었다. 그의 이름을 미치도록 부르고 싶었다. 그러나 그 와중에도 그녀는 우륵의 이름을 부르지 않았다.

'이겨내리라. 다 이겨내리라.'

사린은 그렇게 다짐하고 또 다짐하며 거푸 힘을 주었다. 땀은 비 오듯 쏟아지고, 천을 붙잡은 팔엔 점점 힘이 빠져가고 있었다. 산파가 또 한 번 외쳐댔다.

"한 번 더, 한 번만 더! 나온다, 나온다……."

그리고 그녀는 혼절했다.

아무 소리도 들리지 않고 아무것도 보이지 않는, 깊고도 깊은 나락으로 한없이 빠져 들었다. 돌개바람 같은 소용돌이가 오래 계속되었다. 그리고는, 한 여인이 한 줄기 가느다란 빛 속에 서서 그녀를 밀어냈다. 화가 나있는 것 같기도 하고 조급한 표정인 듯도 하였다. 누구지? 그 와중에도 그런 생각이 들었지만, 그녀가 우야라는 사실을 사린이 알 수는 없었다.

그녀가 다시 눈을 떴을 때, 방 안에는 대나인 황숙이 초조한 낯으로 그녀를 지켜보고 있었다. 그녀는 아기를 찾았지만, 아기는 그곳에 없었다.

"따님을 생산하셨습니다. 그러나, 아기는 죽었습니다."

'아기가 죽다니. 내 뱃속에서 꼼지락거리며 살아있었는데, 내 아기가 왜?'

"숨을 쉬지 못하였습니다. 악혈惡血에 이미 기도가 막혀 있었다 합니다."

황숙의 설명이 믿어지지 않았다. 그러나 아기의 주검은 이미 바다용왕에게 바쳐진 다음이었다.

'아가야, 미안하다. 모든 게 못난 어미의 불찰이다.'

그녀는 울고 또 울었지만, 죽은 아기는 돌아오지 않았다. 우울하고, 죽고 싶은 마음뿐이었다. 황숙이 밤낮없이 곁을 떠나지 않고 그녀를 구완하였지만, 사린의 심신은 날로 쇠약해져 갔다. 젖을 짜낼 때마다 아기의 죽음이 가슴에 사무쳐왔다. 그러나 그대로 죽을 순 없었다. 미역국이 더 자주 나왔으며, 약제까지 달여지기 시작했다. 그녀는 토해 내면서도 그 약을 꾸역꾸역 마셨다. 우륵을 만나서 아기가 죽은 경위를 말해야 했다. 아기를 얼마나 그리워할 텐데, 얼마나 보고 싶어 할 텐데…….

한 달이 지나, 그녀는 자리를 털고 나와 황숙과 마주앉았다.

"고생을 시켜서 죄송합니다."

"도리를 했을 뿐입니다."

"물어볼 것이 있습니다. 이제 나는 어찌 되는 건가요?"

"저도 알지 못하는 일입니다, 공주님."

"나는 공주가 아닙니다. 나라가 망하였는데, 어찌 공주가 있을 수 있겠습니까. 더군다나 뱃속의 아이까지 잡아먹은, 형편없는 인간입니다. 대나인보다도 미천하고 훨씬 못난 인간입니다."

사린은 힘껏 일어나 황숙 앞에 무릎을 꿇었다.

"대나인, 나를 좀 살려주십시오."

"이러시면 큰일납니다, 공주님."

황숙이 놀라 그녀를 일으켜 앉혔다. 그녀가 사린의 손을 가만히 잡았다. 처음 있는 일이었다.

"공주님 힘드신 거, 모를 리가 있겠습니까? 조금만 더 참아보소서. 머지 않아 이 섬에서 나가게 될 것입니다."

"어디로, 어디로 가게 되는 겁니까?"

"어디로 가는지는 저도 궁금할 따름입니다. 허나, 어쨌든 이곳을 벗어날 것이오니, 마음을 둥글게 가지시고 기다리시는 것이 상책이라 여깁니다."

다음 날부터, 사린은 운동을 이유 삼아 사립문 밖 출입을 나섰다. 대나인과 병졸들이 말렸지만, 그녀는 그들을 안심시키고 함께 걸으며 감시토록 했다. 첫날은 집 가까운 곳만 걸었지만, 차츰 그 멀리까지 나아갔다. 그곳은 하천이 바다로 유입되는 경계지역이라 물살이 조급하고 드세었다. 볕 좋은 날엔 뭍이 보일 정도였으나, 부근을 지나는 배는 전혀 보이지 않았다. 더군다나, 군사들은 정예요원인 듯 눈빛이 빛났다. 모든 조건이 그녀의 발을 붙잡았지만, 그래도 그녀는 섬에서 탈출할 방도가 없는지 살피고 궁리하였다.

✳ ✳ ✳

아기는 계림에 있었다.

공주의 해산이 임박하기 전부터, 진흥은 아기를 계림으로 데려와 줄 것을 태후에게 당부했었다. 아기와 같이 두면, 자신에 대한 공주의 마음은 더욱 굳게 닫힐 것 같아 두려웠고, 또 곁에 두고 아기가 커가는 모습을 직접 보고 싶기도 했다. 나중에, 공주와 혼인을 하고 자신의 아이를 셋쯤 낳은 다음에, 그는 그 아기의 존재를 공주에게 알려줄 참이었다. 그때는 이미 지금의 어떤 상황도 되돌릴 수 없을 것이기에. 또, 죽은 줄만 알았던 아이가 살아서 버젓이 나타나면, 세상의 어느 어미가 기뻐하지 않겠는가. 아이가 어떻게 살아있었는지, 어떻게 찾아냈는지는, 그때 가서 적당히 둘러댈 요량이었다.

마침내 공주의 아기가 계림으로 오자, 그는 곧바로 무력에게 아기를 맡겼다. 태후의 조언에 따라 충근도 그 사실을 알지 못하게 철저히 비밀을 유지했다. 무력은 그 아이의 정체를 자신이 밖에서 낳아온 자식이라 하며 가솔들까지 입단속을 시켰다. 공주의 딸은 아직 갓난아기임에도 불구하고, 그 어여쁘고 사랑스런 얼굴이 공주 못지않았다. 거듭, 진흥은 몰래 데려오길 잘했다 싶었다.

공주가 생각나는 밤마다, 그는 무력의 집으로 향했다. 그 궐밖 나들이에 함께 데려가고 싶지 않았지만, 충근은 자신의 호위를 위해 어쩔 수 없었다. 그에게는 무력의 아기가 고모인 공주와 닮았다 하여 보러 간다 했고, 또한 볼수록 그녀와 생김이 닮아 자주 가게 된다며, 무력의 안방에서 자연스럽게 아기의 얼굴을 보았다.

미루고 싶은 마음도 있었지만, 진흥은 예정대로 국경 순행에 나섰다. 아기와 멀리 있고 싶지 않은 마음보다는 나라의 일이 먼저였다. 사실, 진흥의 국경 순행은 고구려를 안심시키려는 신라의 술책이었다. 그가 국원에 머물며 우륵의 연주에 취할 즈음에, 이사부는 백제와 연합해 고구려의 한강 유역을 공격하였다. 방심하고 있던 고구려가 대패大敗하면서, 신라는 한강의 상류 지역을 취하고, 백제가 그 하류 지역을 취하게 되었다. 거기다, 공주가 좋아하고도 남을 가야 악사까지 만나게 되다니. 진흥은 그 순행에 흡족했다.

그런데, 아기가 없어지다니.

진흥이 순행에서 돌아온 그 밤, 승전의 후속 보고보다 먼저 받은 것은, 공주의 아기가 사라졌다는 것이었다. 무력이 참담한 얼굴로 침소에 급박히 나타나, 정황을 아뢰었다.

"마마, 소인을 죽여주시옵소서."

"무슨 일이더냐?"

"한밤중에 자객이 들어 유모를 죽이고 아기를 취해 달아났습니다. 백방으로 알아보았으나, 누구의 소행인지 끝내 밝혀내지 못하였습니다."

"너희 식솔 중에 정보를 흘린 자가 없었느냐?"

"소인, 목숨을 걸고 그런 일은 없었음을 맹세합니다."

진흥은 황망하였다. 자주 아기가 생각났지만, 마음을 잘 다독이며 순행길에서 돌아왔는데, 그 아기가 사라져버린 것이었다. 이 무슨 천지가 개벽할 일인가 싶었다. 당장 무력의 목에 칼

을 겨눠, 가려진 진실을 실토하게 만들고 싶은 마음이 뭉클뭉
클 거렸다. 그러나 그 순간, 그는 공주의 '스승'이란 자를 죽이
고 후회했던 자신을 떠올렸다. 치미는 화를 냉철하게 다스리며
하나씩 차근차근 생각해보자고 마음먹었다. 그렇게 스스로를
추스르면서, 머리를 바닥에 처박고 있는 무력의 목에 칼을 겨
누고 싶은 충동을 가누었다.

'혹여, 충근의 소행은 아닌가.'

하지만, 진흥이 기억하는 한, 무력의 집은 물론 그 어떠한
곳에서도, 그 아기가 공주의 딸이란 낌새를 충근이 감지할 수
있게 한 적은 맹세코 없었다. 더군다나, 충근은 순행길에도 내
내 진흥의 곁을 떠나지 않고 밤낮없이 그를 호위했었다. 몸이
둘이 아닌 이상, 아기를 취할 수는 없었다. 아아, 대체, 누가 무
엇 때문에 사린의 아기를 취해 달아났단 말인가. 궁궐이나 장
안의 어느 누구도 모르게 한 일을 알아낸 점이나, 감히 왕이 맡
긴 아기를 데려간 사실이나, 범부凡夫가 함부로 할 수 있는 일
은 아니었다. 그의 당황스런 마음을 보여주며 논의할 수 있는
사람은 태후뿐이었다.

"어찌 그런 일이 일어날 수가 있단 말이요?"

그러나 그녀도 아는 바가 없었고, 난감한 표정으로 진흥을
볼 따름이었다.

"누구 의심이 가는 사람은 없습니까? 대제와 같이 순행길에
있었던 충근일 리는 없고⋯⋯."

"한 사람이 있긴 합니다만⋯⋯."

"누구입니까?"

"아무래도 왕후가……."

"대제, 아무런 증거도 없이 왕후에 대해 그렇게 함부로 말하면 안 되지요. 아니할 말로, 가야의 누군가가 그 아기를 훔쳐갔을 수도 있지 않습니까. 처음부터 찬찬히 되짚어 보고 빠짐없이 잘 살펴보도록 하세요."

어디서부터 누구에게로 아기의 정보가 새어 나갔는지 알아내어야만 했다. 진흥은 우선, 우륵과 약조한 대로 궁중악사들을 국원으로 파견토록 조처했다. 그러고나서, 아기를 계림으로 데려올 때부터 그 아기를 보러 야행했던 시간들까지, 아기와 관련된 모든 경과를 차분히 생각하고 또 생각했다. 그러나 알아낼 수 있는 건 아무것도 없었다.

어지러운 진흥의 심기를 잡아준 것은, 급박히 돌아가는 정사政事였다.

이사부는 장군들의 의견을 수렴해, 백제가 취한 한강 하류 지역까지 이참에 차지하자 하였다. 백제의 뒤통수를 치는 격한 전투를 각오해야 하는 일이기에, 반대 의견 또한 만만치 않았다. 몇 날 며칠의 갑론을박과 구체적인 작전 논의를 거쳐, 진흥은 이사부의 전략을 윤허했다. 이사부는 더 치밀한 작전과 만반의 준비를 갖춰 그 땅을 기습하겠노라며 강한 자신감을 내비쳤다. 진흥은 백제와의 그 결전을 위해 가야에서 더 많은 철과 군량미를 거둬들이라 명했다.

그 논의가 마무리될 즈음, 느닷없이 독수리 비가 죽었다.

그가 혼인할 때 장인 되는 사도의 부친이 서역으로부터 구해다 준 선물이었다. 이미 훈련된 새라 그를 잘 따랐고 그의 성품과도 잘 맞아 항상 어여삐하였으며, 돌보는 충근 역시 친구처럼 좋아했다. 알 수 없는 자의 독화살에 맞아 죽었다는 말과 함께 죽은 비를 보았을 때, 진흥은 다시 마음이 혼란스러워졌다. 누군가가 자신의 일거수일투족을 꿰차고 있는 것 같기도 하고, 매양 그의 뒤통수를 겨냥해 화살을 겨누고 있는 것 같은 기분이 들기도 했다. 그리고 죽은 비를 안고 슬피 우는 충근을 보며, 공주의 아기가 없어졌을 때부터 혹시나 하고 그를 의심했던 자신이 미안해지기도 하였다.

다시 심기를 달랠 필요가 있었다.

진흥은, 계림 동쪽에 터를 잡은 새로운 궁궐을 사찰로 고쳐 짓는 문제를 끄집어냈다. 이전에, 궁중 점사占師는 그곳의 기운이 지나치게 세다 하였다. 그래서 궁궐을 짓기보다는 사찰을 지어 기운을 눌러 주어야 한다 했고, 많은 신하들이 그의 말에 동조했다. 진흥이 이 문제를 거론하자, 신하들은 정확하게 둘로 나뉘었다. 사찰을 지어 날로 뻗어가는 신국의 국력을 더 융성하게 만들어야 한다는 주장과, 이미 준비가 시작된 공사를 중간에 바꾸는 것은 그 또한 국력 낭비임은 물론, 사찰이 궁궐에 앞서는 좋지 않은 선례를 남긴다는 주장이 팽팽했다.

그곳에 궁궐을 짓자고 처음 주창한 사람은 태후였다.

그녀가 아무리 정사를 놓았다 하더라도, 그로서는 그녀의 의견을 완전히 무시할 순 없는 입장이었다.

"대제의 뜻대로 하세요."

그가 태후의 의견을 구했을 때, 그녀의 대답은 간단했다. 모든 것을 그에게 일임한다고 하였다. 진흥은 계속해서 여러 사람들의 의견을 들으면서, 공주를 향한 그리움과 잃어버린 아기에 대한 어지러운 마음을 달래갔다.

충근에게 그 일은 악몽과도 같았다.

진흥이 갑자기 무력의 집으로 야행하기 시작했을 때, 그는 대제를 연민의 눈으로 바라보았다. 공주가 얼마나 그리우면 저리 할까 싶었고, 어쩌면 대제의 마음이 자신의 마음인 것도 같아 그를 더 잘 지켜주고 싶었다.

그런데, 그게 아니었다. 어느 밤, 시간이 너무 오래 지체되고 있어 무력의 안방으로 소리 없이 다가갔을 때, 듣지 말았어야 할 진흥의 말을 그는 듣고 말았다.

"이 아이의 이름을 사린이라 하면 어떨까 하오. 어미의 이름을 그대로 쓰는 경우는 예로부터 간혹 있어온 일 아니겠소?"

'어미의 이름을 그대로 쓰다니.'

공주의 딸임을 명백하게 알려주는 말이었다. 밀려오는 배신감에 가슴이 떨려왔다. 저 아이가 공주의 딸이라면, 그렇다면, 공주도 어딘가에 살아있다는 것이 아닌가. 이 무슨 첩첩산중의 돛배 같은 얘기란 말인가. 더군다나, 공주와 그 아이에 대한 모든 것을 자신에게 비밀로 하였다는 것은, 대제가 그를 믿지 못하고 있음을 여실히 가르쳐주고 있었다. 충근은 이 끔찍한 일을 대체 어떻게 풀어야 할지 갈피를 못 잡은 채 막막해 했다.

그 즈음엔, 대제의 국경 순행이 코앞에 있었다.

어떤 연유로 공주가 살아있으며 또한 아기까지 낳아 무력에게 맡겨졌는지를 알아보기보다는, 해결책부터 찾아내려 했다. 허나, 생각할수록 공주가 죽었다는 거짓에서부터 아기의 존재까지 자신을 완벽하게 속인 진흥에게 배신감만 부글부글 끓어올랐다. 그가 당장 행동으로 옮길 수 있는 방책은 아무것도 없었다. 하는 수 없이, 공주의 아기가 무력의 집에 있다는 사실을, 그는 다시 왕후의 나인에게 고스란히 흘렸다.

순행에서 돌아왔을 때, 아기는 흔적도 없이 사라지고 없었다. 왕후가 깨끗하게 처리해주었음이 자명했다. 그러나 아기를 찾아오라 고함지르는 진흥의 얼굴은, 이미 그가 보아온 군왕의 얼굴이 아니었다. 그가 목숨 바쳐 호위하고 사랑해온 신국의 왕은 그래선 아니 되었다. 도무지, 끓어오르는 마음을 진정시킬 방안이 없었다. 아예, 진흥을 붙잡고 물어보고도 싶었다. 자신이 왜 그토록 완벽하게 속고 있어야 하는지 따져보고 싶은 마음이 불같이 일었다. 그러나 한마디도 물어볼 수 없는 자신의 입장이 더욱 화나고 슬펐다. 그것은 믿고 존경하는 주군에 대한 혐오인 동시에, 자기 자신에 대한 연민이기도 했다.

그대로 참고 있을 수가 없었다. 그는 부글대는 마음을 재우지 못하고, 왕이 총애하는 독수리 비에게 독화살을 날렸다. 워낙 강하고 빠른 독이라, 비는 소리 한번 지르지 못하고 그 자리에서 즉사해버렸다. 그렇게라도 하지 않았다면, 그의 화살에 누가 쓰러져 나갔을지는 자신도 알 수 없는 일이었다. 그러나 그 밤의 끝자락에 이미 후회가 밀려왔다. 다음 날 죽은 비를 안고 흘린 그의 눈물은 연기가 아닌, 진심이었다. 그럼에도, 대제를 향한 배신감은 가라앉지 않았다.

그것은, 핏빛 진하고도 슬픈 상처로 그의 가슴속에 옹골차게 똬리를 틀어갔다.

그 날 하림궁에선

*

호수 부근의 집 마당으로 가장 먼저 들어선 악사는 법지法
知였다.

계림에서 교분이 있었던 터라, 우륵은 그를 금방 알아보고
반가워했다. 그는 우륵에게 배우기를 자청하였다 말하며, 함께
온 계고階古와 만덕萬德을 소개했다. 모두 우륵과 연배이거나
젊은 나이인데도, 계고는 법지와 같은 대나마大奈麻였고, 만덕
은 대사大舍로 모두 11등급 이상의 관등을 가지고 있었다. 성
주의 명으로 병사들이 집을 더 넓게 확장시켜 주었음에도, 세
사람이 들어오자 집 안이 그득 했다. 계고가 세 사람 중 가장
선임이었고, 또한 가장 깐깐한 인상이었다. 남장 차림의 니문은
그들 앞에서 더 열심히 우륵을 '스승님'이라 불렀다.

우륵은 세 사람의 재능을 살피고 또 그들 각자와 의논했다.

그 결과 세 사람 모두에게 가야금 연주를 전수하면서, 계고
는 가야금을 집중적으로, 법지는 가야의 창唱도 익히게 했고,
춤을 좋아한다는 만덕은 니문으로 하여금 가야의 춤도 익히게
했다. 우륵은, 자신이 지은 가야금 열두 곡과 가락을 가르쳤고,
니문은 그동안 익힌 춤사위를 전해주었다. 세 사람 모두, 거문
고는 물론 창과 춤에도 능한 악사들인지라 배우는 정도가 빠

르고 정확했다. 그리고 그들의 어우러짐이 하도 풍성하고 유려해, 근방 민가의 사람들이 마당까지 들어와 구경을 하는 일도 있었다.

"저희는 잠시, 하림궁으로 물러가 있겠습니다."

그런 날들이 계속된 어느 밤, 선임인 계고가 우륵의 방을 찾았다. 지내기가 불편하냐는 우륵의 물음에 계고는 고개를 저었다. 뜸을 들여 그는, 우륵에게서 배운 것들을 대제께 들려드리고 보여드리기 위해, 정리할 시간이 필요하다고 했다. 대제가 듣기 편하도록 곡을 신국의 분위기로 가다듬을 필요가 있다는 것이 그의 생각이라며, 양해해줄 것을 당부했다. 그렇게 하여, 신라의 세 악사는 하림궁으로 이동했다. 워낙 악樂에 능한 사람들이니, 잘 알아서 정리할 것이라 믿고 우륵은 신경 쓰지 않았다. 그는 그동안 어수선해진 집 안팎을 정리하고, 그들이 오면서 멈춰야 했던 무예에 더 공을 쏟으면서, 호위하는 병사들을 헤치고 진흥에게 더 가까이 다가갈 수 있는 방도를 궁리했다.

세 악사들이 다시 돌아왔다.

그러나 그들이 정리된 곡을 연주하였을 때, 우륵은 어이가 없었다. 계고가 말한 양해는, 우륵이 생각했던 선을 훨씬 넘어서 있었다. 계고는, 우륵의 열두 곡이 감정을 지나치게 담고 있어 번잡하다며, 그 열두 곡을 신라풍의 아정한 다섯 곡으로 줄였다 하였다. 법지가 따로 설명하기를, 그와 만덕은 처음에 반대하였으나, 계고의 말처럼 해야만 우륵의 곡들이 신라의 곡으로 자리 잡을 수 있을 듯하여, 그렇게 하기로 하고 함께 작업을 해나갔다 했다. 니문도 할 말을 잃고 연신 우륵의 안색만 살피고 있었다. 얘기가 끝나자, 그들은 서둘러 하림궁으로 되돌아 갔다.

우륵의 마음속에 분노의 파도가 들뛰고 곤두박질쳤다. 그것은 자신의 작품이 갈래갈래 찢어지는 아픔이기도 하였고, 자신의 혼이 핏빛으로 물드는 슬픔이기도 했다. 가야의 산하와 가야인들의 풍속이 살아있는 열두 곡의 축소와 왜곡은 바로 '가야'의 현실과 이어지는 것이기에, 마음이 형형할 수 없을 만큼 답답했다. 술이라도 마시지 않으면 가슴이 터져버릴 것 같았다. 안방에 술상을 마련하고, 그는 니문과 대작했다. 그녀와 마주앉아 술을 마시는 것도, 니문이 연거푸 그에게 술을 달라고 한 것도 처음 있는 일이었다.

몇 잔이 오고가자, 니문이 목청을 높여 비분강개했다. 그녀가 울분을 토하면서 그가 할 얘기를 대신해주자, 우륵은 오히려 차분해지면서 정리가 되어짐을 느꼈다. 마음이 더 단단해지고 있었다.

"니문아, 이겨내야 한다. 원래, 하나를 얻으려면 하나를 잃어야 하는 법."

"그동안 잃은 게 얼마나 큰데, 얼마나 많은데, 이것까지 잃어야 합니까. 이해할 수가 없습니다, 참을 수가 없습니다."

"법지의 말을 듣지 않았느냐?"

"아정한 신라의 곡으로 살려준다? 하아, 왜? 누가 그걸 원했답니까?"

대체 누구 마음대로 가락을 난도질하냐며, 니문은 울분을 쏟았다.

"그래야 진흥을 다시 만날 수 있으니까."

그녀가 할 말을 잃고 우륵을 바라보았다.

"그자가 좋아하도록 곡을 고쳐야, 다시 이곳으로 불러올 수 있으니까."

니문의 눈에 눈물이 배어나오고 있었다.

"그래야 내가, 그 더러운 원수를 다시 만날 수 있으니까."

니문의 눈에 속절없이 눈물이 흘러내렸다. 우륵은, 자신이 가고 있는 생각의 길에서 돌아와 그녀의 눈물을 바라보았다. 그녀가, 흐르는 눈물을 내버려둔 채 그에게 물었다.

"죽는 게 그렇게 소원입니까?"

"죽는 게 아니다, 되돌려주는 것이지."

"무엇을요? 무엇을 되돌려 주는 건데요?"

니문이 악을 썼다. 그러나 우륵은 여전히 담담했다.

"그가 우리에게 저지른 모든 것."

"되돌려 주고나면, 그 다음은요?"

"그걸로 끝이지, 그 다음은 없다."

"그렇게 끝내고 죽는 거, 공주님이 정말 원하는 거라고 생각합니까? 아재는요? 아재는 복수를 바라고 죽었냐고요!"

"원하든 원치 않든, 그건 중요한 게 아니다."

"형은 정말 어리석어요."

"니문아."

"형이 죽고 나면 세상은 아무 의미가 없는 건데, 왜 형은……."

"지금 이 순간도, 나한테는 아무 의미가 없다. 내가 살아있어야 할 이유는, 오직…… 그거 하나 밖에 없다."

우륵은, 가던 생각의 길로 다시 되돌아갔다.

'나는? 나는 어떡하라는 말이야!'

목구멍까지 치솟는 말을 니문이 술로 쓸어내린다는 것을, 그는 알지 못했다. 술병을 든 채, 우륵은 남은 술을 목구멍 안으로 부어넣었다. 니문이 제 방으로 가버린 후에, 그는 부엌의 독에서 술을 더 퍼왔다. 그러나 아무리 마셔도 취기가 느껴지지는 않았다.

다음 날 아침.

영윤이 우륵을 깨웠다. 흠륭에 더해, 세 명의 무사가 더 그녀의 뒤를 지키고 있었다.

"계림에서 이곳으로 갔다는 전언을 받았습니다. 아무 연락 없이 오면서 혹여 만나지 못하면 어찌하나 싶었는데, 이곳에서도 명성이 얼마나 자자한지 쉽게 찾았습니다."

우륵은 예정보다 앞당겨진 출발에 대해 묻지 않았다. 그만한 연유가 있을 것이라 짐작할 뿐이었다. 대신, 떠날 준비는 다 되었는지를 물었다.

"짐은 가을포를 향해 출발했습니다. 전에 우산국으로 가주었던 배가, 그 짐을 옮겨 싣고 우리를 기다리기로 되어 있습니다. 나 역시 이곳에 며칠 머물다 바로 가을포로 향할 예정입니다. 그러면, 가야와도 영영 이별이지요."

말끝에 한숨을 쉬는 그녀의 모습이 가슴을 아릿하게 해와, 우륵은 그녀의 뒤에 서 있는 무사들에게 시선을 돌렸다. 그녀가 우륵의 시선을 따라가며 말했다.

"연남에서 아버지가 심복 무사들을 보내왔습니다. 원래는 내가 가야에서 뽑아 보낸 가야의 뛰어난 무사들이지요. 타국에서 교역을 처음 열 때나 또 철수할 때에는 짐이나 사람에게 위험한 일이 빈번하다 보니 여식의 안전을 걱정해 보내신 듯합니다. 모두 조용히 지낼 것이니, 며칠 함께 머물다 가도 괜찮겠습니까?"

"괜찮다마다요."

우륵은 답하고, 머물던 악사들이 하림궁으로 돌아가 다행이라고 덧붙였다. 점심 후부터는, 니문과 흠륭이 둘이서만 있을 수 있도록, 우륵이 자리를 만들었으나 니문은 한사코 피했다. 그러자, 저녁을 먹으러 모인 자리에서 흠륭은 우륵에게 자신의 서역 고향으로 니문을 데려가고 싶다고 말했다. 제법 또박또박 말하는 품을 봐선, 많이 연습한 듯 보였다.

"누구 마음대로?"

가만히 있을 니문이 아니었다.

"그리고, 내가 왜 당신 고향엘 가?"

"혼인하러."

니문이 어이없어 하는 표정으로 말을 받았다.

"이보세요, 무사님. 혼인이라는 건, 두 사람 모두 그렇게 하기로 약조해야 가능한 겁니다. 아시겠습니까?"

그녀의 입에서 불이 뿜어져 나오고 있었지만, 흠륭은 그녀의 화기에 아랑곳하지 않았다.

"약조? 했다."

"언제?"

그가 그녀의 손가락을 가리키며 말했다.

"반지."

그녀가 또 한번 어이없다는 표정을 지었다. 그녀의 손가락엔 가락지가 없었다.

"선물이라며?"

"선물 맞다."

"그래, 선물이라면서 무슨……."

"혼, 인, 선물."

어이없어 하는 니문의 얼굴을 보며 모두가 웃었다. 흠륭도 덩달아 웃었다. 니문은 웃고 있는 우륵을 째려보다가, 제 방으로 뛰어들어가 문을 잠그고 바닥에 주저앉았다. 처음, 흠륭이 그녀에게 물을 달라고 했을 때부터 그가 싫은 것은 아니었다. 건장한 체구만큼 표정도 말도 행동도 믿음직스럽고 어여쁜 데가 있었다. 무엇보다도, 의지가 될 만한 사람이었다. 늘 남자처럼 행동하지만, 그녀도 다른 누군가에게 기대고 싶고 가슴속 이야기를 털어놓고 싶었다. 그래서 그의 가락지도 마지못한 척 받았었다. 그러나 사린이 사라지고, 더욱이 우산국에서 사린의 무덤을 확인하면서, 흠륭에 대한 그녀의 호의는 원점으로 되돌아갔다. 다시, 니문의 마음속엔 우륵뿐이었다. 게다가 그녀는 거사 앞에 있는 우륵에게 힘이 되어줘야 했다. 그의 결심을 되돌릴 순 없지만, 끝까지 함께 있어줘야 했다. 간절히 그러고 싶었다. 아니, 할 수만 있다면 그의 마음을 되돌려 영원히 그의 곁에 있고 싶었다.

그녀의 매몰찬 반응에도, 흠륭은 니문이 가는 곳이면 어디든 따라 붙었다. 우륵과 영윤은 그들의 모습을 보며 한숨 섞인 미소를 지었다.

'이 사람들을 두고 떠나야 하는가.'

순간순간, 유혹이 우륵의 마음을 잡았다. 그때마다, 그는 진흥에게 접근할 수 있는 방도를 더 열심히 궁리하며, 그자가 빨리 국원에 나타나기만을 학수고대 했다. 꿈에라도 제발 나타나주기를 간절히 빌었으나, 사린은 꿈에서조차 보이지 않았다.

✳ ✳

하림궁에서 다시 전갈이 왔었다.

스스로 주문해 두었던 초대를 접하고 재차 국원으로 향할 때, 진흥의 마음은 착잡했다. 아기를 잃어버린 것도 심히 마음에 걸렸고, 그가 계획해놓은 혼인도 염려되었다. 그는 공주를 국원으로 이동시키면서, 그곳에서 아예 혼인을 올리기로 작정하였고, 태후에게도 그리 할 수 있도록 준비를 당부해 두었다.

그러나, 한편으로는 자신의 조급함이 공주의 마음을 더 단단히 닫아버리는 불씨가 되지 않을까 은근히 걱정되었다. 아기를 잃어버렸다는 사실 또한, 그에게서 공주와의 혼인에 대한 자신감을 거두어 갔다. 그래도 우륵이라는 자의 가야금 연주가 기다리고 있기에, 그는 기꺼이 달리는 말에 박차를 가했다.

국원에 도착하자, 먼저 계고 일행의 악樂이 그를 반겼다.

가야금 연주와 노래와 춤이 어우러진 그들의 가락은, 진흥이 반길 만한 신국의 음악 그 자체였다. 그들의 곡은, 공주를 처음 보던 그날의 분위기가 살아있으면서도, 고상하고 정제된 신국의 정취가 물 흐르듯 유영하고 있었다. 탁월하고 흡족했다.

연주가 끝났을 때, 진흥은 그들의 다섯 곡을 신국의 대악大樂으로 하라 명했다. 계고와 일부 신하들이 가야의 망국악亡國樂을 신국의 궁중악으로 취하는 것은 무리라고 간하였지만, 그는 대제로서의 고집을 꺾지 않았다.

"악樂이 무슨 죄가 된단 말이오. 대개의 악은 인정人情에 연유하고 법도를 지키도록 만든 것이니, 나라의 다스림과 어지러움이 그것으로 유래되는 것은 아니라 생각하오. 그리고 그 다섯 곡을 누가 만들었소? 그대들, 바로 우리 신국의 궁중악사들이 만들지 않았겠소? 이 곡들을 새로운 기준으로 삼아, 앞으로 우리 대악에 참신한 바람을 일으키도록 하시오."

그는 우륵에게 이 소식을 얼른 전하게 하고, 다음 날 미시에 그의 가야금 연주를 듣겠다 하였다. 계고 일행의 연주가 한창일 때 사린이 하림궁에 도착했단 소식을 전해들은 직후였다.

'공주가 그곳에 제때 도착하도록, 대나인이 빈틈없이 챙길 것이오.'

다독이는 듯한 웃음까지 지어보이며 그렇게 말하던 태후의 모습이 잠시 그의 머리를 스쳐지나가면서, 그는 혼잣말로 물었다.

"공주, 내가 보낸 서찰은 잘 받아 보았소?"

하림궁의 거처에 들면서, 사린은 분명히 바람결을 타고 오는 가야금 소리를 들었다. 반가운 소리였으나, 경황 중에 소리는 금방 끝나버렸다.

"신국의 궁중악사들이라 합니다."

황숙이 하림궁의 사정을 읽어주었다.

"신라는 거문고를 타지 않던가요?"

"그러하나, 대제께서 가야금 소리를 좋아하셔서 준비된 자리라 합니다."

"그럼, 대제가 지금 저 가야금 소리를 듣고 있다는 말입니까?"

"그러합니다. 대제께서 이 궁에 행차하셨습니다."

그제야 사린은 전후 사정이 이해되었다. 긴 한숨이 새어 나왔다. 출발하기 며칠 전, 진흥의 서찰을 받긴 했었다. 쾌유를 비는 기원과 함께, 시간이 갈수록 더 커져가는 연모의 마음을 호소하고 있었고, 조만간 지내기 편안한 거처로 옮기게 될 것이라는 내용이 담겨 있었다. 사린은 편지를 갈기갈기 찢어 남몰래 아궁이 불에 던지며 혼잣말했다.

"그날, 수로로 들어가기 전 그의 목간을 이렇게 태웠더라면……."

그녀의 얼굴에 잠시 헛웃음이 스쳐 지나갔었다.

그동안 사린은 섬을 탈출할 방도를 여러 가지로 생각했었다. 그러나 황숙이 그녀의 머리 꼭대기에 있었다. 그녀는 잠시도 사린의 곁을 떠나지 않았고, 나인과 병사들로 하여금 그녀를 밤낮없이 감시하게 했다. 사린의 머릿속을 맴도는 방도들을 실행으로 옮기는 것은 원천봉쇄 되었다.

사린은 이제 또다시 시작되는 진흥과의 전쟁 같은 시간에 몸서리를 쳤다.

그 밤.

진흥이 사린의 처소를 찾았다. 그가 방으로 들 때, 먼 하늘에서부터 천둥이 우르릉거리고 뜨락 저만치에는 진흥을 따라온 충근이 서 있었다. 나인이 술상을 들고 진흥의 뒤를 따라 들어왔다. 그녀는 일어나 목례하고, 술상에서 멀리 떨어진 곳에 앉았다. 그 사이, 천둥과 번개가 문밖을 때렸고, 진흥은 그 소란이 가라앉을 때까지 묵묵히 몇 잔을 자작했다. 그리고 그녀를 그윽한 눈으로 바라보았다. 그의 눈길이 뱀의 그것처럼 싫다고, 사린은 새삼 생각했다.

"내, 의도는 그것이 아닐진대, 공주를 계속 힘들게 하여 미안하오."

'마음에 없는 얘기는 그만 두고, 빨리 본성을 드러내시지.'

그가 다시 한 잔을 비운 후에 그녀에게 눈길을 보냈다.

"공주도 참 매정하오."

'대제께서는 추잡하고 집요하오.'

"공주를 다시 만난다는 기쁜 마음에, 그 먼 길을 한달음에 왔건만, 어찌 술 한 잔을 주지 않는단 말이오?"

'내가 대제더러 그리 달려오라 하였습니까.'

"좋소, 자작하리다. 오늘은, 오랜만에 공주의 얼굴을 보는 것만으로도 마음이 봄꽃처럼 피어나니, 그건 더 이상 바라지 않겠소. 대신, 오늘은 꼭 이걸 받아주시오."

진흥의 말이 문밖의 빗소리에 자꾸 잦아들고 있었다. 봄비 치고는 제법 거센 빗소리가 그녀의 두드러기 이는 마음을 가라 앉혀 주었다. 빗소리가 더 요란해져 그의 말이 하나도 귀에 들어오지 않게 되기를 빌며 그녀가 진흥 쪽을 보았을 때, 그의 손엔 어느 새 가락지가 쥐어져있었다. 지난 번, 그가 주려고 했던 그 반지였다.

"공주의 스승이라는, 그자의 집에서 병사들이 찾아낸 것이오."

쿵, 사린의 가슴에 큰 북 하나가 발악하듯 울었다. 그이가 말한 적 없으니, 분명 그이 아버지의 것이리라.

'이 천인공노할 살인자가 어떻게 그 가락지를……'

그녀는 목구멍으로 오르는 말들을 누르면서, 그 가락지를 일단 넘겨받아야 할지 말아야 할지 갈등했다. 절대 그자의 손에 있어선 안 될 반지이나, 선뜻 받을 수도 없는 노릇이었다.

"진작 얘기를 해주고 싶었으나, 기회가 없었소."

진흥은 그녀의 손바닥에 가락지를 놓은 다음, 그 가락지 안쪽에 사랑의 맹세가 새겨져 있다고 말하고 다시 자리로 돌아갔다. 그래서 그 반지가 공주와의 혼인반지로 적격이란 말은, 다음 날 연주가 끝난 다음에 얘기할 참이었다. 사린은 얼떨결에 받은 가락지를 망연히 내려다보았다. 진흥은 다시 한 잔을 단숨에 자작한 후에, 말을 이었다.

"내 마음이 기특하지 않소? 고맙지 않소? 내일도 공주가 아주 고마워할 일이 기다리고 있으니, 기대해주시오."

여전히, 사린의 머릿속은 그 가락지를 이대로 받아야하나 말아야하나로 복잡한 순간이었다.

"우륵이라고, 아주 괜찮은 가야 악사가 공주를 위해 연주해줄 것이오. 공주를 처음 본 그날, 공주가 가야에서 연주하던, 바로 그 곡과 많이 닮은 듯한 곡을 말이오."

우륵.

헛것이 들렸나? 사린은 자신의 귀를 의심하였다.

"우륵이라고 하였습니까?"

그녀가 처음으로 입을 떼자, 진흥이 반색하며 답하였다.

"그렇소, 우륵이라 했소. 아는 자요?"

"아닙니다. 어디선가 들어본 듯해서입니다."

만약에 우륵이 자신의 지아비임을 안다면, 진흥이 가만두겠는가 싶었다. 그녀는 본능적으로 우륵을 부정하였다. 가야에서 그 곡을 완주하는 사람은 그이와 자신, 그리고 그이의 돌아가신 아버지밖에 없을 터였다.

"역시 내 생각이 틀리지 않았소. 장담컨대, 그의 가야금 소리가 공주에게 다시 예전의 행복을 가져다 줄 것이오."

진흥은 그 뒤로도 가야금에 대해 몇 마디를 더했다. 그리고 점점 거세져 가는 빗소리를 이유로 그녀가 일어나기를 권하자, 그는 마지못해 몸을 일으켰다. 그가 돌아갈 때, 사린은 비에 완전히 젖어 물이 뚝뚝 흐르고 있는 충근을 보았다. 그는 진흥을 뒤따르며 그녀를 돌아보았다. 충근의 매서운 눈빛과 마주치며 그녀는 잠시 당혹스러웠다.

'나를 미워하는 건가. 하지만, 그가 나를 미워할 이유는 무언가.'

그 눈빛이 무엇을 의미하는지, 그녀로서는 알 수 없는 일이었다. 자신의 손바닥에 놓인 가락지에 시선을 고정한 채, 그녀의 생각은 이내 국원에 와 있다는 우륵에게로 옮겨갔다.

'그이가 이곳에 오다니. 어떻게 국원까지 온 것인가. 혹여, 내가 이곳으로 온다는 정보를 알아낸 것인가. 그렇다면 나를 만나러 왔다는 것인가. 나와 아기를 찾으러 왔다는 것인가.'

그 밤은, 생각이 꼬리에 꼬리를 물고 그녀를 붙잡은 채 놓아주지 않았다. 빗소리를 벗 삼아 잠들리라 하였으나, 비는 오래가지 않고 그쳤다. 금방이라도 우륵이 문을 열고 나타날 것만 같아서, 사린은 옷을 입은 채로 고스란히 밤을 지새웠다.

✳ ✳ ✳

밤을 지새우긴 충근도 마찬가지였다.

'어찌 이토록 귀신처럼 나를 속일 수 있단 말인가.'

아기의 존재를 알았을 때의 배신감은, 이번 일에 비하면 약과였다. 다시 온 하림궁은 철퇴같이 무서운 배반을 준비한 채 그를 기다리고 있었다.

'공주가 도착하다니.'

뜬금없이 사린의 도착을 알려주고 돌아서는 병사의 뒤통수를 보며, 충근은 밀려오는 치욕의 파도에 몸을 떨었다. 게다가, 혼례까지 준비하라 일렀다니. 그 저녁에 나인들끼리 주고받는 말을 엿들으면서, 그는 순간 심장이 가리가리 찢어지는 고통을 느꼈다. 정신의 고통이 육체의 통증으로 드러난다는 말이 틀리지 않았다. 그 밤에도, 진흥은 그의 고통과는 전혀 상관없이 공주의 처소에 들었다. 까슬한 밤하늘에 천둥이 함부로 쳐댔다.

'하늘도 내 마음처럼 미쳐가는 것일까.'

뇌성을 좇아 번개가 번쩍일 때마다 병사들이 하나둘 대문간 처마 밑으로 몰려갔다.

천둥을 느끼며, 칼이 예리하게 울었다. 입궁을 하고도 한참 후에 그의 사부가 물려준 검이었다.

'예민한 칼이니 네 몸처럼 다루거라. 세상 어느 검도 따라올 수 없는 간발의 섬세함이 너를 지켜줄 것이다.'

사부의 말이 어제인듯 생생했다. 그 검처럼, 사부의 예민함과 용맹을 온몸과 마음으로 물려받은 그였다. 그러나, 지금 그 칼이 왜 우는지 미처 알지 못한 채, 충근은 주체할 수 없는 분노와 고독감에 빠져갔다.

"처마 안으로 들어오십시오."

자기들끼리 서 있기가 미안했던지, 병사 중 한 명이 뜨락 한복판에 서 있는 그에게 다가와 작게 얘기하고 돌아섰다. 안면이 있는 자였다.

'가야 공주가 도착하였습니다, 대제께 아뢰어 주십시오.'

낮에 그에게 달려와, 그렇게 말하고 돌아서던 그 병사였다. 잠시, 돌아서는 그의 뒤통수를 쏘아보았던가. 그리 엄청난 말을 눈 하나 깜짝하지 않고 뱉어내다니. 하기야, 그것이 충근 자신에게 어떤 의미인지, 그 병사가 알 턱이 없었다. 충근은 다른 사람을 통해 그 소식을 대신 진흥에게 전하게 했다.

쏴아아…….

연이어, 비가 소리부터 오기 시작했다. 온 궁궐에 빗소리가 깃발처럼 나부끼더니, 투닥투닥, 지붕에 담장에 뜨락에 빗방울이 떨어졌다. 떨어지는 비의 알캥이들이 얼굴에 부서졌다 다시 모이고, 모인 빗방울들이 하나로 엉클어지며 얼굴을 적셨다. 온몸이 비에 젖어도 상관없었고, 그 궁이 빗물에 떠내려가도 상관없었다. 그는 그 비를 맞고 싶었다. 우는 검을 잠재우느니, 차라리 그의 몸뚱아리 속에 살아 꿈틀대는 분노를, 슬픔을, 욕망을, 퍼붓는 빗물로 다 씻어내어 버리는 것이 모두를 살게 할 것이었다. 왕도, 그녀도, 그리고 그 자신도.

'그가 나를 사랑해줄 수 없는 사람이란 것은 너무도 잘 알고 있다. 그럼에도, 이토록 완벽하게 나를 배반할 필요까진 없지 않은가. 철저히 나를 배제하고서 그녀를 우산국에서 빼돌리고, 아이를 낳아 무력에게 맡기고, 하루가 멀다 하고 그 아이를 보러 야행하고, 그리고는 그녀를 이 궁으로 데려와 혼인까지 하다니. 이건 도저히 있을 수 없는 일이다. 나의 주군으로 목숨 바쳐 호위하고 존중해주었건만, 나의 연인으로 그토록 마음을 갈무리하며 한결같이 사랑하였건만······.'

비에 젖은 눈에 화기火氣가 가시처럼 돋았다. 그의 독화살에 죽어가던 독수리 비가 떠올랐다. 그것이 무엇이든 누구이든 간에, 그 순간 그의 앞에 존재하는 것들은 모조리 베어버리고 싶어졌다. 검이 예리하게 우는 소리가 다시 가슴으로 전해졌다. 칼집을 잡은 손을 다른 손으로 붙잡으며, 그 칼을 물려준 사부를 다시 생각했다.

'적敵으로 적을 쳐라.'

사부는, 그것이 자신의 검에 피를 묻히지 않으면서 적을 섬멸하는 지략智略이라 강조하였다. 쳐야 할 상대가 강하면 강할수록 더 명심해야 할 방도라고도 했다. 불현듯 머리를 강타하고 지나가는 사부의 그 가르침을 어떻게 풀어나갈지, 충근은 생각했다. 그 사이, 아까 그 병사가 다시 소리 없이 뛰어와, 도롱이를 그의 몸에 걸쳐주고 돌아갔다. 그의 마음이 고마워, 충근은 흘러내리는 그것을 도로 추슬러 올렸다.

진흥의 침소에 딸린 작은 방에서 젖은 옷을 벗겨내며, 그는 자신의 가슴에 한 손을 얹고 오래 서 있었다. 차츰, 가슴의 통증이 되살아나 그의 손으로, 온몸으로 퍼져나갔다. 쓰러질 듯한 몸이 그 통증으로 하여 조금씩 단단해지는 듯 했다. 무엇을 위해 가슴은 이토록 열렬히 뛰고 있는가. 누굴 위해 숨은 어김없이 쉬고 있는가. 너는 왜 너 없이 살고 있는가. 너는 왜 존재하는가. 그리고, 그리고, 너는 누구인가. 그는 그 밤을 하얗게 지새우며, 스스로를 구해낼 방도를 찾았다.

다음 날.

아직 동이 트기 전에, 충근은 막사에서 한 병사를 깨웠다. 지난 밤, 빗속의 그에게 다가와 처마 안으로 들어오라던, 그리고 도롱이를 그의 몸에 걸쳐주던 병사였다. 그는 충근을 바로 알아보고 막사 밖으로 따라 나왔다.

"탁擢이라고 합니다."

인적이 없는 막사 뒤 공터에 이르자, 그는 자신을 소개했다. 충근보다는 확연히 어린 나이였지만 당차 보였다. 충근은 망설임 없이 얘기를 시작했다.

"지난 밤, 왜 나를 챙겼나?"

"도움이 필요해 보였습니다."

"그리 보일 만큼, 내가 유약해 보였나?"

"누구보다 강해 보였으나 분노가 가득해 보였습니다."

잠시 말을 멈추고, 충근은 그의 눈을 빤히 들여다보다가 말을 이었다.

"내가 도움을 청하면, 도와줄 수 있겠나?"

"원하는 바입니다."

"조건을 말해보거라."

이번엔, 탁이 충근의 눈을 깊이 들여다보고 나서 말을 이었다.

"어릴 때부터 무예를 익혔습니다. 뜻이 있었지요. 그러나 이곳은 그 뜻을 펼치기에는 좁은 곳입니다. 계림으로 가 이사부 장군의 수하에서 크고 싶습니다."

"뜻이 옹골차구나. 알겠다. 일이 끝나면 계림으로 오거라. 내가 반드시 너의 뜻을 이루게 해주마."

꾸벅, 절을 하고나서 화색이 도는 얼굴로 탁이 말했다.

"고맙습니다. 제가 할 일을 말해주시지요."

"나를 믿는가?"

"믿고 싶습니다."

"그럼 좋다. 나도 너를 믿고 얘기하겠다."

탁이 다시 충근의 눈을 보았다. 충근도 그의 눈을 깊이 들여다보았다.

"지금부터 내가 하려는 일은 너와 나 둘이만 알고 평생 가슴에 묻고 가야 할 일이다. 할 수 있겠나?"

"하겠습니다."

충근은 목소리를 더 낮추었다.

"대제의 뜻을 거역하는 일이다."

순간, 탁의 눈에 놀라움이 스쳐가는 것을 그는 놓치지 않았다. 짧은 순간, 마음을 가다듬고 탁이 다시 그의 눈을 보았다. 한층 더 당찬 눈빛이었다.

"하겠습니다."

먼 하늘에서 동이 터오고 있었다. 충근은 탁과 헤어져 곧바로 진흥의 처소로 향했다. 처소 주변은 아직 조용하였고, 진흥 역시 기상한 기색이 없었다. 그는 우물가로 가 찬물을 끼얹으면서 치열한 하루를 열었다. 다시 맑게 솟아나는 기운 속에, 그가 의도하는 대로 모든 일이 잘 풀려나갈 듯하였다.

✽ ✽ ✽ ✽

영윤은 멀어지는 우륵을 보고 있었다.

궁으로 떠나기 전, 그는 한사코 따라 나서려는 니문에게 불같이 화를 냈다.

"네가 이러려고 나를 따라온 것이야?"

그가 그 정도로 화를 내는 모습은 처음이었다.

"너는 더 이상 아무 짝에도 쓸모없는 짐짝이야. 당장 짐을 싸서, 성열로 돌아가든 흠룡을 따라가든 하란 말이다!"

"누가 그 속마음을 모르는 줄 아십니까?"

"그 입 다물지 못해!"

니문은 부엌으로 뛰어 들어가 울며 우륵의 출발을 보지 않았다. 영윤은 흠룡과 함께, 그가 잠시 마실을 다녀오는 것처럼 배웅했다.

"니문을 잘 부탁합니다."

우륵은 그렇게만 말하고 떠났다.

그가 출발하자, 영윤은 즉시 무사들을 불러 그날의 계획을 다시 한번 점검하고, 그들에게 신라 선비의 차림으로 변복變服하게 했다. 다리와 허리에 검을 묶어 선비복 속에 숨기는 작업이 쉬운 일은 아니었다. 이어서 영윤은 자신도 신라 귀족여인의 의복과 머리채로 변복했다. 여태도 부엌에서 나오지 않고 있는 니문에게 그녀가 도움을 청했을 때, 니문은 입을 다물지 못한 채 그녀를 거들며 신기해 했다.

"변신찬란!"

영윤의 변복이 끝나가면서, 니문은 그녀에게 연유를 물었다. 그녀의 대답이 신통치 않자, 니문은 흠륭에게 물어봐야겠다며 그를 찾아 나갔다.

"정말입니까?"

다시 영윤에게 돌아온 니문의 얼굴엔 놀라움이 어른거리고 있었다. 흠륭이 따라 들어오며 영윤을 대신해서 답했다.

"정말."

"그런데 왜 나한텐 비밀로 한 겁니까?"

"지금, 얘기, 한다."

니문이 영윤에게 묻고, 대답은 흠륭이 하는 모양새가 계속됐다. 영윤은 어떻게든 니문과 흠륭이 대화할 수 있도록 자신의 입을 봉하고 있었다.

"고맙습니다. 은혜, 평생 잊지 않겠습니다."

니문은 자신의 목숨을 구하는 일인 것처럼 머리를 조아렸다.

"그런데, 구출 전에 목숨을 잃을 수도 있는 것 같아, 마음이 마냥 기쁘지는 않습니다."

"걱정마."

"걱정이 됩니다."

"무사들, 최고!"

"감사."

"천만."

계림으로 출발하기 전, 우륵의 복수를 막아야 한다며 영윤에게 매달린 것은 니문이었다. 짐작하고 있는 바이긴 하였으나, 어쩔 수 없는 일이라며 그녀는 니문을 단념하게 했다. 막는다고 포기할 그가 아니었다. 그리고 어쩌면 그것만이 그를 계속 살아있게 하는 유일하고도 확실한 길이라 생각했다.

그렇다고 모른 척할 수도 없었다. 악사였던 자신의 남편에게 해주듯 우륵을 위해선 무엇이든 다 도와주고 싶은 게 그녀의 한결같은 마음이었다. 그래서 그녀는, 복수와 함께 그를 구해내 중국으로 도피시켜야겠다고 마음먹었다. 그것은, 그녀가 중국으로 귀환하려는 시점과 어우러져 더욱 명확하게 구체화 되었다.

그전부터 이미, 가야 전역의 위태로움이 하나둘 수면 위로 떠오르고 있었다. 그중에서도 외국 거상들의 재빠른 철수는 천재지변 전 동물들의 이동처럼 가야의 앞날을 보여주고 있었다. 상인들을 통해 정보를 듣고 있는 중국의 부모님은 신속한 귀환을 종용했고, 가장 큰 비중을 차지하는 철의 교역 역시 날로 높아지는 신라의 간섭으로 난관에 봉착해갔다. 그래도, 남편과의 짧은 혼인생활이 꿈처럼 아름다웠기에, 그녀는 가야를 떠나고 싶지 않았다. 거점을 가야에서 신라로 옮겨볼 생각도 하였으나, 사린을 죽음으로 내몬 신라와 그 왕이 혐오스러웠다. 사람을 국원으로 보내 알아보고 추측한 바로는, 우륵의 복수가 임박해보였다. 그녀는 고향으로의 귀환을 예정보다 앞당겨 서둘렀다. 세 명의 무사도, 우륵의 구출을 위해 그녀가 부모님에게 긴급히 요청한 사람들이었다.

전날, 영윤은 그곳 성주를 찾아가 서역의 진귀한 물건들과 보물을 선사하며, 본인을 중국 거상이라 소개하고 앞으로 국원이 날로 커가는 소경小京이니 교역을 트고 싶다 하였다. 성주는 쾌히 허락했다. 그녀는 말미에 하림궁의 가야금 연주 소식을 들었다며, 일행 넷만 참석하게 해달라 간청했다. 성주는 모두 신라의 복식을 갖춘다면 가솔家率로 초대해줄 것임을 약조했다.

그녀는 니문에게, 우륵이 애지중지하는 그 아버지의 가얏고를 챙기게 하고, 흠륭과 함께 하림궁 부근에서 기다리라 했다. 세 무사와 더불어 하림궁으로 향하면서, 그녀는 그 호숫가 집을 돌아보았다. 마당 한가득 햇살이 난분분했다.

사린은 여전히 자리에 드러누워 있었다.

몸이 무거운 것도 있었지만, 우륵이 연주할 그곳에 나가면 안 된다는 생각이었다. 그것이 우연이라면, 그곳에서 우륵과 마주치면 안 될 것이었고, 우륵이 자신을 구하러 왔다 하여도, 그곳에서 마주치면 자신을 구하려는 우륵의 계획은 성공하기 힘들 듯했다. 일단은 그 자리를 피하고, 다른 방도를 찾아보는 것이 현명하였다. 아침녘, 황숙이 염려스러운 얼굴로 그녀 옆에 앉았을 때, 사린은 자리에 누운 채 그녀의 손을 잡으며 말했었다.

"대나인, 청이 있습니다."

"말씀하시지요."

"오늘 연주한다는 그 가야의 악사를 잠시 만나고 싶습니다."

"그것이라면, 힘이 들더라도 그곳에 나가시어 직접 만나보시지요."

"그러고는 싶지만, 몸이 말을 들어주지 않습니다."

황숙은 잠시 생각하는 듯하더니, 사린이 잡고 있는 손에 힘을 주며 조용히 말했다. 그녀는 역시 능수능란했다.

"송구하옵니다, 공주님. 지금 이곳엔 대제께서 행차해 계십니다. 섬에서와는 비교가 되지 않을 정도로 눈들이 많지요. 듣기에, 그 악사가 가야인이라 들었습니다. 문제가 생길지도 모를 일은 청하지 말아주셨으면 합니다. 방금 하신 공주님의 이야기는 못 들은 걸로 하겠습니다."

그 외에는 달리, 우륵과 따로 만날 수 있는 방도가 떠오르지 않았다. 그래도 일단은, 그곳에 나가지 않기 위해, 그녀는 곡기를 물리치고 계속 드러누워 있었다. 두세 차례, 진흥의 염려와 독촉이 있었으나, 그녀는 문을 활짝 열어서 그 가야금 소리를 듣겠다는 대답만 되풀이했다.

마음은 차분하고 표정은 온화했다.

우륵의 원래 모습이었다. 마당의 정해진 자리에 앉을 때까지, 지난번엔 담담했지만 감출 수 없는 비장함이 있었다. 그러나 이번엔 그 비장함마저 없이, 그저 쾌청한 날씨마냥 그의 마음속도 맑고 고요했다. 연주를 시작하면서부터 몰려왔던, 이전의 그 불덩이 같은 파도도 없을 듯 했다. 두번째이기도 했거니와, 영윤이 니문을 지켜주고 있다는 든든함도 있었다. 마당은, 전체가 사각의 큰 돌들로 촘촘히 짜여 있어, 간밤에 비가 온 흔적이 전혀 없었다. 해를 가리는 흰 천이 마당 가득 하였고, 그는 마당 한가운데 그의 자리에 앉아 잠시 그대로 있었다.

진흥이 앉을 상석과의 거리는 그 이전과 다름없었다. 우륵은 천천히 손을 쥐었다 폈다 한 다음, 가방에서 조심스럽게 가야금을 들어내 용두를 무릎 위에 앉혔다. 안족을 움직이며 조율하는 순간에도, 그는 진흥과의 거리를 좁힐 더 나은 방책을 궁리했다. 병사들이 눈에 걸려 연주에 방해가 되니 물려 달라 진흥에게 직접 청하고 그 틈에 좀 더 그에게 가까이 다가가 앉는 것이, 그때까지 그가 지니고 있던 방도였다. 그래도 현장에서 더 나은 방법이 발견되기를, 그는 바랬다.

그때, 진흥이 성주와 함께 마당으로 나왔다. 신하들과 악사들이 모두 일어나 그를 예로 맞았다. 진흥은 상석上席에 앉은 다음, 신국에게 대악을 안겨준 우륵의 공을 치하하고 또한 좋은 연주를 부탁하였다. 그리고 잠시 자리를 다시 보자하고 충근을 가까이 불렀다.

"공주의 처소가 어느 방향이더냐?"

"저쪽이옵니다."

충근은 표정 없이, 진흥이 똑바로 마주보는 앞쪽을 가리켰다. 공주의 처소에 연주가 잘 전해지려면, 그와 우륵이 앉는 방향이 반대로 되어야 했다. 진흥은 우륵을 상석으로 보내고, 자신은 신하들, 악사들, 귀빈들과 함께 모두 우륵이 있던 곳으로 이동하겠다 했다. 이어, 가운데로 소리의 길을 열어주고 본인은 가운데에서 더 좌측, 그리고 더 앞쪽으로 자리를 잡았다. 우륵의 연주를 더 가까이에서 느끼고 싶었기 때문이었다. 그의 앞에 도열한 군사들은 물론 충근까지 소리를 막지 말고 물러서 있으라 했고, 해 가리개 천들도 소리를 방해할 듯하여 모두 걷으라 일렀다. 갑자기 진흥이 자리 배치를 바꾸면서, 늘 왕의 앞쪽에서 사람들을 살피는 것과 달리, 충근은 진흥과 등을 돌린 채 사람들을 살펴야했다. 그러나 그의 시선은 자꾸 사람들에게서 공주의 처소로 옮겨가졌다. 그는 그것이 싫어서 하림궁을 감싸고 있는 먼 산을 바라보았다.

'진흥, 네가 죽고 싶어 몸을 맡기는구나.'

우륵의 길었던 고심을, 진흥이 순식간에 해결해주었다. 이제 진흥은 바로 지척, 어느 누구보다 가까운 자리에서 우륵 자신을 마주보고 앉아 미소 짓고 있었다. 그의 웃음은 바라보고 싶지도 않았지만, 그의 행동은 고맙고도 가소로웠다. 순간, 그는 아버지 어머니가 길을 열어주는 것이라 생각했다. 잠시 눈을 감고, 잘 해낼 수 있도록 지켜달라고 두 분께 빌었다. 어떤 경우에도 흔들림 없이 그 세계로 빠져들던 아버지의 연주와 한 점 빈틈없던 어머니의 검술을, 이 순간 그의 두 손에 되살아나게 해달라고 간청했다. 다시 가슴에 고이려던 어지러운 생각들이, 잠시의 눈감음과 함께 눈 녹듯 사라져갔다.

후읍, 후우우.

우륵은 숨을 깊게 들이켰다 내뱉었다. 오른손 손가락을 용두에 올려놓고 고고한 첫 음을 퉁기고 그 음을 왼손 손가락으로 굴렸다.

그 한낮에, 우륵의 연주가 시작되었다.

다시, '가야의 봄날'이 시작되었다.

가
야
의

봄
날

모두가 그곳에 있었다.

우륵이 있었고, 진흥이 있었고, 충근과 탁이 있었다. 귀빈석엔 영윤과 무사들이 있었고 그 너머 멀리 사린과 황숙이 있었다. 그리고 그 궁 밖으로 니문과 흠륭이 있었다. 어쩌면, 그들 너머에 휘와 등흔이 지켜보고 있을지도 모를 일이었다.

주문한 대로, 지난번에 들었던 그 곡이었다.

진흥은 그 가락을 듣고 있을 사린을 생각했다.

'공주, 바로 당신이 나를 사랑하게 만든 그 가락이요. 그리고 내가 당신에게 하는 첫 선물이며, 청혼의 노래요. 부디 이 가락을 당신에게 건네는 내 마음을 귀히 여겨, 당신과 평생의 연을 맺고 싶어 하는 내 마음을 허락해주시오. 당신이 무어라 하여도, 이제 당신은 나의 여인이 될 것이오.'

가락에 취해 있을 그녀를 생각하니, 그는 우륵의 연주가 더 좋았고, 다시 듣는 가락임에도 지난번보다 더 큰 감동이 가슴속에 일렁이었다. 눈을 감고 들으면, 예전 성각에서 보았던 금관국의 궁궐과 신국의 궁궐이 동시에 눈앞에 나타나면서, 그녀와 함께한 순간들이 꿈결처럼 이어졌다.

이토록 누구를 사랑해본 적이 있었던가. 이전에도 없었고,

이후의 생에도 영원히 없을 사랑이었다. 이제 이 연주가 끝나면 그의 앞엔 사랑의 승리만이 펼쳐질 것이고, 그녀와 함께하는 아름다운 인생이 대제로서의 삶을 완벽하게 만들어 줄 것이었다. 사도와 살아오며 갖추지 못했던 지아비로서의 즐거움이 봄날의 꽃처럼 봉긋봉긋 몽우리 져, 눈을 지그시 감은 그의 얼굴에 천진스런 웃음이 자꾸 피어올랐다.

그것은 분명히 우륵의 연주였다.

사린이 그것을 모를 리 없었다. 분위기가 조금 달라지기는 했지만, 그 가락과 연주는 여전히 예전 그가 처음 들려주고 가르쳐준 '가야의 봄날'이었다. 그녀는 방문을 열어둔 채, 들려오는 가락에 귀 기울였고, 아름답고 따스했던 궁궐에서의 나날들이 눈앞에 펼쳐지는 듯 했다. 자신을 따라 혀를 쏙 내밀던 그의 모습이 나타나고, 수로를 기어가며 돌아보던 그의 싱긋 웃는 얼굴과 저잣거리를 달리며 장난스럽게 던지던 그의 말들이 하나씩 단정하게 피어났다. 초례상 앞에서의 기쁨과 슬픔, 성열에서의 그 행복했던 나날들, 달 밝은 밤의 연주, 공방에서의 시간들이 그 뒤를 이었다. 그리고 같은 하늘 아래에서 연주하는 그의 손길, 그의 체온이 햇살을 타고 그녀의 두 손에 전해져, 그녀를 가만있지 못하게 했다.

그녀는 마루로 나와 신발을 신었다. 황숙이 말렸지만, 한번 내디딘 발걸음은 멈춰지지 않았다. 황숙과 나인이 그녀를 부축했다. 한 걸음 한 걸음 옮길 때마다, 그의 연주가 더 가까워져 왔다. 중문을 나서자 멀리 마당이 보였다. 아른아른, 사람들 앞에서 연주하는 그의 모습이 보였다. 멀리 있지만, 분명 우륵이었다.

'아, 당신.'

반가움과 설움이 북받쳐 올랐다. 그녀는 문설주를 붙잡고 몸을 의지했다.

'당신을 얼마나 보고 싶었는데, 당신이 얼마나 그리웠는데, 당신에게 할 말이 얼마나 많은데, 당신은 무슨 연유로 거기에서, 그 뱀 같은 인간 앞에서 그렇게 연주하고 있나요. 할머니는, 니문은…… 모두 잘 있나요. 우리 아기는, 당신의 아기는 죽었습니다. 당신 얼굴도 보지 못하고, 어미 얼굴도 한번 보지 못하고, 이 세상을 한번 제대로 보지도 못하고 영영 떠나버렸습니다.'

눈물이 가시처럼 아프게 돋아 올라, 연주하는 그가 자꾸 흐리고 뭉개졌다. 그녀는 옷고름으로 눈물을 수습했다.

어느덧, 우륵의 연주는 절정을 향해 달렸다.

가야의 바람과 강물과 파도소리가 무리 지어 신라의 하늘을 날아다녔다. 모든 것이 점점 시위를 떠난 화살처럼 거침없어졌다. 그리고 어느 순간, 그의 손가락들이 멈췄을 때, 절정을 달리던 현들은 제 흥을 견디지 못하고 저희들끼리 어우러지며 여음을 만들었다.

'지금이다!'

그는 순식간에 가야금 뒤판에서 단검을 꺼내 진흥을 향해 날렵하게 돌진했다. 누군가의 외마디 비명소리가 터지고, 진흥은 자리에서 화들짝 일어났다. 그러나 우륵의 칼이 한 걸음 빨랐다. 단검은 정확히 진흥의 왼쪽 가슴에 꽂혔다. 허나 그것은 깊게 파고들지 못했다. 단검이 진흥의 가슴을 파고드는 찰나, 달려든 무사의 한 손이 그 칼을 붙잡고 사력을 다해 밀어냈다. 충근이었다. 몸 안 어디에 숨어있었는지, 칼을 쥔 우륵의 손에 폭풍 같은 힘이 쏟아져 들어왔다. 스멀스멀, 무사의 손에서 피가 배어 나왔다. 그래도 충근은 칼을 놓지 않았다. 단검과 대제의 가슴을 사이에 둔, 악사와 무사의 힘겨루기였다. 짧은 순간이었지만, 두 사람에겐 밤낮이 몇 번이나 바뀌고도 남을 만한 시간이었다.

그러나 역부족이었다.

무예로 단련된 충근의 돌덩이 같은 악력을, 우륵의 가녀린 손가락은 도저히 감당할 수 없었다. 한순간 우륵의 손이 흔들리자마자, 충근은 잡고 있는 칼에 더 힘을 줘 뒤로 밀어냈다. 그리고, 단검을 쥔 우륵의 손을 다른 한 손으로 잡아채 칼을 진흥의 가슴에서 완전히 빼냄과 동시에, 그 반동의 힘을 살려 그대로 우륵의 얼굴을 그었다. 번쩍, 날카로운 빛 한 줄기가 한쪽 눈을 스쳤다고 느끼는 찰나, 우륵의 세상은 갑자기 담묵빛으로 변해버렸다.

왼쪽 눈이었다. 우륵의 눈가에 그어진 선명한 선으로 피가 배어 나왔다. 어의御醫들과 병사들이 달려들어, 진흥의 가슴과 충근의 손에 약을 얹고 지혈하는 동시에 우륵을 창칼로 제압하면서, 마당은 순식간에 난장판이 되었다. 연주를 구경하고 있던 사람들은 이해할 수 없는 그 상황에 흙빛이 되어 우왕좌

왕했고, 그들 속 영윤의 무사들이 옷 속에 숨긴 칼집을 잡으며 영윤의 하명을 기다렸다.

'좀 더 지켜보자.'

그녀는 눈으로 말했다.

진흥이, 병사들을 물러서게 하며 물었다.

"누구냐?"

"사린 공주의 지아비다!"

왼쪽 눈에서 피가 흐르는 채로 우륵이 또박또박 답했다.

"감히 누구에게 막말이냐?"

충근이 병사들에게 둘러싸인 채 소리쳤다.

"살인자에게 존대 따윈 없다."

'더럽고 교활한 살인자.'

우륵은 그 말을 삼켰다.

"어찌하여 내가 살인자란 말이냐?"

"그 손으로 내 아버지를 죽이고, 어머니는 물론 내 아내와 아이까지 죽게 했다."

'공주와 아기가 죽은 줄 아는구나. 잘 되었다.'

순간, 진흥의 얼굴에 잔인한 미소가 스쳐 지나갔다.

"어찌하여 내 손으로 네 아비를 죽였단 말이냐?"

"네가 침탈한 금관가야에서 공주를 찾으며 가야금 악사를 네 칼로 베지 않았느냐? 그분이 내 아버지시다."

"네 아비는 내게 사실을 고하지 않았다. 스스로 죽을 짓을 범했단 말이다. 그렇다면, 그 스승이란 자가 너라는……?"

"마마, 출혈이 심하옵니다. 일단 처소로 드심이 옳습니다."

어의가 그들의 말을 파고들었다. 진흥의 가슴을 압박하고 있는 천 위로 피가 배어 나왔다. 진흥은 그제야 살갗이 도려지는 깊은 통증을 느끼기 시작했다. 그의 눈에 들어오는 충근의 손도 우륵의 눈도 처참했다. 진흥은 다음 날 다시 소상히 문초할 것이라며, 일단 우륵을 옥에 가두라 했다. 그리고, 그곳에 있는 이들은 굳게 함구할 것을 명했다. 혹여 다른 곳에서 오늘에 대해 듣게 된다면, 그곳의 모든 이에게 책임을 물을 것이라며. 사람들이 어찌할 바를 몰라 하면서 머리를 조아렸다.

'일단 물러가자.'

영윤은 무사들에게 눈으로 말했다. 모두가 황급히 흩어지는 마당에, 가야금만 홀로 뒤집어져 있었다. 하늘을 향한 뒤판에는 단검의 모양대로 파여진 홈이 주인을 떠나보낸 채 속을 훤히 드러내 보이고 있었다.

❋ ❋

사린은 석고대죄 했다.

황숙으로부터 자초지종을 전해 들었을 때, 그녀는 자신의 살아있음을 우륵에게 알리고 진흥을 만나 읍소하려 했다. 그러나 우륵의 면회는 애당초 거부되었고, 진흥은 어의도 충근도 나인들도 물린 채 침소에서 꼼짝하지 않았다. 그녀는 해거름

녘부터 줄곧 진흥의 침소 문밖 뜨락에 자리를 잡고 신국 대제로서의 넓은 아량을 베풀어 달라 빌었다. 그러나 그는 묵묵부답이었다.

진흥은 술에 취해가고 있었다.

맨정신으로는 숨을 쉴 수조차 없었다. 지아비가 있다는 말을, 사린의 입을 통해 분명히 들었다. 그리고 그자의 씨앗이었을 아기는 한없이 예뻤다. 그러나 직접 그자의 얼굴을 대하고 보니 가슴의 상처보다 더 큰 고통과 참담함이 그를 붙잡고 놓아주지 않았다. 전혀 예상치 못한 일이었다.

'게다가, 감히 나를 살인자라 하다니.'

어의의 만류에도 아랑곳하지 않고, 그는 술을 가져오라 일러 구멍 난 가슴에 부어 넣었다. 사린의 석고대죄는 외롭고 아픈 그의 가슴을 더 예리하게 헤집었다. 날이 밝으면 얘기하자 하였건만, 밤이 깊어가는데도 그녀는 여태 처소로 돌아가지 않고 있었다. 아무것도 생각하고 싶지 않았고, 어느 누구와 어떤 말도 섞고 싶지 않았다. 그의 속을 헤아려 그녀의 마음을 되돌려주려 하는 이도 없었고, 그의 고통과 번민의 사랑에 해결점을 제시해줄 자도 없었다. 신국에 그토록 많은 신하들과 백성들이 있어도 지금의 그에겐 아무 소용이 없었다. 문밖에는 오직 미워도 미워할 수 없는 그녀와, 말하고 싶어도 아무 말도 풀어놓을 수 없는 충근, 단 두 사람만이 있을 뿐이었다. 몇 잔 마시지 않았는데도, 술기운은 빠르게 퍼졌다.

'내일 생각하리라. 동이 트면 헝클어진 실을 풀어내듯 다 해결하리라. 내가 누구인가. 나는, 신국의 전지전능자 아닌가. 한 갓 식읍지의 악사가 제 목숨 버리려고 저지른 만행에 괴로워하고 있을 내가 아니지. 오히려 잘 되었다. 그자를 능지처참할 이유는 충분하니…… 아니다, 그자는 공주의…… 아아, 내일, 해결하리라. 나는, 신국의……'

성큼성큼 몰려오는 졸음을 기꺼이 맞으며, 진흥은 흥건히 잠들어갔다.

충근은 잠든 진흥을 확인했다.

그의 몸을 가지런하게 놓고 이불을 가슴까지 덮어준 다음, 가만히 그의 얼굴을 들여다보았다. 잠들어서도 통증을 느끼는 듯하여 마음이 아릿해져왔다.

"지켜드리지 못해 죄송합니다."

속삭이듯 작게 되뇌고, 충근은 조용히 방을 나와 뜨락으로 내려섰다. 사린은 여전히 꼼짝 않고 자리를 지키고 있었다. 사랑하는 이를 위해 저토록 간절하게 무릎을 꿇을 수 있다면…… 짧게, 그녀가 부럽다는 슬픈 생각이 그의 뇌리를 스쳤다.

"일어나시지요. 옥으로 인도하겠습니다."

충근의 말에, 사린이 그를 올려다보았다. 당신이 왜, 라고 그녀의 두 눈이 묻고 있었다.

"이유는 묻지 마십시오."

설령 잘못 된다 하더라도 여기서 더 잃을 것이 무언가, 하는 생각이 얼핏 그녀의 머리에 날아들었다. 그녀는 자리에서 일어났다. 충근이 그녀를 부축하고 주위를 살피며 중문 밖으로 나왔다. 중문 밖에는, 탁이 아까부터 은신하고 있었다. 충근과 사린이 몇 걸음 가지 않아, 소리 나지 않게 뒤로 접근한 탁의 큰 손이 그녀의 얼굴을 덮쳤다. 그의 손에는, 미리 준비해 온 강력한 몽혼제朦昏劑가 수건에 싸여 있었다. 그녀는 비명 한 번 지를 사이도 없이 바로 혼절했다.

축 늘어진 그녀를, 탁이 업었다.

"가거라. 빈틈없이 처리하고 계림으로 오너라."

"소임을 받잡겠습니다."

공주와 함께 탁을 담장으로 넘기고, 충근은 다시 한번 주위를 살폈다. 아무도 없었다. 그는 빠른 걸음으로 대제의 처소로 향했다. 대제는 여전히 깊게 잠들어 있었다. 조용히 문을 닫고 뜨락으로 내려서면서, 그는 사부의 해답에 감사했다. 어쩌면 그것은, 자신이 사부를 빌려 낸 해답일 지도 모르지만, 어쨌든 사부의 가르침이 그에게 길을 열어준 것임은 확실했다.

'적으로 적을 쳐라.'

진흥은 공주에게 숙적宿敵이었고, 공주는 그 자신에게 연적戀敵이었다. 그는 자신의 연적으로 자신을 배신한 공주의 숙적을 침으로써, 그를 다시 자신의 유일무이한 연인으로, 그리고 용맹무쌍한 원래의 주군으로 되돌려 놓겠다 작정했다. 그것이, 자신에겐 궁극적인 사랑의 승리요, 신국에는 최고의 복락이라 여겨졌다. 한편으로, 공주 역시 일방적으로 당하는 굴욕적인 입장이고 보면, 그렇게 공주를 탈출시키는 것이 그녀에게도 결코 나쁘지만은 않은 일이었다.

그렇게 마음을 굳히면서 그는 탁을 그의 사람으로 만들었고, 우륵의 돌발 사태로 계획은 급물살을 탔다. 진흥의 술에 숙면제를 타 그를 온전히 잠들게 했고, 이제 궁에서의 모든 상황은 깔끔하게 끝이 난 상황이었다. 탁은 곧장 아슬라주로 말을 몰아, 그곳 성주의 무사로 있는 자신의 친우에게 그의 서찰을 공주와 함께 넘길 것이다. 충근이 서찰에 적은 대로, 친우는 중국으로 가는 배에 그녀를 태울 것이다. 그 약은 깨어나도 며칠 동안은 정신을 차리지 못하게 할 것이니, 그녀가 제정신으로 돌아왔을 때는 이미 중국으로 가는 배 위일 것이다. 그녀는 그 바다에 뛰어들어 스스로 목숨을 버리든지, 아니면 낯선 항구에 떨어져 중국의 어딘가를 헤매고 다닐 것이다. 가야로 돌아가기를 염원하겠지만, 가진 것 하나 없는 아녀자의 몸으로 그녀가 과연 그 길을 찾아낼 수 있을지. 설령 하늘이 도와 훗날 다시 돌아온다 해도, 그때는 이미 그녀의 지아비가 이 세상에 없을 것이고 대제의 연심戀心 또한 옛일이 되어 있을 터이니, 그것이 두려울 것도 없었다. 탁은, 친우가 쥐도 새도 모르게 한칼에 잘 처리해줄 것이다, 완벽하고 깨끗하게. 굳이 말하지 않아도, 그것이 그들간의 불문율이므로.

충근이 숙면제를 입 안에 털어 넣은 다음, 대제의 침소 옆 자신의 작은 방 맨바닥에 몸을 누이고 고요히 잠든 한참 후에, 영윤의 무사들은, 우륵이 갇혀있는 옥방獄房을 기습했다. 출입문을 지키는 병사 둘과 졸고 있는 간수 하나를 순식간에 처리한 후, 그들은 우륵을 업고 바람처럼 궁을 빠져나갔다. 집에 있어야 할 무사들이 그의 앞에 나타났음에 자못 놀랐지만, 설명하지 않아도 영윤이 지휘하고 있음을 우륵은 바로 알아차렸다.

궁 밖의 외진 곳에 영윤과 니문, 흠륭이 기다리고 있었다. 준비해 온 의약으로 영윤과 흠륭이 그의 눈을 보살폈다. 니문이 눈물을 삼키며 그의 옆에서 어찌할 바를 몰라 했다. 무사들은 갈 길을 재촉했다. 잠시 후, 그들은 모두 준비된 말에 나눠 타고 가을포를 향해 밤을 좇아 달렸다.

늦은 아침.

진흥은 황숙의 부르짖음에 놀라 눈을 떴다. 충근이 그를 지키고 있었다. 진흥이 들라 하자, 그녀는 오직 대제에게만 아뢸 것이 있다고 하였다. 미심쩍은 눈으로 바라보던 충근이 나가고 문이 닫히자, 그녀는 작지만 확고하게 지난밤의 일을 봇물 터뜨리듯 아뢰었다.

"그자가 병사를 붙여 공주님을 혼절하게 하고 궁 밖으로 내보냈사옵니다. 공주님이 염려되어 대제의 침소로 오다 제 두 눈으로 똑똑히 보았습니다. 대제께서 깊이 주무신다 하여 함부로 발설할 수 없었사옵니다. 동틀 무렵엔, 간수들이 죽고 우륵이란 자가 사라진 것을 교대하러 간 간수들이 발견하였습니다. 그러나 무사가 곤히 주무시는 대제를 깨울 수 없다 하였사옵니다. 하여, 더 이상 지체할 수 없음에 소인 황숙이 일부러 소란을 피웠사옵니다."

진흥은 검을 들고 뜨락으로 나왔다.

충근이 그 한가운데 서 있었다. 이리도 어처구니없는 짓을 충근이 하다니, 도저히 믿어지지가 않았다.

"무릎을 꿇어라."

그가 충근의 목에 칼을 놓았다. 황숙과 나인들, 병사들이 놀란 눈으로 두 사람을 지켜보고 있었다.

"내 눈을 똑바로 보고, 대나인의 말이 거짓이라 말하여라."

충근은 고개를 숙인 채 그를 보지 않았다.

"충근아."

그는 고함치듯 그를 불렀다.

"말하란 말이다."

충근이 그를 올려다보았다. 그의 눈이 무언가를 말하고 있었지만, 그것이 무엇을 의미하는지, 진흥은 알아보지 못했다.

"정녕 네가 한 짓이 맞더냐?"

충근이 다시 머리를 숙이고 답했다.

"맞습니다. 소인이 그리 하였습니다."

"왜, 네가 왜 그리하였느냐?"

충근이 다시 고개를 들고 그를 올려다보았다. 그의 눈에서, 눈물이 흐르고 있었다. 한 번도 본 적이 없는 그의 눈물과 표정이었다.

그가 울다니.

진흥의 말이 그의 마음처럼 흔들리고 있었다.

"말하거라. 왜 그리 하였는지를."

볼을 타고 흘러내리는 눈물을 버려둔 채, 충근이 작게 말하였다.

"대제를 사랑하였습니다."

"네가 나를 사랑한다는 것을, 내 모르는 바 아니다."

"대제께서 생각하시는 그런 사랑이 아닙니다."

"그럼 뭐란 말이냐?"

"소인 혼자만의 외사랑이었지만, 진심으로 대제를 사랑하였습니다."

"그것이 무슨 사랑이냐고 묻지 않느냐!"

"대제께서 공주에게 주시는 그런 사랑, 아니, 그보다 더 깊은……."

순간, 충근의 목을 가로질러 진흥의 칼이 스쳤다. 잘려져 나간 충근의 모가지, 그 눈에서 여전히 눈물이 흐르고 있었다.

"나를 살려줘서 고맙다 했더니……."

진흥은 그 얼굴에 침을 뱉고 돌아서며 혼자 말하였다.

"미친 놈!"

✻ ✻ ✻

인생은 잔혹하다. 피와 눈물뿐이다.

그것은 그에게서 모두를 앗아가고, 망망대해에 그를 내동댕이쳤다. 세상천지 어디에도 그가 사랑하는 사람들은 없었다. 거기다, 외눈으로 바라보는 대해는 그 고립무원孤立無援의 고통을 더 욱씬거리게 했다. 살아도 살아있는 게 아닌데, 떠오르는 해는 무슨 소용이며, 그렇게 시작되는 하루는 또 무슨 의미인가 싶었다. 인생은 왜 그에게 시간을 주고, 그 시간을 먹장으로 짓이기며 문질러 버리는가 하는 원망이 가슴을 짓눌렀다. 사랑하는 사람들, 소중한 가야의 음악까지 빼앗아가고 복수마저 헛되게 돌려버린 잔인한 운명을 저주하며 그 바다에 뛰어들고 싶었다. 그것을 행동으로 옮기지 못하는 것은 영윤 때문이었다. 늘 그의 지척에서, 그녀는 육신과 영혼의 고통 속에 뒹구는 그를 묵묵히 지켰다.

가을포에서, 영윤 일행을 기다리고 있던 선장은 우륵의 모습을 보며 몹시도 안타까워했다.

"어찌하다 이리 되었소?"

우산국으로 그를 실어주었던 사람이었다. 제대로 인사를 나눌 겨를도 없이, 영윤이 출항을 서둘렀다. 우륵과 니문, 영윤과 흠륭, 그리고 무사들이 배에 오르자, 떠날 채비를 이미 마친 배는 바로 철묘鐵猫를 올리고 바다로 나아갔다. 언제 다시 돌아올지 모를 땅이었지만, 우륵은 눈에 가득한 화기火氣 때문에 멀어져가는 항구를 바라볼 엄두조차 내지 못했다.

배는 하염없이 달렸다.

니문은 우산국으로 갈 때보다 더 심한 멀미에 사경을 헤맸고, 흠륭이 지극정성으로 그녀를 다시 돌보았다. 우륵이 걱정스런 얼굴로 그녀를 내려다보았을 때, 니문은 아무래도 멀미라는 것이 자신이 살아오면서 지은 죄에 대한 벌인 것 같다며 웃어보였다.

"무슨 죄?"

하고 흠륭이 묻자, 그녀는 쓴웃음을 지으며 답했다.

"사는 게 다 죄를 짓는 거지요."

달리는 내내, 고통은 가실 줄을 몰랐다.

아파야 할 눈은 하나인데, 한 눈의 통증이 나머지 한 눈에도 그대로 전염되었다. 약 기운이 떨어지기 무섭게, 통증은 간헐천처럼 솟구쳤다 부글대기를 반복하고, 그 눈으로 바라보는 하늘에는 수만 마리의 들짐승들이 숲을 헤집고 다니듯 날뛰었다. 일몰의 아름답던 노을도 일출의 광활했던 천지도, 이제는 온통 아비규환의 다른 이름일 뿐이었다. 그러나 사린을 생각하면, 자신의 이 고통은 아무것도 아니라는 생각이 들었다. 뱃속에는 아기를 담고, 아는 사람 하나 없이, 왕도적이 사는 궁궐도 모자라 듣도 보도 못한 우산국으로의 멀고 먼 뱃길 위에서, 그녀는 얼마나 괴로웠을까. 아무것도 해주지 못하는, 태평하게 작곡이나 하고 있을 지아비를 얼마나 찾고 부르짖고 원망했을까. 못나고, 저주받고, 제 가솔을 위해 무엇 하나도 온전히 해주지 못하는 병신 같은 인간을…… 바닷길 위에서 사린을 생각하면, 그녀의 통곡이 자신의 통곡인양 울음이 절로 복받쳤다.

"갈매기가 보이기 시작합니다."

육지가 가까워진다며 영윤이 알렸다. 생면부지의 땅이 아가리를 함부로 벌리고 그를 기다리고 있었다. 모두가 한결같이 아무 걱정 말라고 했지만, 어떻게 숨 쉬며 살아가야 한단 말인가. 무엇을 위해, 누구를 위해 살아가야 한단 말인가. 음악도 사랑도 모두 한바탕 잔치였을 뿐인데, 잔치도 끝나버린 암흑 같은 시간 속에서 쓰디�쓴 웃음 한 조각일망정 내 얼굴에 연주할 수 있을까. 할 수만 있다면, 자신의 운명에게 묻고 싶었다. 왜 그리도 잔혹한지. 얼마나 더 잔혹할 건지. 이제 또 무엇으로 자신을 참혹하게 울리고 피 토하게 할 것인지. 더 이상 잃을 것도 없고 내다버릴 것도 없는데, 운명이란 자는 남루한 자신을 어디까지 끌고 가며 문초할 것인지.

남조의 항구에 철묘가 내려졌다.

영윤이 태어난 곳, 연남燕南(항저우)이라 하였다. 영윤의 가족이 그들을 반겼다.

"이 먼 이국땅에서 우리 가야의 고명한 악사를 맞게 되다니, 이런 영광이 또 어디 있겠소."

특히 영윤의 아버지는 안타까운 마음을 감추고 만면에 웃음을 띠며 칭송으로 우륵을 반겼다. 배에서 내린 길로, 우륵은 그들을 따라 의원醫院으로 향했다. 그러나 크게 손상된 왼쪽 눈은 영영 시력을 잃어버릴 수밖에 없었다. 나이 지긋한 의원醫員은 치료 후에 보드랍고 긴 천을 가져와 그의 머리로 돌려 우륵의 왼쪽 눈을 가려주었다. 흠륭의 등에 업혀 온 니문에게는, '남편'의 정성 덕에 금방 괜찮아질 것이라며 회복 약제를 주었다. 니문이 무슨 말인지 몰라 어리둥절한 사이, 흠륭은 싱글벙글하며 잡고 있던 니문의 손을 더욱 꼬옥 쥐었다. 니문은 그것을 뿌리칠 기력조차 없었다.

점포는 항구와 가까웠고, 상인들이 유숙하는 대형 객잔客

棧과 바로 연결되어 있었다. 그리고 그 뒤로 대저택이 또 연결되어 있어, 전체가 마치 하나의 요새와도 같은 궁궐이었다. 영윤의 아버지는 저택의 넓은 방 하나를 우륵에게 주었고, 우륵은 의원에 가는 일 외에는 그 방 안에서 마음의 빗장을 걸고 지냈다. 날은 조금씩 더워갔지만, 그의 가슴엔 찬 서리가 내리고 있었다. 생각할수록, 사린을 포함한 모든 사람들의 죽음이 자신의 현명하지 못함 때문이라 결론 지어졌고, 진흥의 가슴에 단검을 꽂고도 그를 요절내지 못한 자신의 무능함이 비수처럼 지칠 줄 모르고 그의 가슴을 헤집었다.

휘의 가얏고와 함께 교역을 위해 가져온 가야금까지 챙겨주면서, 영윤은 가야의 소리로 시름을 달래보길 권했다. 그러나 우륵은 아버지의 가얏고도 열두 줄 가야금도 방 한구석에 세워둔 채 외면했다. 나중엔, 더 큰 복수를 위해 몸을 건사하라고 영윤이 말하기도 했다. 허나 그에겐 차츰 복수도 의미가 없어졌다. 그저 사린이 있는 곳으로, 아버지와 어머니와 할머니가 계신 곳으로 가고 싶을 뿐이었다. 몸을 추스른 니문이, 바닷가 백사장이 좋다며 같이 나가볼 것을 권했지만, 그는 그때마다 점포며 객잔의 일을 도와주라면서 그녀를 밖으로 내몰았다. 그녀가 나타날 때엔 어김없이 흠륭이 함께 나타났고, 그를 향한 니문의 까탈과 면박 또한 변함없이 이어졌다. 그럼에도 그는 언제나 싱글벙글이었고, 아예 니문의 호위무사가 된 듯해 보였다.

그렇게 달포가 훌쩍 지난 어느 새벽녘.

비몽사몽간에 아버지 어머니가 함께 우륵에게 나타났다.

길포의 바닷가인 듯도 하지만 왠지 낯선 백사장에 두 분은 서 있었다.

'니문이 말한 이곳 바닷가구나.'

그는 꿈에서 그렇게 생각했다. 하도 반가워 그가 손을 잡으려 하자, 아버지가 손사래를 치며 그에게 연주를 들려달라고 했다. 우륵의 옆에는 아무것도 보이지 않았고, 아버지는 거듭 연주를 들려 달라며 채근했다. 두 분 모두 슬퍼 보이기도 하고 힘들어 보이기도 하여, 꿈에서도 그는 가슴이 시렸다.

'듣고 싶다…… 연주를 해다오…….'

눈을 떠보니 문살 사이로 빛이 스며들고 있었다. 심란한 마음 사이로 아버지의 채근이 곱살지게 살아났다.

열두 줄 가야금 소리는 귀에 낯설 것이다. 우륵은, 외면했던 아버지의 가얏고를 어깨에 메고 가만히 집을 나와 바닷가 쪽으로 걸어갔다. 바윗길을 넘어가자, 꿈에서 본 백사장이 거짓말처럼 끝도 없이 펼쳐졌다. 그는 그 백사장 한 자락에 자리를 잡고 앉아 가얏고를 연주했다. 아버지가 그에게 가르쳐 주셨던, 그리고 그가 사린에게 가르쳐 주었던, 원래의 '가야의 봄날'이었다. 그 곡이라면, 아버지는 물론 어머니도 두말없이 반기실 듯하였다. 그의 연주와 함께, 슬퍼 보이던 꿈속의 아버지 어머니 얼굴에도 차츰 예전의 온후함과 단아함이 햇살처럼 번져와, 그는 더욱 온 마음으로 연주를 계속했다. 연주가 끝날 즈음엔, 바다에서 갓 세수한 태양이 환한 얼굴로 그의 가슴으로 안겨왔다. 그는 연남에 와서 처음, 떠오르는 태양을 외눈으로 바라보았다.

그날부터였다.

우륵은 새벽마다 그곳을 찾았다. 항구와 이어진 그 바닷가를 걸으면, 어릴 적 길포의 바닷가가 눈에 선했다. 바다가 보이는 마루에서 아버지에게 가얏고를 배우고, 바닷가 외진 곳에서 어머니에게 선무도를 배우며, 백사장을 가로질러 말을 달리던 시간들이 걸음마다 올망졸망 떠올랐다 사라지곤 했다. 하루하루 연주가 거듭 될수록, 살아생전 아버지 어머니의 모습에 할머니가 더해졌다. 가얏고를 연주하며 지그시 눈을 감으면, 그의 잃어버린 눈자위 위로 세 분이 나란히 앉아 있어, 그는 그들과 얘기하며 시간 가는 줄을 모르곤 했다. 어떤 날은, 오래 감았던 눈을 뜨면 정말처럼 그들이 연주를 들으며 바로 앞에 앉아 있곤 했고, 그들을 놓치고 싶지 않아 태양이 중천에 오를 때까지 연주를 계속했다. 다만 아쉬운 건, 사린이 나타나지 않는 거였다.

'나를 원망하는 마음이 얼마나 컸으면……'

그런 생각이 들면, 그녀에게 더 미안해졌고, 뭉개져가는 가슴에 눈물이 고이곤 했다.

차츰, 영윤과 니문이 음식을 싸들고 왔고, 지나가던 사람들이 외눈박이 이방인의 낯선 악기 연주를 신기한 눈으로 구경하곤 했다. 그렇게 다시 보름쯤이 지난 날, 영윤이 바닷가에서 함께 돌아오며 진지하게 말을 건넸다. 그녀가 처음 성열의 집에 나타나 가실왕에게 연주해줄 것을 청하던 그날과 같은 어조와 표정이었다.

"나를 한 번 도와주었으면 합니다."

"무슨 일이 있습니까?"

"가야에서 철수할 때, 보유하고 있던 물건들을 모조리 가져왔습니다. 그 양이 워낙 많다 보니 여기저기 연락하느라, 정작 문안 드려야 할 이곳 친지들에게 돌아왔다는 인사를 제대로 드리지 못했습니다. 이제 정리가 좀 된 듯하여, 집안 어르신들과 지인들을 우리 객잔에 모시고자 하는데, 우륵 님의 연주를 들려 드리고 싶습니다."

우륵은 걸음을 늦추며 그녀를 보았다.

"내가 아는 가야를 말해주고 싶은데, 좋은 가야금 한 곡만큼 그것을 더 잘 설명해 줄 수 있는 것이 또 있겠습니까."

그는 거부할 수 없었다. 자신을 사람들 속으로 끌어들이려는 그녀의 속 깊은 배려를, 우륵은 느끼고 있었다.

"객잔에서라고 했습니까?"

"그렇습니다."

"언제입니까?"

"이레 후 저녁입니다."

"열심으로 준비하겠습니다."

"아닙니다. 그저 바닷가에서 연주하듯, 그 곡을 평소처럼 편안한 마음으로 연주해주면 됩니다."

"아버지의 가얏고로 연주해도 괜찮겠지요?"

"괜찮다마다요."

"고맙습니다."

"거부할까 마음을 졸였습니다."

영윤이 환하게 웃었다. 그는 미안하고 고마운 마음을 미소
로 대신했다.

✳ ✳ ✳ ✳

이레 후.

객잔의 광장엔 붉은 꽃등불들이 아름답게 피어났다. 먹물
풀리듯 번져오던 어둠도 그 불빛의 정원에 몸을 사리고 물러났
다. 풍성한 음식 내음이 은은한 차향茶香으로 물러갈 즈음, 우
륵의 연주가 시작되었다. 후웁, 후우우. 이제는 습관이 되어버
린, 깊은 숨을 들이켜 내뱉고 나서, 그는 가얏고에 두 손을 올
렸다. 일순, 광장엔 침묵이 흘렀다. 찻잔 내리는 소리 하나, 발
끄는 소리 하나 들리지 않았다. 우륵은 '가야의 봄날'을 연주하
기 시작했다.

객잔에, 연남에, 남조에, 대륙에, 길포의 봄과 성열의 봄이
피어나고 아름다운 가야의 봄이 피어났다. 어느 누구에게도 침
범 당하지 않고 그 무엇에도 구속 받지 않는, 원래 가야의 봄이
었다. 그 안에서 가야인들은 한없이 따스하고 너나없이 평화로
웠다. 광장의 사람들이 점점 그의 연주에 빨려 들었고, 그의 손
놀림은 가야의 여기저기를 분주히 뛰어다녔다. 진달래꽃이 피
어나고 나비들이 훠얼훨 날고 파도가 흥에 겨워 춤추기 시작했
다. 그 흥겨움 안으로 아버지와 어머니가, 할머니와 그녀가 금

방이라도 나타날 듯했다. 우륵은 지그시 눈을 감고 그들과 함께 했던 봄 햇살 같은 시간들, 그리고 그녀와 함께 했던 봄날의 절정을 꽃등불보다 더 아름답고 격정적으로 피워냈다.

아이들의 웃음소리 같은 가락이 긴 여운으로 번지면서 연주가 끝났을 때, 광장은 박수소리로 화들짝 깨어났다. 그 역시 박수소리에 놀라 눈을 뜨고, 인사하며 그들을 바라보았다. 영윤과, 니문과, 흠륭과, 영윤의 부모님과 많은 사람들이 미소를 가득 머금고 그를 보고 있었다. 그리고 저만치 광장 뒤편에, 꿈처럼 그녀가 그를 보고 있었다.

'당신.'

외눈이었지만, 그녀를 몰라볼 리 없었다.

'아, 사린의 영혼이 나를 찾아온 것이야.'

필시, 아버지의 가얏고가 그녀의 영혼을 불러내 주었을 것이다. 귀신이라 해도 붙잡아야 했다. 우륵은 가얏고를 부여안은 채 자리에서 일어서 휘적휘적 그녀에게로 걸어 나갔다. 니문과 영윤과 흠륭의 눈이 그를 뒤따랐다. 낯선 스님이 그녀의 옆에 서서 걸어오는 우륵을 보고 있었다. 믿어지지 않았다. 상거지 꼴이었지만, 분명히 사린이었다. 두 사람은 마주보고 선 채 꼼짝하지 못했다. 우륵의 가슴에서 스르르 흘러내리는 가얏고를, 놀란 눈으로 따라온 니문이 잡아서 들었다. 영윤도 흠륭도 할 말을 잃은 채 그의 뒤에서 그녀를 바라보고만 있었다.

천천히, 아주 천천히, 우륵이 사린에게 한 발짝 다가섰다.

그리고 떨리는 손으로 그녀의 얼굴을 조금씩 만졌다. 그런 그의 손을, 그녀가 잡고 다른 한 손을 들어 그의 가려진 눈 주위를 만졌다. 말보다 울음이 먼저 터져 나왔다. 두 사람은 그 자리에서 서로를 부둥켜안은 채 소리 없는 통곡을 토해냈다. 니문도 영윤도 그녀와 어우러지며 함께 울었다. 옆에 서 있던 스님의 눈에도 눈물이 고여 넘쳤다.

"이럴 땐 뭐라고 하지?"

영윤이 눈물을 닦으며 니문에게 물었다.

"감동재회 눈물작렬!"

니문이 흐르는 눈물 그대로 웃으며 답했다.

"죽은 줄 알았던 악사의 아내가 살아왔습니다."

영윤이 눈물을 수습하며 사람들에게 상황을 설명했다. 영윤의 부모가 달려와 그녀의 손을 잡은 채 울고 웃었고, 광장의 사람들이 남녀노소 할 것 없이 모두 박수를 치면서 축하해 주었다. 두 사람을 지켜보던 스님이 우륵을 보며 말문을 열었다.

"나를 모르겠는지요?"

우륵이 그를 보았다. 그제야, 그의 두 눈썹 사이에 있는 큰 점이 보였다. 게다가 외팔이였다. 어머니를 만나러 갔던 날, 서로 인사하고 스님을 따라 나서던 그의 모습이 되살아났다. 그때의 일들은 잊어버렸지만, 그의 얼굴 점과 한 팔이 없는 모습은 기억 속에 남아있었다.

"아……."

우륵이 그를 알아보자, 스님이 미소지으며 말했다.

"예전, 외팔이 점박이였지요."

두 사람이 서로를 알고 있다는 사실에, 사린도 놀라며 그간의 사정을 풀어놓았다.

사린이 깨어났을 때, 점박이 스님이 그녀를 지켜보고 있었다.

그가 보살펴준 덕분에, 그녀는 무사했다. 나중에 선원들의 말로는, 그가 자신의 노잣돈을 다 내놓으며 그녀를 지켜주었다고 했다.

'그저, 남같지가 않아서요.'

어찌 그런 선의를 베풀어주셨냐고 사린이 고마워하며 물었을 때, 그는 그저 그렇게 대답했다. 남조로 수행 왔다며, 갈 곳이 없으면 자신이 가려는 사찰까지 동행하자고도 했다. 그러나 그녀는 갈 곳이 있었다.

연남의 영윤.

옛적, 성열에 영윤이 처음 왔을 때 그녀는 자신이 태어난 중국의 지명과 점포명을 농담과 함께 사린에게 들려주었고, 그 배의 도착지가 중국 남조라는 사실을 안 순간 이미 그녀의 머릿속엔 그날의 이야기가 등불처럼 반짝였다. 불행 중 다행이었다. 그곳을 찾아가면 길이 있을 것이었다. 충근이 왜 그렇게 자신을 중국으로 내몰았는지를 궁리할 겨를이 없었다. 수시로 덮쳐오는 분노와 공포 역시 아무 도움이 되지 않음을 곱씹었다. 어서 영윤의 가족에게 도움을 청해 우륵을 구하러 돌아가야 했다.

남조의 낯선 항구에 내리자, 스님이 연남까지 동행해주겠다고 하였다. 그는 그녀의 신상에 대해 묻지 않은 것처럼, 그녀가 왜 연남으로 가려는지도 묻지 않았다.

'그곳에 연고가 있나 봅니다.'

그게 다였다. 그녀는 우륵을 위해 힘을 냈고, 영윤의 점포를 향해 해안을 따라 씩씩하게 나아갔다. 니문의 명랑한 모습을 떠올렸고, 할머니의 침착한 마음을 가슴에 담으려 했다. 너그러운 스님과 같이 가는 길이었기에 두렵지 않았고, 민가의 걸식도 마구간의 잠자리도 한결 수월하고 든든했다. 그녀가 중국어를 할 줄 아는 것도 큰 힘이 되어 주었다. 그녀는 가리지 않고 먹고 입고 자며 기운을 냈다.

'저 가락이, 어찌 이곳에서 울리고 있단 말인가.'

영윤의 점포 앞에 섰을 때, 그녀는 자신의 귀를 의심했다. '가야의 봄날'이었다. 그것도 옛 가얏고의 소리가 아닌가. 사린은 소리가 흘러나오는 광장 쪽으로 한 발 한 발 걸음을 옮겼다. 혹여라도 자기 발소리에 그 가락이 달아날까봐, 그녀는 마치 숨바꼭질의 술래가 된 듯 조심조심 발걸음을 내디뎠다. 그녀의 뒤를 스님이 따랐다. 그녀가 본 광장은 봄날 가야의 산처럼 붉게 꽃피어 있었고, 가락은 봄의 절정을 향해 줄달음질 치고 있었다. 그리고 그녀는 분명히 보았다. 우륵, 그가 그곳에 있었다.

창밖에 여명이 들고 있었다.

우륵과 사린의 재회로 지난 밤 객잔의 잔치는 끝날 줄을 몰랐다. 사람들은 우륵과 니문의 연주에 맞춰 춤추고 노래하며 밤이 깊어서야 돌아갔다. 영윤이 새로 준비한 금침을 손수 깔아주며 좋은 꿈을 꾸라고 했지만, 우륵과 사린의 얘기는 그 밤이 부족했다. 그간의 사건들을 주고 받으며 울다가 웃다가를 반복했고, 할머니와 아기에 관한 얘기가 나올 땐, 두 가슴이 함께 무너졌다. 서로에게 미안하다 했고, 서로를 위로했다. 어둑 새벽 즈음에, 사린은 가락지를 꺼내 우륵 앞에 놓았다. 목단 잎이 새겨진 옥가락지였다. 진흥이 넘겨준 바로 그밤부터, 그녀는 그것을 내내 몸속 깊이 숨기고 있었다. 휘의 반지일지도 몰랐기에, 언젠가 우륵을 만나면 내어놓아야 했기에.

우륵은 그 가락지를 가만히 자신의 손바닥에 올렸다. 그녀가 그것을 손에 넣은 연유를 들으며, 우륵은 벌써 눈물부터 나왔다. 예전, 아버지가 보여준 그 가락지가 틀림없었다. 사린이 준비해두었던 확대경을 꺼내 그 안쪽 손가락이 닿는 부분에 그것을 갖다 대주었다. 진흥의 말로는, 거기에 사랑의 맹세가 새겨져 있다고 했었다. 두 사람이 머리를 맞대고 그 깨알 같은 글씨를 읽어나갔다.

억만 겹 시간의 물길을 건너와,

时光飞逝 越过千山万水

오늘 우리는 부부의 연을 맺습니다.

今天我们结为夫妻。

하늘이 다하는 날까지, 단 한 사람,

直到天地尽头, 只你一人,

나는 당신만을 사랑하겠습니다.

我只爱你一个人。

300

나중에 그의 혼인반지로 쓰면 되겠다고 했던가. 아버지의 말이 어제 일인듯 되살아났다. 우륵이 태어났을 때, 아주 귀한 사람이 선물한 거라고도 했다. 그 귀한 사람이 누구인지, 선물한 연유가 무엇인지는 나중에 일러주겠다고 했지만, 아버지는 반지만을 오묘하게 되돌려주고 영원히 떠나버렸다.

"아버지……."

나지막이 부르자, 그가 더 사무치게 보고싶어졌다. 볼을 타고 흐르는 그의 눈물을, 사린이 두 손으로 닦아주었다.

"미안해요. 모든 게, 그날 그 서찰을 없애지 않은 제 불찰이에요."

"아닙니다. 모든 게, 당신이 너무 예뻐서 생긴 일인데 어쩌겠습니까."

두 사람의 얼굴에 여명처럼 미소가 번졌다. 우륵이 가락지를 집어들며 말했다.

"아버지는 이 가락지를 혼인할 때 쓰라 하였소. 그러니, 다시 태어난 당신이 내게 온 바로 오늘, 우리 다시 한번 혼인합시다. 그래주겠소?"

미소를 띤 채, 사린은 대답 대신 한 손을 내밀었다. 우륵은 그녀의 손가락에 천천히 반지를 끼웠다. 그리고 누가 먼저랄 것도 없이, 서로를 가만히 안았다. 토닥토닥, 서로의 등을 다독이며 좌우로 몸을 작게 흔들었다. 살포시, 그가 풀잎처럼 그녀를 금침 위에 뉘었다.

※ ※ ※ ※ ※

훗날.

신국에는 가야금 신동 소녀가 나타났다.

그때는 이미, 전 가야가 신라의 영토로 바뀐 이후였다. 진흥이 하림궁에서 사린을 잃고 계림으로 돌아온 지 얼마 되지 않아, 대가야의 도설지가 군사를 일으켰다는 급보가 날아왔다. 중국의 무기와 용병이 포진하고 있다는, 용서받지 못할 내용도 함께였다. 진흥은 즉각 대가야 정벌을 선언하고, 그 전쟁을 시작으로 질풍노도처럼 가야 전역을 손안에 넣었다. 가야 천지가 모두 그의 것이 되었어도, 그녀는 없었다. 충근의 목을 벨 때 그녀가 어디로 갔는지 미처 물어보지 못한 회한이 남았지만, 세월이 지난 그 즈음에는 그마저도 부질없는 일이었다.

국원엔 또 한 명의 우륵이 기거하고 있었다. 금관가야의 궁중악사였던 수취였다. 진흥은 하림궁의 사건을 영원히 비밀로 부쳤고, 신라 악사로 진입하려 애쓰던 수취는, 계고의 은밀한 제안에 감읍하였다. 그는 이유를 묻지 않는다는 조건으로 우륵이 살던 호숫가 집에서 우륵을 자처하며 제자와 함께 살고 있었다. 그 후로 하림궁에 들를 기회가 있었지만, 진흥은 한 번도 그를 찾지 않았다. 애써 외면해도 그녀를 완전히 지울 순 없지만, 그녀를 잊는 것이 그녀를 향한 자신의 사랑을 숭고하게 하는 길이라 믿었다. 그건, 사랑의 쟁취 이전에, 신국의 대제로서 지켜야 할 자존심의 문제이기도 했다.

"가야금을 특출하게 연주하는 아이가 있다 합니다. 한번 들어보시지 않겠습니까?"

사도의 방에 든 어느 봄날, 그녀가 진흥의 품 안에서 말했었다. 진흥은 자리를 만들어 보라 답했다.

그 닷새 후, 소녀는 입궐했고 진흥과 사도, 지소태후, 태자들이 지켜보는 앞에서 연주를 시작했다. 가야금 위를 날아다니며 연주하는 소녀의 작은 손가락들이 신기神技에 가까웠다. 그 가락은 계고가 고쳐 지은 우륵의 곡이었다. 두 번째 곡이 연주될 즈음엔, 노을이 파죽지세로 방 안에 밀려들었다. 그리고 진흥의 가슴에, 그 노을의 파도가 남다르게 일렁이기 시작했다. 분명히 노을임에도, 그 옛날 공주의 방에서 그녀를 휘감고 유영하던 달빛과 다르지 않았다.

진흥은, 그 아이가 누구인지 알아보았다. 그 다음부턴 무슨 가락이 어떻게 이어지는지 들리지 않았다. 그런 그를 바라보는 사도의 입가에 의미심장한 미소가 흘렀다. 연주가 끝나고 박수갈채도 잦아들자, 진흥이 소녀를 보며 말했다.

"앞으로 가까이 와 보거라."

소녀는 가야금을 내리고 두세 걸음 걸어 나와 진흥의 앞에 섰다.

'틀림없다. 공주를 배닮지 않았는가.'

"누구의 여식이냐?"

"아버지는 미진부이옵고, 어머니는 묘도라 하옵니다."

묘도妙道라면, 바로 사도와 자매 지간이었다.

'그랬구나. 그랬었구나.'

사도를 증오하기에는, 그 아이를 다시 만났다는 사실이 너무도 벅찼다. 그가 다시 아이를 보며 물었다.

"네 이름이 무엇이냐?"

"사린이라 하옵니다."

그가 소녀의 두 손을 모두어 잡았다. 순간, 아이의 뺨이 발개지면서 혀를 쏙 내밀었다.

진흥의 눈에 눈물이 차오르고 있었다.

소녀의 일행과 함께 입궐한 외팔이 스님이, 구석에서 그런 진흥을 보고 있었다.